우리의
질량

우리의
질량

설재인 장편소설

우리는 평생
타인이 살아야 했던
그 삶의 질량을 몰라.

저 행성에 갈수 없으니.

시공사

차례

1부

평행선이 교차하는 세계의

변두리에서 우리는 …7

2부

수없이 변화하는

각자의 좌표를 가지지만 …269

3부

서로의 자취만큼은

알아볼 수 있어 …343

작가의말 …355

1부   평행선이 교차하는
            세계의 변두리에서
            우리는

서진

"네가 왜 여기 있어, 왜."

기가 막히면 웃음이 금세 울음으로 변할 수 있다는 것을 나는 산 몸으로 지내던 삼십 년간 몰랐다.

"너 왜 내 눈에 보이냐고, 왜."

건웅은 자주 그랬듯 울어야 할 때 무릎을 치며 웃었다.

"그러게, 내가 왜 여기 있을까, 참."

결국 이런 데서 다시 만나자고 우리가 그렇게 지지고 볶았던 거야?

*

이곳은 스스로 목숨을 끊은 사람들의 세계다.

사는 게 버거워 스스로 목숨을 끊은 사람들만이 이 세계에 떨어져 또 꾸역꾸역 살아가야 한다. 살아가기보단 견디며 건너야 한다고 표현해야 더 맞을까.

명목은, 아름답고 가치 충만해야 할 삶이 좆같다고 죽어 버린 한 풉은 자들을 가엾게 여겨 갱생시키기 위해서다. '갱생'은 내가 멋대로 쓴 어휘가 아니라, 처음 이곳에 떨어지던 날 안내자에게 실제로 들었던 말이다.

이런 짓을 벌이는 신의 진심은 뭘까? 뻔하다. 극강의 사디스트겠지 뭐. 죽기 전에도 이따위 세상을 살아 보라고 만들어 놓은 신이 제정신은 아닐 거라 생각했는데 죽고 나서 더 확실해졌다.

이곳은 모든 소유욕이 인간관계에 집중된 세계다.

다른 게 없으니까. 죽을 때 걸치고 있던 옷가지 말고는 입을 게 딱히 없으니 멋 부릴 기회도 없고, 몸 쉬라고 있는 집은 규모도 모양도 똑같은 아파트형 공동 주택. 본인이 아니면 절대 밖에서 열 수가 없게끔 설계된 현관문이 좀 신기하긴 하다. 안에 구비되어 있는 물품들도 똑같다. 아주 간단한 문구류와 메모지, 수건 따위. 오래된 비즈니스 호텔처럼 단출하다. 목도 안 마르고 배도 안 고프니 뭘 먹을 필요도 없다―사실 '먹을 수 있을' 만한 게 이 세계에 있는지 잘 모르겠다―. 그런데 진짜 돌아버릴 것만 같은 일은 뭐냐면, 욕구가 소거되지 않았단 거다. 욕구.

배설, 음식, 섹스, 수면, 돈, 뭐든 좋다. 그 모든 걸 향한 욕망을 더한 총량이 백이라고 친다면 백 그대로가 뻔뻔스럽게 남아서 죽은 자의 몸 안에 웅크리고 있다. 음식도 돈도 없는데. 먹은 게 없으니 똥오줌도 안 싸는데. 이미 육신은 죽어서 가루의 형태로든 썩어가는 단백질 덩어리의 형태로든 쿨쿨 자고 있으니 잠도 잘 필요가 없는데. 다 하등 쓸모없는 게 되고 만 것이다.

그러니 남은 건?

구성원 모두가 인간관계에 단단히 미쳐 버리도록 이 세계가 설계되었다는 것이 인류애 제로인 나를 돌아 버리게 만들었다. 인간이 싫어서 죽었는데, 인간관계를 잘 맺어야 여기서 탈출할 수 있단 것이 끔찍했다.

처음 이 세계에 떨어졌을 때 지나다니는 사람들의 목덜미에 어지럽게 엉킨 실타래 그림이 얹혀 있는 게 가장 먼저 눈에 띄었고, 안내자는 별거 아니라는 듯 설명했다.

"자기 목의 매듭을 풀어야 이 세계를 떠서 진짜 죽을 수 있어요."

"저게 풀린다고요?"

"네."

"어떻게 하는 건데요."

"그거야 알아서 찾아야 하는 거죠. 인생을 뭐 그리 쉽게 살으려고 하세요."

"저 죽었는데."

"아. 자꾸 깜박하네요. 근데 여기서 지내는 것도, 나름 생이에요. 사람들이랑 살 부대끼면서."

아무리 낮게 봐도 사십 대 중반은 넘는 것 같았던 그는, 딱 두 개의 매듭만을 목덜미에 남겨 놓고 있었다. 어떻게 죽었냐고 묻지도 않았는데 목을 매던 당시의 기억을 신나게 설명하는 앞에서, 궁금하지 않고 듣기 싫은 난…… 그냥 먼 산만 봤다.

거울이 없으니—있어도 죽은 내가 비칠 리 만무하지만—뒷목에 얼마나 심하게 엉킨 실타래가 있는지 도통 알 수 없었다. 얼마나 엉켰는지 확인이라도 해야 방법을 모색하든 말든 할 텐데. 결국, 지나가는 누군가라도 붙들어 제발 내 목덜미의 실타래가 어느 정도로 엉켰는지 알려 달라고 싹싹 빌어야 한단 뜻이었다. 더불어 그가 뭐라고 말하든 절대적으로 믿어야 한다는 것도.

처음 거처를 벗어나 사람들 사이로 걸어 나갔던 때 일 분도 버티지 못하고 다시 돌아와 엎드려 끙끙 소리를 내며 울어야 했다. 이곳의 사람들에게 배신감이 들었기 때문이다.

어떤 배신감?

사실, 죽고 싶어 몸을 던졌는데 이따위로 다시 아등바등 살아야 한다는 허탈함을 나처럼 다른 이들도 느끼고 있을 거라고 여겼다. 다들 건조하고 뜨거운 날의 달팽이처럼 가쁜 숨을 뱉으며 간신히 기어다닐 거라고 생각했다. 정말로 너무 괴로울 땐 나처럼 힘든 사람들에게서만 위안을 얻을 수 있던 것처럼, 그 모습들을 보며 동질감을 얻고 싶었다.

그런데 이 무슨. 이곳의 거리는 관계에 미친 열정꾼들의 도가니탕이었다. 그 많은 사람들의 눈은 그냥 다 스캐너였고, 입은 아무 말이나 지껄이며 누구든 꾀어 자기 사람으로 만들려는 프린터와 유사했다. 그러니까, 이 사람들은 대충 다 끔찍한 복합기들 같았다는 얘기다. 서로 네트워크를 연결하지 못해 안달이 난 복합기들 말이다. 오프라인 상태로는 아무 쓸모가 없다고 스스로를 생각하는.

왜들 저러지?

처음 내 목덜미를 봐주고, 아이고, 너무 엉켜서 어디서부터 풀어야 할지도 모르겠네, 부지런히 돌아다녀야겠네…… 라는 말로 절망을 줬던 이는 나보다 열 살 정도 많아 보이는 여자였다. '일정 농도 이상의' '긍정적인' 신체 접촉—그것도 웃겼다.

'일정 농도'는 뭐야? '긍정'과 '긍정 아님'의 기준은 누가 나누는데?—이 있어야만 매듭이 하나씩 풀린다는 걸 귀띔해 준 이도 그였다.

한 명이랑 계속 접촉하면 되잖아요, 그럼 금방 뜰 수 있는 거 아닌가요? 내 질문에 여자는 이런 곳을 만든 이가 그렇게 멍청하겠냐고 되물었다. 동일인과는 아무리 물고 빨고 해도 딱 매듭 두 개밖에 풀 수 없단다. 여자는 이제 검은 실보다 하얀 살이 더 많이 보이는 목덜미를 하고 있었다.

혼자 오프라인으로 남으면 평생 이 생을 끝낼 길이 없다니. 절망적이었다.

"어떻게 죽었어요?"

여자가 물었다. 당신이 뭐길래 나한테 그런 걸 묻지, 라는 말은 속으로만 하고, 나는 아무렇지 않은 척하며 대답했다.

"한강으로 뛰었어요."

"어, 동생, 나랑 똑같아."

"맙소사. 진짜요? 어떤 기분이었어요?"

"근데 그거 알아요? 난 술이 취해서 기억이 안 난다? 택시 타고 필름이 끊겼는데 정신 차려 보니 물속에서 죽어 있지 뭐야."

"허……."

"괴로운 기억이 없으니 차라리 잘된 거죠 뭐." 여자가 내 목을 끌어당겨 안더니 말했다.

"왜 그랬는지 물어봐도 돼?"

그때 손쉽게 무언가를 이야기했으면 달라졌을까? 나는 움찔거리다가, 여자의 손을 벗어나 두 발자국 뒤로 걸었다.

"그런 걸 함부로 물어요, 왜."

그날 내게서 등을 돌리며 여자는 말했다.

"너 혼자 그렇게 인생 다 산 것처럼 굴어 봐, 절대 못 벗어날 테니까. 우리라고 좋아서 이러는 줄 아니?"

좋아서 그러는 것 아닌가? 여자는 확실히 인간에 미쳐 있는 게 분명했다. 그 후에도 아주 많이, 서로 다른 사람들과 팔짱을 끼거나 입을 맞추고 있는 모습을 내가 봤으니까. 여자에게 무슨 이야길 들었는지 몰라도 옆구리에 긴 사람들 역시 킬킬거리는 소리를 내며 나를 흘끗거렸다.

몇 날 며칠을 참았을까. 스물셋까지 세다가 포기했다. 내게도 나름의 끈기와 오기가 있었기에 버티려고 했다. 어디론가옮겨 버리면 그들이 쑥덕대는 모든 과장과 거짓, 조롱이 실제가 되니까. 이미 충분히 그런 일을 겪어 봤으니까. 그래서 일부러 더 당당히 맞서려 노력했지만, 어느 순간 깨달았다.

나 왜 이러고 있지? 이미 죽었으면서 왜 또 무언가를 감내하려고 노력하지? 싫은 것을 보지 않으면 그만이잖아.

결국엔 견디지 못하고 옆 구역으로 거처를 옮겼다. 매듭을 다 풀어 버리고 이 세계를 떠난 오십 대의 어느 여자가 지내던 곳이라고 했다.

그리고, 그 집에서 뜬눈으로 어두운 밤을 보내고 나왔을 때, 건웅과 딱 마주친 것이다.

동갑내기 이건웅. 내가 죽을 때만 해도 잘만 살고 있던 나의 옛 애인.

"네 장례식 갔었어. 육개장 맛있더라."

"어. 거 참 잘됐네."

걔는 미친 건가, 싶은 말로 사람을 종종 웃겼다.

"어머니 아버지가 되게 많이 우셨어."

"양심이 손톱만큼이라도 있다면 그래야지."

"그리고, 음."

"봤어도 얘기하지 마."

"음. 정말?"

"어. 여차하면 한 품고 가서 목 따 버릴 수도 있으니까. 소복 차려입고 머리 풀어헤치고."

"알겠어. 근데 안 왔었을 걸."

"뭐?"

"안 왔었다고 들었어."

"씨발. 좋아해야 돼 괘씸해해야 돼."

세상 모든 욕을 다 하며 개랑 둘이서 나란히, 오래오래, 사람 말곤 아무것도 없는 길을 걸었다.

"근데 네가 정확히 왜 죽었는진 아무도 잘 몰랐어, 우울증이 심해서 상담도 받아 봤단 얘기는 들었는데."

맙소사. 뭐라고?

"너희 어머니 아버지가 조문객들한테 그렇게 말하는 걸 들었거든……."

믿을 수가 없어. 어떻게 스스로 죽은 딸의 영정 앞에서도 그렇게 거짓을 말할 수가 있는 거지?

"그럼 나 혼자 우울증으로 죽은 사람으로, 다들 알고 있단 거지. 그리고 그런 날 신경써 줬던 척하고."

"응, 아마."

너무 어이가 없어서, 주저앉아 엉엉 울었다. 지나던 사람들이 내게 다가와 어깨를 두드리고 안아 주려 했다. 그러는 이유는 뻔했다. 마음이 연약해진 사람에게 다가가 몇 번이라도 만지면 한 개의 매듭이라도 더 느슨해지니까. 내가 모를 줄 알아? 사람들의 손을 이리저리 피하고 쳐냈다. 동시에 어깨와 허리를 비틀며 울었다. 콧물로 코가 꽉 막혀 드르렁드르렁 소리가 났다. 사람들이 제풀에 지쳐 떠날 때까지 그렇게.

건웅은 떠나지 않고 물었다.
"다 울었어? 그럼 갈까? 어느 쪽으로 가고 싶어?"

건웅

서진의 장례식장에 모습을 드러냈을 때 사람들은 당황한 기색을 숨기지 못했다. 어, 어…… 하고 덩어리들이 움찔움찔하더니 쩍 갈라져 앉을 자리를 만들어 주었다. 나 역시도 당황했다. 아무도 없길 바랐는데, 그래서 일부러 점심때가 되기도 전에 왔는데.

"식사 하나 드려요?"

목소리가 나오지 않았다. 옆에서 누군가 고개를 끄덕이는 것 같았다. 내가 괜히 이 테이블에 꼈나, 싶어 일어나려 하자 어, 왜 왜, 하는 소리와 함께 어디선가 날아온 손들이 다시 나를 주저앉혔다. 하지만 시끌벅적 서로의 안부를 묻던 분위기가 일거에 깨져 버린 것을 내가 모를 리 없었다.

"건웅이 형, 술 한잔할래요?"

누군가 잔을 내밀었다. 쟤도 얼마 만에 본 거더라.

"소주로 좀 줘."

여기 와서 한 첫마디였다.

서진을 처음 본 것은 골초들이 득시글했던 강남의 어느 재수
종합 학원. 나는 스물한 살짜리 삼수생이었으며 서진은 빠른
년생에 현역으로 철썩 붙은, 대학교 삼학년짜리 동갑내기였다.

그 애는 저녁 일곱 시부터 열한 시까지 질문을 받아 주는 조
교로 근무했다. 조교는 총 다섯이었고 우리는 매일 복도에 붙
은 표에 자기 이름을 적어 질문 시간을 예약했다. 딱 십 분. 세
번 연속으로 예약하는 게 가능하긴 했지만 그것도 어지간한 민
폐로 취급받는 일이었다. 그리고 물론 민폐든 아니든 남자애들
은, 얼굴에 철판 깔고 맘에 드는 조교 이름 밑에 제 이름을 세
개씩 적어 넣었다.

나는 언제나 서진 밑에 이름을 세 개 적었다. 그러고는 저녁
시간이 끝날 즈음인 여섯 시 오십오 분, 선생님이 표를 떼기 직
전에 헐레벌떡 펜을 가지고 다시 그 앞에 섰다. 행여나, 정말 혹
시나 서진의 이름 밑에 빈 칸이 있을까 해서. 허연 칸이 보이면
그 자리에서 앞구르기 뒤구르기를 연속으로 다섯 번쯤 하며 내
이름을 더 채워 넣었다. 이건웅, 이건웅, 예 바로 접니다. 제가
또 왔어요, 이건웅.

물어볼 것은 별로 없었다. 그냥, 이미 너무 많이 오래 한 공부를 저녁 먹고 나서까지 하는 게 싫었고, 조그만 애가 무뚝뚝한 목소리로 내 장난을 받아치는 게 퍽 좋았다. 그 얇고 조그만 입술에서 "아오, 빡쳐"라거나 "건웅 학생 다음 주엔 제발 오지 말아 줄래요?"라는 말이 나오는 게 우스웠다. 그래도 서진은 항상 내가 갈 때쯤엔 ABC초콜릿을 두 개씩 쥐어 줬다. 결정타는 그거였다, 나 말고 다른 애들에겐 그걸 주지 않는다는 걸 내가 정말 우연하게 알게 되었던 날. 결국 파블로프의 개가 따로 없이, 나는 A, B 그리고 C라는 알파벳만 보면 온통 서진밖에 떠올릴 수 없는 인간이 됐다. 즉 뭐 하루종일 생각했다 이 말이다. 모의고사 영어 과목 볼 땐 더.

연애가 금지된 재수학원—물론 제대로 설계된 인간이라면 제게 금지된 모든 행위를 더 열심히 하는 법이다—에서 질문 조교의 존재는 연예인과 비슷했다. 오십 분씩 사 회, 한 명당 십 분. 조교들은 하루에 최대 스무 명의 학생을 만났다. 애 이름이 뭐였더라. 아, 애 몇 수생이었더라. 친구였던 누군가 아이돌을 좋아하는 자신을 가리켜 '새우젓 속의 새우 한 마리'라 했을 때 나는 실컷 웃었는데 아마 서진에게도 처음엔 내가 그랬을 것이었다. 새우 정도로 작고 자잘한 건 아니고, 아마 좀 질긴 낙지젓 갈 정도도 됐겠지.

대입 실패로 심장이 토막 난 낙지들에게, 조교의 존재는 오아시스였다. 정확히 선을 긋자면 나 빼고 대부분은 조교와 연애를 하고 싶었다거나, 진심으로 좋아했다거나, 하는 건 아니었던 것 같고. 다만 하루 열여덟 시간의 고된 행군에서 몇 발짝 훌쩍 떨어진, 건강하고 자신 있게 구는 누군가를 만나며 미래의 자기 모습을 거기 투영해 볼 수 있는 기회가 바로 질문 시간이었다는 얘기다. 입시 이야기를 하지 않아도 되는 시간. 다섯 중 내 취향에 맞는 누군가를 찾아 그 앞에서 일대일로 독대할 수 있는 시간. "네가 누굴 좋아할지 몰라서 일단 조교 다섯 명 정도를 준비해 봤어"라는 그런 느낌으로 매일 명단이 붙었고 우리에겐 각자의 최애가 있었다.

　서진의 앞에 처음 앉았던 날—그날은 알고 보니 서진이 처음으로 질문 조교 아르바이트를 시작한 날이기도 했다— 나는 그 애 앞에서 엉엉 오열하다시피 했다. 이상했다. 그냥 걔의 환심을 얻고 싶어서, 위로의 말을 어떻게 하는지 들어보고 싶어서, 아직 서로에 대해 아는 게 없으니 이야깃거리가 금세 뚝 떨어져서 삼수 생활의 어려움을 꺼냈던 것뿐이었는데. 애가 어쩔 줄 몰라 하며 아주 작은 목소리로 괜찮냐고, 너무 힘들겠다고 말하는 순간 얼굴이 달아오르고 눈구멍이 축축해졌다. 진짜 쪽팔렸는데 어쩔 줄 몰라 하던 서진이 등을 두드려 주었다. 더 쪽팔리게 딸꾹질이 나오기 시작했다.

아주 나중에, 인문대 앞 벤치에 앉아서 서진은 이야기했다.

"내가 미쳤지. 내가 첫날 이건웅 연기에 넘어가서 인생 종친 거 같다 진짜. 건웅아 그냥 배우 하라고, 학교 그만 다니고. 네가 다시 그렇게 우는 거 보는 게 내 평생의 소원인데, 이 피도 눈물도 없는 자식아."

나는 막 웃었다. 딸꾹질하던 날 이후 서진이 죽을 때까지 한 번도 그 애 앞에서 울지 않았는데, 걔가 제발 한 번만 더 울어 보라고 살을 꼬집거나 청양고추나 생마늘을 안 매운 척하고 먹이거나 헤어지자고 말해도 울지 않았는데. 장례식장을 나오면서 그때 안 흘린 눈물을 다 흘린 건 절대 모르겠지.

서진이 왜 좋았느냐 묻는다면, 좋은 데에 어떻게 이유가 있냐고 대답할 것이다. 당신의 좋아함에 이유가 있다면, 그 연약하고 실낱같은 이유가 소멸된 순간의 상실과 절망은 누가 어떻게 감당할 것이냐고. 그런 감정은 절대 맞닥뜨리고 싶지 않다고. 만약 서진이 옆에서 듣는다면 귀를 막고 혀를 차며 말하겠지. 새끼, 하여간 물에 빠지면 입만 살아서 동동 뜰 새끼라니까, 이건웅이.

다만 확실한 건 있다. 그것이 일종의 직업 정신에서 온 것이든 그렇지 않든 간에, 삼수 생활을 하며 따스한 말을 들은 것은 개의 입에서가 처음이었단 것. 그전까지 모두에게 나는 지독한 패배자였다. 비싼 돈 들여 좋은 고등학교 보내 놨더니, 내신도 조지고 두 번의 수능도 엉망으로 친, 어디 발 걸치지도 못하고 쌩삼수를 하고 있는, 어디 가서 아들 근황을 꺼내는 걸 창피하게 만드는 불효자. 지금 생각해 보면 그게 뭐 대수인지 싶지만, 좀 더 드세고 뻔뻔해도 되지 않았을까 싶지만. 세계가 이렇게 넓고 요동치는 와중에 사람 하나하나는 티끌에 불과한데, 겨우 그거 가지고 왜 스스로를 깎아내렸는지 모르겠지만.

생각해 보면 정말 우스운 일이었다. 하나도 우수한 점이 없는 애인 걸 나 자신이 잘 알았으니까. 우리 세대에 이미 고등학교 입학시험 같은 건 없었다. 부모가 나의 목표로 설정해 둔 고등학교 역시 '우수 학교'에 애들을 많이 보내고 싶은 일선 중학교에서 아무렇게나 뿌려 둔 절대평가 점수가 일 차 관문에 반영되는 성적의 전부였으며, 이 차이자 최종 합격은 자기소개서와 육 분짜리 면접, 딱 그걸로 결정되었다. 중학교 삼학년짜리 지원자들이 자기 손으로 자기소개서를 썼을 리 만무했으니 결국 합격자는 모두 면접관이 좋아하는 관상이었다, 라고 퉁칠 수 있는 것이다. 나는 그 육 분 동안 내게 탑재된 모든 잔머리를 다 썼다. 너무 닳아 보이진 않게, 적절히 순수하고 적절히 어눌

23

하게. 화룡점정은 '학자'라 적은 장래희망이었다. 면접관들이 박수를 쳤다. 이런 장래희망을 쓴 친구는 처음이야. 공부할 자세가 됐어. 나는 씩 웃었다. 모두가 장래희망을 외교관이나 의사 따위로 적는 것을 알고 있었다. 그리고 수없이 많은 서류를 봐야 하는 면접관들을 가장 힘들게 하는 것이 권태라는 사실 역시 짐작하고 있었다.

잔머리로 도달할 수 있는 곳은 거기까지였다. 그러나 우리 집의 친척들은 모두 그게 내 지능과 성실함이 만들어 낸 결과라고 여겼다. 말도 안 돼. 하여간, 어른들이 가장 멍청하고 세상 물정 몰랐다. 심지어 내 부모는 관문을 넓히기 위해 어떤 …… 어떤 짓들까지 했는데. 당연히 친척들에겐 떳떳하게 밝힐 수 없을.

서진은 내게 고등학교 시절 이야기 듣는 것을 좋아했다. 실은 그 얘길 할 때만 핀잔을 주지 않았다. "질문도 없는데 뭐 하러 와요. 이 시간에 얼른 가서 공부해야죠." 같은 말을 하지 않고 귀를 기울여 주었다. 첫 번째 이유는, 서진이 일반고에 공학 출신이라. 공부만 하겠다고 시껴면 남자애들이 모인 특수한 고등학교의 이야기가 마냥 신기해서. 그보다 큰 이유는, 자기도 언젠간 남자 고등학생을 가르치는 학원 강사가 될 수도 있다는 현실적인 필요에서였다.

뭐 어쨌든 나로선 좋았다.

"우리 입학식 하고 그 다음 날부터 바로 전교생이 야자를 했거든요."

"전교생이요? 말도 안 돼. 서울에선 금지된 거 아니었어요?"

"아, 당연히 명목상으로는 자율이죠. 근데 어떤 큰 상이 있거든요? 그걸 안 받으면 좋은 대학을 못 가요. 그런데 야자를 안하면 그 상을 안 줘요. 그러니까 다 야자를 할 수밖에 없어요. 학교에선 당연히 강제가 아니라고 하죠. 그 상 안 받으면 그만이라고."

"완전 꼼수네. 진짜 똑똑하네 사람들. 와, 제가 나온 학교에선 진짜 상상도 못 할 일인데요."

"그렇게 삼 월 삼 일에 첫 야자를 했어요. 근데 내가 뭘 알아요. 방금 입학했는데 여섯 시부터 열 시까지 네 시간 동안 무슨 공부를 해요. 수업도 아직 시작 안 했고 숙제도 없는데. 그래서 보지도 않는 영영사전 펴 놓고 가만히 앉아 있었어요."

"무슨 느낌인지 알 것 같아."

"막 미치겠는 거예요. 주변에서 온통 딸깍거리면서 샤프랑 볼펜 누르는 소리가 들리는데. 다들 뭔가를 하고 있는데 나만 아무것도 안 하고 있구나. 나는 어쩌다 학교 시험 잘 봐서 들어

왔는데 애들은 막 벌써 일반물리 과외 미리 받고 왔다. 생기부에 적을 봉사활동은 어디서 할 거다. 그런 얘기하고. 살면서 그렇게 공포스러운 시간이 없었어요. 근데 누구한테 이런 얘길 해요."

"우와, 입학 전에 과외도 미리 받고 온다고요? 일반물리면 대학이잖아."

"대부분은요. 그렇게 네 시간 동안 오금이 저린 상태로 버텼어요. 한 건 아무것도 없죠. 열 시에 스쿨버스를 탔는데 막 눈물이 나는 거예요. 선배들은 이미 익숙하니까 학기 첫날인데도 쿨쿨 자고 있는데, 일학년들은 모두다 아무 말 없이 창밖만 쳐다보고 있었죠. 집에 들어가자마자 욕실로 막 들어가서 샤워기 틀어 놓고 엉엉 울었어요."

"맙소사. 건웅 학생 원래 눈물이 많구나. 그래서 첫날에도 운 거죠, 그렇네."

"아, 그 얘긴 하지 말고요."

서진은 가끔 설명을 해 주다 꾸벅꾸벅 졸 때가 있었다. 너무 마른 손목이나 좁은 어깨를 보며 나는 뭣도 못 먹었나, 그래서 힘이 없어 저렇게 조나, 싶었다. 걔는 졸 때마다 엉뚱한 이야길 내뱉곤 했다. 예컨대, 이런저런 설명을 하다가 갑자기 뜬금없이 "……오백"이라고 내뱉는 식이었다.

"뭐라고요?"

"네?"

"방금 오백이라고 했는데."

그렇게 퓨즈가 탁, 끊어진 듯 졸음에 빠지는 순간 아주 짧은 꿈을 꾼다고 했다. 그 꿈에서 나오는 것들을 자기도 모르게 입 밖으로 뱉는 거라고. 아니 뭐야, 무슨 생맥주 꿈을 다 꿔요? 내가 놀려대면 서진은 졸아서 미안하다고 했다. 그래도 놀림을 멈추지 않으면 그땐 민망해서 일부러 화를 내는 척했다. 하나도 안 무섭고, 되게 귀엽네, 하고 여겼다.

그 애가 어떻게, 얼마나 일하는지 그땐 몰랐으니까 그랬다.

서진

건웅과 나는 일 미터쯤 떨어져 여기저기를 정처 없이 쏘다녔다. 너 빨리 벗어나야지, 내 옆에서 백 날 있어봤자 뭐 해. 내 말에 건웅은 대답했다. 언젠간 그러겠지. 근데 지금은 싫어. 그냥 너랑 옛날 얘기하면서 추억 팔이 하는 게 좋아.

"뭐 나랑 같이 매듭 풀 생각하는 건 아니지. 난 싫어."

"떡 줄 사람 생각도 없는데 혼자 설레발치지 마."

쟤 뭐래. 물론 우리 둘은 서로 안 만진 곳이 없고 안 본 곳이 없는 사이지만, 그렇지만, 너무 오래 전의 일이었다.

다리가 아파 오면 나란히 앉아서 사람들을 관찰했다. 저 사람은 어떻게 죽었을까? 왜 저런 옷을 입고 죽을 생각을 했지? 우린 절대 당사자를 붙잡고 묻지 않았다. 다만 각자의 상상을 땅에 심고, 번갈아가며 물을 주었다. 그러면 긴 덩굴이 서로 엉켜 마치 하나의 나무인 것처럼 함께 자라났다.

아, 맞아.

그 옛날에, 이래서 이건웅이 좋았지.

한 번도 내 말을 짓밟거나, 파내 버리지 않아 주어서. 한없이 놀리고 못살게 구는 척하더라도 결국엔 물을 주고 해가 잘 드는 곳으로 옮겨 주었기 때문에.

그런데 이건웅은 왜 자기가 스스로 죽어야 했는지 대답하지 않았다. 처음 본 날 별의별 이야길 다 하며 질질 울던 그 이건웅이, 아직도 입을 다문 채였다.

불공평했다. 자기는 내 장례식까지 갔으면서. 내 부모한테 우울증이란 말도 안 되는 이야기까지 들었으면서. 내 전남편이 장례식에 코빼기도 안 비치는 꼬라지도 다 봤다고 했으면서. 그런데 어떻게 자기는 한 마디도 안 하고 싹 뺄 수가 있어. 그렇게 투정을 부리고 싶었다.

차마 그러지 못하는 이유는, 아마 이건웅이랑 헤어진 지 너무 오래되어서, 그래서 나 자신이 원래의 양서진으로 돌아갔기 때문에.

*

건웅은 작정하고 솔직했다. 너무 투명해서 가끔은 정말 제멋대로인 다섯 살짜리처럼 보이기도 했다. 그런데도 사람들이 개를 좋아했다. 귀엽다, 재미있다, 알고 보면 속 깊은 애다, 뭐 이런 말들을 하면서.

나와 사귈 때 건웅은 단 하나의 단서를 달았다.

원하는 걸 다 말해. 다 좋은 거 없어. 다 먹고 싶은 거 안 돼, 다 가고 싶은 거 안 돼. 만약 못 고르겠으면 '어느 것을 고를까요, 딩동댕동'이라도 해. 아니면 나랑 가위바위보라도 해. 내가 이기면 냉면 먹고 네가 이기면 돈까스 먹는 거야, 알겠지. 무조건 하나를 선택해 줘. 진짜 내 소원이야. 알겠지. 원하는 걸 내가 알게 해달라고.

"나 진짜 못 정하는데."

"못 정하는 애로 누군가 만들어 놓은 거겠지. 그런 게 어딨어. 애기 때부터 그랬어? 아무 거나 다 잘 먹고 반찬 투정 하나도 안 하고 이모랑 고모랑 한끗 차이도 없이 똑같이 좋아하고 그랬냐고. 아니었을 거 아냐. 누가 가려 먹지 말라고 했을 거 아냐. 누가 그날그날 먹을 음식 맘대로 정해 놓고 먹였을 거 아냐. 그리고 난 고모들 완전 싫어해. 이모 중에서도 작은 이모만 좋아해."

무슨 말이 이렇게 많아, 하고 핀잔을 주려다 떠오른 것들이 있었다.

　"음, 그러고 보니까."

　"엉, 얼른 말해."

　"나 감자탕 싫어한다."

　"어, 또."

　"일학년 때 선배들이 샤브샤브 사줬는데 그거 무슨 맛인지 몰랐고."

　"옳지."

　"특히 샤브샤브 먹고 나서 끓여 먹는 죽 정말 맛없어."

　"거 봐. 말하니까 나오네. 나도 하나 아는데, 말해도 돼?"

　"뭘 또 몰래 염탐했어."

　"너 고르곤졸라 피자 먹을 때 꿀 안 찍어 먹잖아."

　"와……. 맞다, 나 꿀 안 먹어. 아기 때부터 싫어했대. 꿀 먹이면 막 웩웩 구역질하면서 토하고 그랬다는데."

　"뭐?"

　"뭐가 뭐야, 왜 놀래."

　아기에겐 꿀을 먹이면 안 된다고, 독이나 다름없다고 건웅은 내게 말해 주었다. 난생 처음 듣는 얘기였다. 우리 엄마는 언제나, 너는 아주 어렸을 때부터 꿀을 싫어했다고 말했는데. 그래서 나는 가래떡도, 마를 갈아 넣은 주스도, 인삼차 같은 것도 혼자 꿀 없이 싱겁거나 씁쓸하게 넘겨야 했는데. 설탕은 몸에 안 좋다며 한 번도 넣어 주지 않았으니까.

그렇게, 건웅에게 좋고 싫음을 말하는 법을 배웠다. 걔는 오래 기다렸다. 혹은 선택지 중 일부를 소거하는 과정을 도와줄 때도 있었다. 싫어하는 게 왜 잘못이야? 싫은 걸 안 싫어한다고 억지로 세뇌시키고 욱여넣는 게 세상에서 제일 잔인한 일이야. 가뜩이나 사는 것도 팍팍한데 왜 그래야 돼. 좋아하는 것만 보기도 시간이 부족한데.

걔가 흥분해서 떠벌떠벌 이야기하고 나면 나는 시끄러워 이 초딩아, 하고 면박을 주었지만…… 그렇지만 확실한 것은, 내가 꿀을 맛있어 한다는 걸 건웅이 아니었다면 절대 몰랐을 거란 사실이었다. 목구멍으로 넘어가지 않고 혀끝에 쩍 들러붙는 그 맛은 그 어떤 감미료와도 달랐다. 살기 위해 스스로 독을 감지하고 뱉어내야 했던 어린애가 조금 자란 순간이었다.

"근데 넌 그런 걸 어떻게 아냐. 숨겨 놓은 애라도 있냐."

"나 육아서 읽는 거 좋아해."

"에?"

"편견 있냐? 미리 말하는데, 남 취미 가지고 뭐라 하는 거 아니야."

"예."

"애 낳자고 하는 거 아냐."

"뭐래. 생각도 없어."

　그렇게 변화는 아주 조금씩 일어났다. 까칠해진 양서진. 뒤늦은 사춘기를 맞은 걸까. 사람들은 모두 내게 짜증을 냈다. 너 왜 이래? 너답지 않게 왜 자꾸 고집을 부려서 나를, 우리를 힘들게 해? 그런 반응을 마주했을 때 퍼뜩 깨달았다. 나는 한 번도 힘들다는 말을 해 본 적이 없는데, 나 때문에 힘들다는 말을 모두들 저토록 쉽게 내게 할 수 있다니. 너무 파렴치한 것 아닌가. 그 주 내내 부글부글 끓는 마음을 어디 토해 낼 길이 없어서, 결국 또 건웅의 앞이었다. 발 구르고 고함치고. 그럼 건웅은 나를 안고 등을 토닥였다.

　그렇게 내가 무엇을 원하는지 알고, 말하는 법을 몇 년간이나 배웠는데 건웅이 없어지고 나서 삼 개월 만에 몽땅 도로아미타불이었다. 건웅이 떠난 후 나는 다시 돌아갔다. 원하는 것을 말하지 못하는 사람으로. 이전엔 그저 그러라고 배웠기 때문이라면 그때부턴, 무서움을 잘 타는 사람이 되었다.

　야, 너 왜 죽었는지 말 안 할 거야?

　그 말 한마디를 할 수가 없었다.

　무슨 일이 있었던 거야?

그런 은근한 문장조차 만들어 낼 수가 없었다.

무서웠다.

무서웠다. 무엇이 고쳐지길 원하는지 입 밖으로 꺼내면 언제
나 정말로 나쁜 일만 생겼으니까.

건웅

수능 치기 닷새 전이 마지막 질문 시간이었다. 그때 서진에게 노트를 내밀었다.

"양 쌤, 번호 적어 주세요."

안 되는데. 서진은 고개를 저었다. 학생한테 개인정보 주는거 아니에요. 그러다가 나 잘리면 책임질 거예요? 나 내년에도 여기서 일하고 싶은데.

"아무한테도 얘기 안 할게요. 그리고 진짜 웃긴다. 여기 선생님들도 정신 제대로 박힌 사람 하나 없는데 왜 조교 선생님들만 잡는대요? 심지어 나랑 양 쌤은 학원 나가면 동갑이잖아요. 웃겨, 자기들은 그렇게 학원 다니는 어린 여자애들한테 질척대면서."

"건웅 학생 또 학원 기밀 누설하고 그러죠, 저한테."

"뭐가 기밀이에요. 다 아는 사실인데. 누가 궁금해요? 이름만 대 주면 내가 다 말해 줄 수 있어요. 뒷얘기도 아닌 뒷얘기들."

서진의 앞에서 굳이 그렇게까지 이야기해야 했을까.

"진짜 더럽거든요. 조교 선생님들 앞에선 안 그러죠? 선생님은 모르죠?"

서진이 몰랐을 리가 없는데. 바보 취급했던 내가 진짜 바보였다. 그 표정을 보고도 번호 하나 얻자고 마구 그런 말을 내뱉었던 내가. 조교는 을도 아니고 병이었는데. 돈을 내는 학생보다도 아래. 수업 시간에 어떤 강사가 이런 말을 한 적도 있었다.

애들아, 오늘 내 꿈에 그 조교 있지, 걔가 나오더라고. 나와서 옷을 벗고, 어쩌구저쩌구. 근데 그 조교 몸매 개쩔지 않니?

그러면 남자애들이 좋아했다. 쌤이 저렇게 말하니까 나도 저런 말해도 되겠구나, 하고 안심했다. 그런 얘기도 서진은 알고 있었겠지. 어쩌면 면전에서 들은 적도 있었겠지. 세상엔 미친놈이 너무 많았다. 필요할 땐 언제든지 제정신인 척 할 수 있는 미친놈이.

서진이 내가 나온 남학교에서 근무해 보고 싶다기에 이런 이야기도 했었다.

"쌤, 절대 안 돼요. 어느 정도인지 모르죠. 거긴 완전 짐승 소굴이에요."

"그래봤자 열 몇 살짜리들인데요? 그냥 웃기고 가소로울 것 같은데."

"선생님. 아 진짜 내가, 무슨 일들 있었는지 다 말해 줄 수도 없고 진짜……." 질문실에 사람이 너무 많아서, 삼 년간 보고 들은 것 중 그 어느 장면도 상세히 묘사해 줄 수가 없었다. 나중에야, 서진과 사귀고, 서로의 알몸을 보고 나서야 말할 용기를 얻었다.

"고등학교 일학년이었을 때였나. 되게 귀염상인 과학 쌤이 한 분 계셨어. 정은 아니고 임신해서 휴직한 분 대신해서 온 기간제였어. 애들이 난리가 났잖아. 좋아 죽겠다고."

"귀엽네."

"그게 아니야." 그때 우리는 서진의 자취방 이불 위에 나란히 누워 천장을 바라보고 있었다. 천장이 낮고 비스듬한 이 방이 서진이 구할 수 있는 최선이었다. "걔들은 그 선생님 수업을 듣지 않았어. 괴롭힘 당하던 애가 있었는데, 과학 시간마다 걔 책가방을 던지고 받고 하면서 놀다가 창문 밖으로 쏙 떨어뜨렸어. 그럼 걔가 얼굴이 벌겋게 되어서 자기 책가방을 가지러 갈 때까지 수업을 할 수가 없었고. 한 번은 교장이 복도를 돌아다니다가 그 꼬라지를 본 거야. 그 선생님, 교장실로 불려 가서 엄청 혼났다고 하더라고. 애들 하나 제대로 통제 못 한다고. 근데 키 백육십도 안 될 여자가 남자애들을 어떻게 통제해."

그 책가방의 주인이 나였다는 이야긴 굳이 필요하지 않을 것 같아 하지 않았다.

"그러고 나서 언젠가는 누가 딜도를 가져와서 수업 시간에 마구 흔들었어."

"책상 밑에서?"

"아니, 벌떡 일어나서 어깨 위로. 쌤 이게 뭐게요? 라고 물으면서."

"아, 맙소사."

"그 선생님이 걔를 데리고 담임한테 갔는데 담임이 정년 삼 년 앞둔 할아버지였거든."

"응."

"이게 뭡니까? 라고 그 선생님한테 되묻더래. 끌려갔던 애가 신나서 직접 해 준 말이야."

"다른 애들은 다 가만히 있었어?"

"웃고 있었지. 대부분은."

"너는?"

서진이 물었다.

"너는 어땠는데?"

"나 사실 그때 교실에 없었어. 나중에 엄마가 학부모 모임에서 듣고 온 거야."

"왜 교실에 없었어?"

"애들한테 두들겨 맞아서 보건실에 있었으니까."

우리 엄마가 학부모 회의에서 그 애길 듣고는, 남자애들은 좋아하는 맘 표현하는 것도 서투르고 짓궂다며 웃었단 이야기는 꽁꽁 숨겼다. 내가 보건실에 있었다는 걸 엄마가 몰랐다는 얘기 역시 불필요했다.

*

수능 보고 서진에게 전화를 걸던 첫날, 서진은 전화를 받지 않았다.

다음날 걸었을 때도 받지 않았다. 그땐 문자를 남겼다.

선생님, 저 이건웅이에요. 전화를 안 받으셔서 문자 남겨요. 저 수능 잘 봤어요. 선생님 덕분이에요.

서진은 십 분 후쯤 전화를 걸어왔다. 걸어와서 말했다.

건웅 학생 너무 미안요, 모르는 번호라서 안 받았어요.

그때 서진이 어떤 사정에 처해 있었는지는 당연히 모르고, 그저 해맑게 대답했다. "아, 선생님 너무 비싸게 그러는 거 아니에요? 저랑 밥 먹어요. 제가 살게요."

왜 애정 어린 핀잔을 줘도 굳이 그런 어휘—'비싸게'—를 썼
어야 했을까. 전화를 끊고 나서야 몇 번을 복기하며 후회했지
만 말이란 건 거둬들일 수가 없으니까. 십 년 넘는 시간 동안 뼈
에 지독하게 새겨진 습관들을 고치려면 아주 오랜 노력이 필요
할 터였다.

서진에게 뭘 먹고 싶으냐고 물으니 자긴 뭐든 먹을 수 있다
는 대답이 돌아왔다. 잘 먹는다고도, 좋아한다고도 표현하지
않고 '먹을 수 있다'고 대답했다. 그래서 네이버를 이 잡듯 뒤졌
다. 깜깜했다. 고등학교 졸업할 때까지 여자를 사귀어 본 적은
커녕 말도 제대로 나눈 적이 없었고, 남들에겐 연애의 온상이
란 재수 학원에선 혼자 담배나 뻑뻑 피며 시니컬함이 넘실대는
우물을 스스로 파서 거기 들어가 앉아 있었으니까. 서진은 아
마 까맣게 모를, 질문실 밖에서의 모습들.

"지금부터 다섯 개 말할 테니까 골라요."

"저 그런 거 못 고르는데."

"그럼 일부터 오까지 숫자 중에서 하나 골라요."

"삼."

"왜 삼이에요. 삼 좋아해요?"

"중간이니까."

서진다운 대답이었다.

"근데요 건웅 학생."

"네."

"지금은 제가 좀 바쁘고요. 일단 원서 쓰고 나서 밥 먹어요."

"그럼 일 월인데요."

"그니까, 그때."

"아 선생님, 그건 거의 백만 년 뒤잖아요."

"금방 가요, 그 백만 년. 미안해요. 내가 진짜 바빠요."

서진

매일 나랑만 붙어 다니니까 건웅의 실타래는 풀릴 기미가 보이지 않았다. 그러니 여기서 계속 떠돌 셈이냐고 물을 수밖에. 얘는 처음, 그 재수학원에서부터, 왜 이렇게 사람을 신경 쓰이게 만드는지 몰랐다.

그냥, 내가 가장 힘들 때 나랑 헤어졌던 것에 대한 부채의식인가? (하지만 내가 헤어지자고 했는데.)

내가 스스로 목숨을 끊었다는 것에서 오는 동정심인가? (그렇다고 하기엔 개 역시 스스로 죽어서 여기 온 거였다.)

대체 뭐야. 나는 건웅 옆에 앉아 사람들을 관찰하고 두 다리를 허공에 띄워 달랑대면서 스스로에게 말없이 속으로만 물었다. 머리가 빠개질 것 같았다.

이제 그만 네 갈 길 가라고 말하려던 참이었다. 그런데 얄궂

게도, 항상 심각한 일은 그럴 때 터진다. 내가 앞에서도 말했지 않은가. 고쳐지길 원하는 걸 말하면, 언제나 나쁜 일만 터졌다고.

"야 이건웅, 네 눈에도 저 사람이 보여?"

내 눈을 믿을 수가 없어서.

"서진아. 실화냐."

귀도 믿을 수가 없어서 건웅의 얼굴을 다시 바라보았다.

"보이는 거 맞지."

건웅이 두 손으로 후드를 푹 눌러써 자신의 눈을 가렸다. 그때서야 그런 생각을 했다. 얘가 입고 죽은 후드, 내가 자기 군대 휴가 나왔을 때 사줬던 거구나.

"보여. 보인다고."

우리 둘 다 머리가 어떻게 된 게 아니라면 세상이 뒤집힌 거였다.

장준성 그 개새끼가, 왜 여기 있냐고.

왜 여기서 실실 웃으며 아무나 껴안고 다니는 중이냐고.

내 전남편이 왜 여기 있냐고.

스스로를 죽여 버릴 새끼였던가, 저 사람이.

그럴 리가 없는데. 누굴 죽이면 몰라도.

*

장준성을 처음 알게 된 것은 중앙동아리 노래패 '한길'에서였다. 팔 년 전에 졸업해 놓고 아직도 뻔질나게 드나들었는데, 주로 수요일 저녁 연습에 와서, 노래가 이게 뭐냐며 애들을 몰아세우고, 기타 반주를 하던 애에게 악기를 뺏어서 직접 치며 거기 맞춰 다시 한 곡을 반복해 부르도록 한 후 학교 앞 술집에서 서걱거리는 냉동 육회를 테이블당 한 접시씩 사 주곤 생색을 내는, 그런 사람이었다.

지금 와서 내가 이렇게 장준성을 소개하는 걸 듣는다면 모두들 뭐야, 그 꼰대 새끼는……이라고 말하겠지만, 아니다. 방금 대입을 통과하고 법적인 성인 딱지를 달았지만 스스로 생각하는 법은 하나도 배우지 못해 그저 소 떼처럼 우르르 몰려다니던 스무 살짜리들의 눈에는 그렇지 않았다.

"이 캠퍼스에 남은 마지막 유토피아 한길에 온 걸 환영한다."

장준성이 우리 앞에서 처음 한 말이었다.

"대학은 이제 죽었어. 사상도 없고 정의도 없어. 밤새워 마시는 술도 시간 갈 줄 모르는 토론도 없어. 대학은 이제 취업 학원이고 그 안의 모두는 경쟁자야. 하지만 한길은 아니야. 한길이 없으면 이곳은 더 이상 대학이 아니지."

그래서 저 선배는 지금 무슨 일 하는데요? 뒤풀이에서 옆에 앉은 선배에게 물었던 내 동갑내기는 다음 연습부터 모습을 드러내지 않았다.

집단의 진정성에 대해선 아직도 의심하지 않는다. 오래 전의 그들이 어떤 일을 해낼 수 있었는지에 대해서도 여전히 존경한다. 그러나 시대가 변해가며 슬슬 죽어가고 있던 한길의 사람들은 결코 혼자 죽지 않았다. 자신들이 밟았던 내리막길로, 아무것도 모르는 신입생들을 함께 끌어내렸다.

중학교에 입학하던 때부터, 난곡에 살았다. 우리 집은 빌라의 일 층에 있었는데 방은 둘이었고, 집 안에 있는 계단을 세 개내려가면 그 반지하에 좁은 부엌 하나가 있는 오묘한 구조였다. 거기서 다섯 식구가 자기 물건 다 갖다 놓고 살 부비며 살려고 하니 서로 말수가 점점 줄어드는 것은 당연한 이치였다. 소리가 사방으로 뻗어갈 자리가 있는 큰 집에 사는 사람들은 잘모를 테지만, 사실 말이란 것은 절대 무시할 수 없을 만큼 큰 부피를 가지기 때문이다. 현관문을 열고 들어가자마자 마주하는 데는 거실이라 불리는 공간이었는데, 사실은 금방이라도 쓰러질 듯 위태로운 왕자 행거와 거기 걸려 있는 수많은 옷가지들. 바닥에는 널브러진 우리 세 남매의 이부자리. 그리고 안방에 들어가면 수를 놓아 만든 호랑이와 인근 절에서 받아 온 달력이 정면에 걸려 있었다. 아주 오래된 옥장판 하나, 내 얼굴만 한 브라운관 티브이—언제 틀었는지 기억도 나지 않는—, 그리고 턴테이블까지 붙어 있는 아주 옛날의 오디오 세트—역시 언제 틀었는지 알 수 없었다—. 작은방은 창고로 쓰였는데 거기엔 옛날 레코드판 한 박스와 열 권 남짓한 책, 넥이 크게 휘고 줄이 세 개밖에 남지 않은 통기타, 그리고 그 외에 종류조차 헤아릴 수 없는 잡동사니들이 쌓여 있었다.

원래 살던 H시의 열아홉 평형 임대아파트에서 굳이 세 남매를 끌고 여기까지 온 이유는 단 하나였다. 거기가 서울대학교랑 가까우니까. 집에서 가장 가까운 대학교에 진학해서 탄탄대로를 걸으며, 지금껏 뼈 빠지게 노력한 부모에게 효도하라는 거였다.

"거기 있으면 관악산 정기도 받고. 서울대 다니는 학생들도 많이 보고."

엄마는 봉고차 안에서 그렇게 말했었다. 우리는 이삿짐센터

도 용달도 부르지 않고 십이인승 봉고차 한 대에 모든 세간을
실어 이사를 했고, 세간은 단단해서 구겨지지 않았지만 사람의
몸은 말랑하니 쉽게 구겨져, 압축하기 용이했다. H시에서 난
곡까지는 세 시간이 걸렸다. 막내 남동생이 오줌을 눴던 페트
병이 조금 새서 이상한 냄새가 났다. 나는 주르륵 흐른 누런 물
줄기가 세간을 건드리지 않은 걸 확인하고 가슴을 쓸어내렸다.

　그로부터 오 년 후 나는 천하의 불효하는 장녀, 첫 단추를 잘
못 끼워도 한참 잘못 끼운 장녀가 되었는데 이유야 뭐, '집에서
가장 가깝고 학비도 싼' 학교로 진학하지 못했기 때문이었다.
이럴 거면 우리가 왜 그렇게 허리띠를 졸라매며 서울까지 왔겠
니? 그 질문에 나는 속으로만 대답했다. 난 오자고 한 적이 없
어. 동생들은 아무 말이 없었는데, 다음날 아침 화장실에 쭈그
리고 앉아 대야에 물을 받고 어푸어푸 세수를 하고 있을 때 둘
째가 오줌을 누겠다며 들어와 내 속마음을 대신 토했다.

　"언니, 우리는 여기 오겠다고 한 적이 없잖아."

　그렇지.

　"공부하겠다고 한 적도 없고."

　맞아.

　"우리 과외도 못 시켜 주고 학원도 안 보내잖아. 그러면서 어
떻게 공부를 하라는 거야."

그러게.

"학교 가면 아무도 수업 안 한단 말이야. 다 학원에서 배워 왔지? 라고 하면서 아무렇게나 넘긴단 말이야. 아니면 처음부터 엄청 어려운 문제만 풀린단 말이야. 그래야 애들이 수업을 들으니까. 나는 어떡하라고."

신화를 실화라고 믿는 사람들 앞에서 무슨 논리가 통하겠어?

건웅이 만약 학생이 아니었다면, 내가 최선을 다해 위해 주고 이야기를 들어 줘야 할 '고객'이 아니었다면 우리는 이런 사이가 될 수 있었을까?

건웅은 절대 알 수 없을 사실일 테다.

*

장준성이 행여나 고개를 이쪽으로 돌릴까 두려워서, 건웅의 손목을 잡아채 등을 돌리고 뛰었다. 손가락에서 개의 맥박이 점점 빨라지는 게 느껴졌다. 간만에 전력으로 달음박질했으니 그렇지. 우스웠다. 우린 이미 죽었는데 맥박은 뛴다는 게.

48

"건웅아."

네가 옆에 없었으면 나는 누굴 붙잡고 무너지지 않은 채 이 순간을 버틸 수 있었을까?

"건웅아."

무슨 말을 하려고 했는데 아무런 말이 나오지 않았다. 건웅이 어색하게 두 팔을 벌려서, 내 어깨를 잠시 안고 토닥였다.

그 팔을 놓고 고개를 돌려 장준성이 어딨는지 확인하는 개의 목덜미에서 매듭 하나가 스르륵 풀리는 걸 나는 보았다.

"이건웅, 대박. 너 지금 매듭 하나 풀렸어."

내가 외쳤다. 건웅의 얼굴이 하얗게 질렸다.

"표정이 왜 그래, 내가 그렇게 싫어?"

이상하게, 농담에도 아무 대답이 없었다.

건웅

죽기 일주일 전쯤의 밤이었나. 아주 길고 슬프고 징그러운 꿈을 꾸었다. 서진이 평소에 그랬듯, 그러니까 우리가 서로 사랑했을 때, 라는 이야기다. 어쨌든 걔는 평소에 그랬듯 내 목을 그러안고 있었는데 입술을 맞대진 않았고 대신 손을 내 입에 넣어 혀를 뽑아냈다. 혀는 끝없이 늘어졌고 구역질이 너무 나와 눈물을 줄줄 흘렸다. 내가 흘리는 눈물과 서진이 흘리는 눈물이 섞여서 누구의 것이 무엇인지 알 수 없었고, 바닥까지 내려간 혀에 온갖 땅벌레들이 들러붙어 근지럽고 따갑게 굴었다. 날벌레들은 혀에 붙는 대신 내 얼굴 근처에서 윙윙 소리를 냈다. 뭐가 달라졌어? 서진은 울었고, 물었다. 뭐가 달라졌던 건데? 왜 나 혼자 이렇게 되었어? 그러더니 말했다. 죽어, 죽어.

잠이 깨고 나서 세수를 했다.

네가 말 안 해도 곧 그렇게 될 텐데, 또, 또 성질 급하게 그러지 너.

그런 핀잔이 가닿을 대상이 이젠 어디도 없었다.

미성숙한 인간처럼 너에게 장난을 치던 게 왜 좋았냐면. 절대로 괴롭히는 걸로 즐거워하는 철없는 남자애 같은 마음 같은 건, 모두가 그렇다고 생각했지만 절대로 아니었어, 절대로.

너의 그 어떤 곳도 해하고 싶지 않기 때문이었는데. 어줍잖게 진지함을 가장하며 모두 아는 것처럼, 이해하는 것처럼 굴고 싶지 않았기 때문에.

서진이 떠난 후 단 한순간도 나 자신이 성하다고 여긴 적이 없었다. 막아 줄 수 없었다는 생각 때문이었는지. 아니, 그런 마음 자체가 더 큰 자만이었나. 나 따위가 뭐라고.

서진을 따라 같은 학교에 들어간 것은 결코 아니었다. 그저 이 좁은 땅덩어리에선 선택지의 개수마저 너무나 좁았던 것뿐. 세 번째 수능 성적표를 받아든 나를 데리고 장준성 앞에 선 아빠와 엄마는 오래도록 학교, 학과의 이름과 지원 가능한 점수가 적힌 배치표를 골똘히 바라보았다. 분명 학교들은 아주 많은데 내가 갈 수 있는, 혹은 둘의 자식으로서 마땅히 가야 한다고 여겨지는 곳들은 손가락 다섯 개 안쪽으로 들어와 있었다.

물론 그 안에서도 우열이 있다. 이 나라 사람들은 동점도 공동도 허용하지 않고, 어떻게든 높낮이를 가늠하려 든다.

"경영은 죽어도 안 돼요?"

"경영 가려면 여기까지 낮춰 써야 돼요, 아버지."

"선생님, 우리 건웅이는 경영 말고는 모르는 앱니다."

나는 난생 처음 듣는 이야기였다.

"어머니, 일단 과는 좀 낮춰서 집어넣으시고 생각하세요. 가서 전과도 할 수 있고."

"학원 진학 실적 때문에 일부러 애 낮은 과로 돌리는 거 아니에요?"

엄마, 제발.

"어머님 아버님, 툭 터놓고 말씀드릴까요. 애 과 상관없이 무조건 좋은 학교에 보내야 되는 이유요. 두 분도 살아 보셔서 아시잖아요. 주변 사람이라는 게, 환경이라는 게 얼마나 중요한지. 어머니, 근묵자흑이란 말 있어요. 좋아요, 건웅이 경영 보내 봅시다. 학교 수준은 한참 낮아질 거고. 건웅이가 경영 애들이랑만 놀겠어요? 저기 뭐냐, 농대랑도 놀고 예체능이랑도 놀고 그래요. 동아리니 팀플이니 하면서. 건웅이보다 한참 떨어지는 애들이랑만 놀면서 보고 배운다고요, 아버님, 건웅이가요. 국수영 111 이건웅이가 332 애들이랑 논다고요. 이해가 가세요?"

내가 소도 아니고. 엄마는 토를 달지 않고 한숨을 쉬었다. 세상에, 너는 삼수까지 시켰는데도 이 꼬라지니. 대체 누굴 닮아서……. 우리 정말 부끄러워서 어떻게 고개를 들고 다니겠니……. 당장 설연휴인데…….

재수, 삼수를 하며 서서히 알게 된 사실이 있었다. 등급을 낙인찍히는 것보다 유예하는 것이 안하무인의 최고급 캠퍼스커플 출신 부부에게는 덜 힘들다는 것. 응, 우리 건웅이 수능 한 번 더 보려고. 한 번 더 하면 우리 학교 경영까지 찔러볼 수도 있겠더라고…… 같은 근거 없는 말들을 자신들이 정말로, 진심으로 믿는다는 것. 할아버지 서울대 할머니 서울대 아버지 서울대 어머니 서울대 큰삼촌 서울대 작은삼촌 서울대 고모 서울대 이모 서울대 뭐 그래서, 그들은 자신들의 디폴트를 위해 청춘을 바치는 행위를 너무나 당연한 걸로 여겼다. 어쩌라고.

그때 서진이 교무실의 문을 열고 들어왔다.
"어, 서진아. 왔니?"
장준성이 서진과 말을 섞는 것을 처음 보았다. 쌤이라는 호칭을 쓰지 않았다. 서진아, 그렇게 불렀다. 나는 고개를 푹 숙여 눌러쓴 후드 아래로 얼굴을 최대한 숨기고 후드 끈을 양손으로 잡아당겼다. 진학 상담을 하고 있단 사실도, 아빠와 엄마가 둘 다 옆에 있단 사실도 다 창피했다.

"데스크 쌤들 다 안 계시네요."

"휴가 쓰셨지. 강사들도 거의 다 휴가 썼어. 교무실 조용하잖아."

그러고 보니 교무실엔 아무도 없었다.

"죄송해요. 상담하시는 데 방해해서. 저 빈 강의실에서 기다리고 있을게요."

서진이 잠시 어깨에서 내려놓았던 가방을 다시 들었다. 그 애가 입은 커다랗고 긴 검은색 패딩의 반질반질한 소매에 자꾸 눈길이 갔다.

"그래. 상담 끝나고 부를 테니까 조금만 기다려."

"네."

서진이 나가고 난 후 잠시 정적이 내려앉았다. 어디까지 말했더라, 를 아무도 기억하지 못하는 것처럼.

"저 애는 학생이에요?"

엄마는 침묵을 견디지 못하는 나머지 언제나 쓸데없는 말을 하는 사람이었다.

"아, 아니에요. 대학 후배인데 여기서 아르바이트로 질문 조교 했던 친굽니다."

"어머, 그렇구나."

"제가 연결해 줬거든요. 이제 졸업반이고 취업 준비도 해야 하는데 어떻게든 시간을 조정해서 계속 일하고 싶다고 하길래 일단 와서 얘기하자고 그랬죠. 애가 형편이 좀 안 좋습니다."

그런 얘길 왜 당신이 하는데.

"어머, 그래도 대견하네요. 똑똑한데 생활력도 있나 봐."

"선배 되는 입장에서 후배가 술집까지 나간다는 소문이 도는 데 참을 수가 있었어야죠."

"……어머 선생님, 너무 훌륭하시다."

무슨 개소리를 지껄이는 거야. 후드를 휙 벗었다. 따닥 소리를 내며 정전기가 올랐다. 머리가 사방으로 뻗었다.

상담 막바지에 쫓겨났다. 선생님이랑 셋이서 얘기 좀 나누게 자리 비켜주지 않을래? 후드 주머니에 양손을 찔러 넣은 채 장준성에게 쭈뼛대며 허리를 굽힌 후, 복도로 나왔다. 복도는 싸늘했다. 여기 어디에 서진이 있을 텐데. 교무실 맞은편의 강의실에도, 그 옆에도 서진은 없었다. 그렇게 복도를 전부 헤집었다. 서신은 맨 끝의 강의실에서 혼자 빨개진 귀를 하고 발을 동동 구르며 앉아 있었다. 교실 전체가 냉골이었다.

"양 선생님."

뭐라고 말을 이어야 할지 잘 몰랐지만 일단 불렀다.

"아, 건웅 학생. 오랜만이에요."

"백만 년 지났네요."

"그니까요. 봐요, 금방 일 월 되잖아요."

"이제 쌤이랑 밥 먹어도 되죠."

"그래요 뭐."

서진이 걸터앉고 있던 책상의 왼쪽에 나도 엉덩이를 걸쳤다.

"쌤 왜 왔어요."

"여기서 뭐…… 좀 받을 게 있어서. 서류 같은 거요."

"장준성이랑은 아는 사이예요?"

"장준성 쌤."

"쌤이라고 부를 만한 사람 아니에요. 걔라고 안 하는 게 다행
이지."

"하이고."

"원래 알던 사이예요?"

"동아리 선배예요."

"무슨 동아리요?"

"노래패."

"쌤 노래도 해요?"

"잘 못 해요. 그냥 어쩌다 들어갔던 거지."

"나도 거기 들어가야겠다. 들어가서 쌤 뜯어먹어야지."

서진이 뭐라고 대답할 줄 알았는데, 한참이 지나도 아무 말이 없었다.

"아오. 그렇게 싫어요?"

"아뇨. 그게 아니고. 딴 생각했어요."

"안 뜯어먹을 거니까 걱정하지 마요. 저 먹을 건 제가 알아서 사 먹어요. 쌤 밥도 사 줄 테니까 걱정하지 말아요. 은혜 갚은 까치 될 거니까."

서진이 웃었다. 나는 그 옆모습을 가만히 바라보았다. 질문 시간에는 서진이의 오른쪽에 앉아야만 했기 때문에 한 번도 왼쪽 얼굴을 제대로 본 적이 없었다. 대부분 사람은 왼쪽 얼굴이 더 잘났다고들 하던데. 그 말이 하나도 틀리지 않았다. 패딩의 목깃이 크고 두툼한 게 싫었다. 얼굴을 자꾸 가리니까. 그런데 목도리도 모자도 장갑도 없나. 추운데.

"쌤. 콧물 나는데요."

괜히 놀렸다. 서진이 허허 웃으며 소매로 코를 훔쳤다. 나도 이상하게 코끝이 촉촉했다. 추워서.

서진

    세상의 별별 사람들이 이미 너무나 많이 나를 만졌기 때문에 차라리 그걸로 돈이라도 벌자, 싶은 생각이 자꾸 들었다고 말한다면 이상하게 볼까? 고등학교 때의 담임, 새터에서 '뽕가리'를 먹고 만취했던 과 동기, 과외생의 아버지, 인문대의 그 교수나 재수 학원의 부원장 같은 사람들.

    가장 무서웠던 것은 당황의 단계에서 옮겨 가는 곳이 분노가 아니라, 수용과 무감이라는 사실이었다. 점점 아무렇지도 않게 되었다. 아, 또 만지는구나. 그러면서 생각했다. 아마 이런 짓을 했으니까 내게 함부로 하지 못하겠지. 내치진 못하겠지. 자르진, 못하겠지.

    나는 오히려 나를 만지는 사람들보다, 서진이는 워낙 남자한테 인기가 많잖아, 하고 팔짱을 낀 채 픽 웃는 여자들 때문에 더 슬펐다. 남자들과 유독 친했던 어느 여자 선배는 술자리에서 그런 말을 하더니 엉엉 울기까지 했다.

"나는 남자애들이 진짜 내 친구라고 생각했거든. 그런데 양서진한테 몇 명씩 들러붙어서 쟤를 어떻게든 해 보려고 안달난 걸 보니까 완전 다 산산조각난 거야. 아 저 새끼들, 진짜 저 새끼들도 다를 바 없구나. 그래서 이제 친구라는 말이 안 나와. 내 대학 친구들, 다 없어진 거야. 난 이제 누구도 못 믿어, 아무랑도 못 친해져."

그 말이 꼭, 내 존재 때문에 모든 게 잘못되었다는 뜻으로 들려서 고개를 숙였다. 내가 잘못했다고는 말하지 않았지만, 내 존재가 없었다면 그 선배는 친구들을 잃지 않았을 테니까. 제대로 쳐내지 않은 게, 사주는 대로 얻어먹은 게, 웃기려 안달을 하길래 장단을 맞춰 웃는 소리를 낸 게 잘못이었다. 나 하나로 인해 누군가 불행해졌다며 울고 있는데 어떻게 그 자리에서 무고함을 주장할 수 있을까.

사람들은 언제나 자기 경험을 자로 삼아 세상을 재단한다. 그래서, 경험은 상상의 폭을 제한한다. 터무니없이 좁게 만든다. 어젯밤 라면을 먹고 자서 눈이 부었다며 웃는 나의 집에서 실제로는 무슨 일이 일어났을지 내 말과 다른 짐작을 할 수 없고, 가족 얘기만 나오면 표정이 굳고 움찔하는 걸 알아채지 못

한 채 쉴 새 없이 자기 가족 이야길 하며 깔깔대고 웃고, 술에 취해 나를 만졌던 남자애와 데이트하며 갔던 음식점에 대해, 카페에 관해 이야기한다. 그 이야기가 누군가에겐 트리거가 될 수 있다는 걸 전혀 상상하지 못하는 것이다. 혹은 신경 쓰지 않거나. 혹은 신경이 쓰이더라도, 자기 꼴리는 말을 필터 없이 내뱉고 싶다는 욕심이 그걸 압도해 버리거나.

토킹바라는 이름. 말도 안 되게 높은 시급을 보고 구린내를 맡으면서도 군이군이 누군가에게 확인을 받고 싶어 학교 커뮤니티에 글을 올렸다. 이런 알바는 뭔가요? 해보신 분 있나요? 그러자 댓글들은 다 그랬다. 장난 까세요? 진심으로 올리는 거임? 와 학교 수준 보소, 언제 여기까지 떨어졌냐. 그리고 이런 말. 돈 줄 테니 걍 나한테 대줘라. 누군가는 별표로 철자 몇 개가 가려진 아이디의 나머지 부분을 군이 구글링해서 신상을 알아냈다. 무슨 과 몇 학번, 이니셜은 이거. 한순간에 털리는 것은 어려운 일도 아니었다. 그런 짓의 비윤리성을 문제 삼을 수조차 없던, 아직 사람들이 싸이월드를 넘나들며 타인을 염탐하길 망설이지 않던, 연대 같은 단어가 등장하지 않던, 그토록 어정쩡하던 이천십 년대 초반이었다.

다시 한 번 말하지만, 그런 삶을 살아 보지 않은 사람들은 상상하지 못한다. 같은 캠퍼스에서 방금 옆을 지나간 사람이 이

번 주에 몇 끼나 먹을 수 있었는지, 그 사람이 매일 몸을 누이는 공간이 관짝보다 클지 아닐지, 교통 카드의 잔액이 떨어지는 게 얼마나 큰 공포로 다가오는지, 같은 것들을. 그러니까 그런 댓글도 쓸 수 있었겠지. 그러나 그때의 나는 탓할 생각이 없었고 여전히 내가 잘못이라고 생각했다.

어떡해. 괜한 질문을 올려서 사람들에게 욕을 먹었어. 학교에서 공부에 매진하던 사람들을 언짢게 했어.

부모님이 막냇동생만 데리고 집에서 사라진 것이 이학년 일학기 개강 날이었다. 둘째가 막 스물이 되었을 때였고, 하나밖에 없는 내 계좌에는 구만 원이 남아 있었으며, 보증금은 이미 그들이 모두 까먹은 상태였다.

*

건웅은 나보다 늦게 여기 왔는데도 아는 사람들이 많았다.

"그런데 왜 매듭은 안 풀려고 그렇게 안달이야? 나 저번에 네 표정 썩는 거 보고 진짜 놀랐잖아."

내 말에 걔는 아무렇지도 않게, 웃지도 않고 바로 대답했다.

"벗어나면 뭐가 있다고. 난 여기 있을래."

"안 지겨워?"

"너도 계속 여기 있겠다며. 너야말로 안 지겹냐."

몰라, 나도.

건웅과 함께 '삼촌'을 찾았다. 솜씨 좋게 자른 투블럭에 맨숭한 얼굴, 하지만 어찌나 큰지 터틀넥을 입고 죽었어도 도드라지는 목젖을 가진. 생전에 간이 안 좋았는지 얼굴색이 어두웠고 항상 얼굴에 눈곱이나 빠진 속눈썹, 혹은 자잘한 코딱지를 달고 다녔다. 몸에서는 섬유 유연제 향기가 났고 머릿결도 항상 단정히 정돈되어 있었는데 이상하게 얼굴에 그런 게 묻은 걸 잘 몰랐다. 특히 누렇지 않고 노란 눈곱. 끈기가 있어 손가락을 갖다 대면 주욱 늘어질 듯한 눈곱이었다.

"건웅이 얘가 똑똑하더라고요. 어떻게 귀신같이 알고 나를 찾아왔는지 몰라, 보통은 항상 내가 먼저 찝적대는데."

"근데 삼촌은 왜 이런 일을 하세요?"

"인도주의적 측면에서?"

"예?"

"아니, 그냥 심심해서죠 뭐. 잉여입니다, 잉여."

삼촌은 이를테면, 이 세계의 탐정이었다.

"이건웅 너는 어떻게 삼촌 같은 사람이 있는 걸 알았는데?"

"아니, 난 그냥 생각했지 뭐. 여기서 사람들이 제일 필요로 하는 게 뭘까. 여기 벗어나는 거 말고, 그 전에 어떻게든 얻고 싶어하는 게 뭘까. 결국엔 궁금증이더라. 내 장례식이 어땠을까? 나 죽고 사람들은 어떻게 살고 있을까? 그리고 뭣보다, 저 새끼는 왜 죽었을까, 뭐 이런 거 있지."

살아 있던 시절에도 그랬지만, 정말이지 나로서는 도저히 당해낼 도리가 없는 재간둥이였다.

삼촌에게 장준성의 뒷조사를 부탁하고 나왔다. 우리 구역 쪽에 와서 아무 데나 보이는 벤치에 철퍼덕 앉았다. 이건웅의 눈알이 대구루루 도는 소리가 들렸는데 애써 모른 척했더니 건웅이 금세 이름을 불렀다.

"서진아."

"응?"

"근데 나, 진짜 바보다."

"뭐가."

"우리 왜 헤어졌는지 기억이 잘 안 난다."

"멍청이."

"나이 들어서 기억이 희미해졌나 봐."

"그런 걸 뭐 하러 기억해. 다 끝난 일을."

건웅

왜 우리는 서로를 보내야 했을까. 좋았는데. 서로가 없으면 도저히 안 될 것 같았는데.

사랑한 것도 말하기 전에 헤어진 과거를 먼저 되짚어 보려 하니 바보 소리를 듣지.

우리 처음에, 어떻게 서로를 특별하게 여기기 시작했더라, 라고 물었을 수도 있을 텐데.

확실한 것 단 한 가지는, 우리 둘 다 누군가의 사랑을 받아 소화하는 데 지독하게 서툴렀다는 것일 테지. 한 번도 본 적이 없는 것을 양껏 먹어 보려 했으니.

아 진짜 나 연애한 적 없다니까? 내가 말하면 서진은 삐쭉댔다. 그런 애가 그렇게 학원에서 들이댔냐? 응? 그래?

"너도 ABC 줬잖아."

"그거야 공부 열심히 하라고 준 거고."

"나 말고 다른 애들은 안 줬잖아."

"나한테 오는 애들 다 재수였는데 너 혼자 삼수생이라서."

"아오."

"너 그때 얼굴이 얼마나 죽을 상이었는 줄 아냐."

"뻥 치지 마. 좋아했으면서 안 그런 척 하기는."

"안 좋아했다고."

"근데 지금은 왜 사귀어?"

"잘못 코 꿰인 거지."

그렇게 서로에게 떽떽거리다 보면 두 뼘 정도 위에 있는 내 얼굴을 향해 한껏 목을 쳐들고 소리치는 개가 귀여워서 폴싹 안아 버리곤 했다. 음, 만약 우리가 다른 어린 커플들처럼 서로의 SNS 계정에 온갖 애정 표현을 남기고, 계정 태그 표시를 써서 서로를 소환하고, 데이트 코스를 매일 같이 고민하며 머리를 맞댈 수 있는 연애를 했다면 달라질 게 있었을까.

결국 합격 통지를 받고 나서야 식사 약속을 잡았다. 양 쌤 저 학교 붙었어요. 내 문자에 서진은 축하한다고 답했다. 어느 학교냐고 물어봐 주길 바랐는데 그 뒤로 이어지는 문자가 없었다. 손톱을 물어뜯다 다시 보냈다. 쌤네 학교 됐어요 저. 그러

65

고서 두 시간은 더 묵묵부답이었는데 미치고 팔딱 뛸 때쯤이 되어서야 핸드폰이 진동했다.

그럼 학교 앞에서 밥 사면 되겠네요.

그럼요, 아무렴, 그렇고 말고요. 무릎으로라도 기어가죠.

그렇게 답장을 보내고 우당탕탕 거실로 나갔을 때 식탁에 앉아 있던 엄마는 말했다. 대학은 합격했으니 이제 토플을 잡으면 되겠다고.

그래요! 뭐 그땐, 아무것도 들리는 게 없었다.

"뭔 일 있니 아들. 왜 그래?"

"대학 붙은 게 좋아서."

"세 시간 전에 봤으면서 아직도 좋아?"

"응."

"정신 차려, 이제 시작이야. 이 년이나 손해 봤으니 더 바짝 가야지."

안 들려요, 안 들려.

처음 나랑 밖에서 밥 먹으러 나올 때 어떤 느낌이었어?

나중에 비스듬한 천장을 보며 물었을 때 옆에 누워 있던 서진은 가만히 내 손을 잡았다.

"음. 있지."

"엉."

"그날 너를 바람맞히면 안 된다는 생각으로 안 죽었던 것 같아. 미안하니까."

가끔 그렇게 심장 툭 떨어지는 소리를 할 땐 도무지 어떤 장난도 칠 수 없었다. 꼭 껴안는 것만 할 수 있었다. 그러고는 걔의 손바닥을 가져다가 내 뒤통수에 대었다. 서진은 내 뒤통수 쓰다듬는 걸 좋아했다. 동글동글해서 만질 때마다 기분이 나아진다고, 그랬다. 작은 손에 꽉 차서 다른 어떤 것도 비집고 들어올 틈이 없다고. 걔의 손이 부드럽게 뒤통수를 오르락내리락할 때, 나는 누군지도 모를 대상에게 조용히 욕을 했다. 불행을 액체로 만든 자에게. 흐르고 흘러 낮은 곳에만 고여 썩어 버리도록 만든 자에게. 저만 보송하게 살면 족한, 높은 곳의 사람들에게. 서진은 가끔 내 머리카락을 제 손에 꼬다가, 우리가 나중에 헤어지면, 같은 말을 아무렇지도 않게 꺼냈는데 그게 다 서진의 머릿속으로 흘러 고인 불행이 끝없이 찰랑대기 때문이었다.

그런 상상을 왜 해야 해. 대체 왜.

언제나 떠 있는 해가 되어 줄 순 없어도, 물기를 닦아 내는 수건쯤은 가능할 거라고 생각했다. 그땐 그렇게 거창한 생각을 할 수 있었다. 무지해서 가능한 일이었나.

"근데 우리 학교 앞이면 순댓국밥이랑 해장국이랑 부대찌개, 이런 거밖에 몰라요, 저."

"아, 더 맛있는 거 없어요?"

"추운데 따뜻한 거 먹으면 좋죠, 왜."

"그거야 좋은데 맨날 먹는 거 말고 좀 맛있는 걸 골라 봐요……."

"왜요, 해장국 싫어해요?"

아니 그건 아니고, 마냥 혼자 좋아해 오던 너랑 처음 밖에서 밥을 먹는데 내가 해장국을 먹어야겠냐고.

"그런 거 말고. 먹고 싶던 거 없냐고요."

나중에야 그것이 서진의 생존 방식이었다는 걸 알게 됐다. 쟤는 남들과 다른 애야, 라는 이미지를 다른 사람에게 심어 주는 것이. 털털한 애. 싼 거 사 줘도 되는 애. 뭐든 잘 먹는 애. 소탈하고 검소한 애. "물론 진짜로 배고파서, 다 맛있기도 했고." 서진이 그렇게 덧붙일 때마다 속이 잔뜩 상했다. 사람 마음 찢어 놓는 데 일가견이 있는 애였다. 더 속상한 건 단 한 톨도 개의 잘못이 아니라는 거였다.

이렇게 말랐나, 아무것도 못 먹어서. 야윈 날개뼈를 만지고 있을 때마다. 납작한 가슴에서부터 배 한가운데까지 골이 쭉

패인 몸을 볼 때마다 축축한 서진의 목소리가 귓바퀴를 떠나지 못하고 내내 소용돌이쳤다. 모두가 사라진 날 내 계좌엔 구만 원밖에 없었어, 하던 말.

서진과 처음 밥을 먹던 날엔, 친구들에게 대학 합격 턱을 쏘겠다며 엄마에게서 카드를 받아갔다. 그러고는 메뉴를 다섯 개시켰다. 황당해하는 서진에게 말했다. 내가 다 먹어 보고 싶어서 그런 건데요. 먹을 만큼만 먹고 남기면 되죠.

서진은 그때를 다시 되새길 때마다 그렇게 말했다. "그날 네가 정말로 미웠어, 그런데 그것도 내 자격지심이겠지."

아냐.

별 것 아닌 줄 알았던 나의 서투름이 너의 세상에선 잘 벼려진 칼날이 될 수 있다는 걸 내가 알았어야 하는데 그러질 못했어. 몰라서. 모르고 싶어서.

나는 메뉴 다섯 개를 시켜 놓고 무슨 말을 해야 할지 몰라서계속 까불기만 했다. 서진의 표정이 점점 풀리는 건 **보는** 게 기뻤다. 걔가 하하 소리를 내며 눈을 반달처럼 접고 웃어서 행복했다.

서진

삼촌에게서는 생각보다 연락이 금방 왔다. 어려울 것도 없었어, 어찌나 여기저기 자기 얘길 다 하고 다니는지. 삼촌은 쓴웃음을 지었다.

"이 판에 오래 있으면 있지, 환멸 나는 꼬라지를 자주 보게 되거든."

"어떤 거요."

"개 버릇 남 못 준다고, 인간들은 살아 있을 때의 성격 그대로 품고 여기를 와. 쓰레기 같았던 놈들은 여기서도 쓰레기 같지. 근데 여기서는 배척당하지 않아. 왜? 다들 아무나 붙잡고 살 부빈 다음 얼른 탈출하고 싶으니까. 찬밥 더운밥 못 가릴 상황 덕을 개들이 보지."

삼촌은 어떻게 이토록 빠른 시간에 그를 알아챈 걸까. 부탁받은 지 얼마나 됐다고.

"그래서, 왜 죽었다는데요?"

"음, 두 가지인데. 일단 인강 강사로 한창 뜨려고 할 때 여자애 하나를 건드렸다가 부모가 쫓아오고 인터넷에 공론화해서 난리가 났었대, 근데 그 부모가 아마 좀 사는 사람들이었다나 보지? 그래서 밥줄 끊겼고."

"그 정도로 죽을 사람은 아닌데요."

"뭐 그렇지. 결정적으로 주식이랑 부동산 투기랑 강사 그만두고 벌인 사업 이렇게 세 개가 트리플로 한번에 파탄 나서인 것 같아. 일주일 만에 전 재산이 날아갔다나 뭐라나. 차 안에서 번개탄 피우고 죽었단다."

그렇구나. 바로 그 돈 때문에. 어차피 자기가 다 잃을 거였으면, 왜 나를 거지라고 부르며 그렇게 가두고 때렸을까. 개새끼.

"오늘은 건웅이랑 같이 안 왔네?"

"제가 혼자 듣고 싶다고 했어요, 장준성 죽은 얘기. 건웅이 옆에 두고 듣기 싫어서요. 어디서 혼자 놀고 있을 걸요."

"건웅이가 자기 많이 좋아해."

"네?"

"둘이 전생에 알던 사이인지 아니면 여기 와서 만난 건진 모르지만, 내가 사람 표정 보는 덴 고수니까. 건웅이가 서진 씨 엄청 생각한다고. 걔가 왜 여기 뜰 시도 안 하는지 알아? 뜨면 서

71

진 씨랑 못 만나잖아. 저 너머에 뭐가 있는지도 모르고. 그냥 물처럼 증발해서 몸도 혼도 기억도 안 남는 게 결론일 수도 있는데, 그럼 서진 씨와는 영원히 바이바이인 거잖아. 아마도."

"이제 와서 그런 거 생각해 봤자 뭐 해요."

"그래, 그 말도 맞다. 이제 와서 그래 봤자 무슨 소용이겠니. 에휴, 모자란 놈."

모자란 놈.

"그런데 사람 마음을 어떻게 맘대로 움직이겠니. 좋다는데 내가 어떻게 더 뭐라 할 수 있겠어."

"건웅이한테 뭐라고 많이 하셨나 봐요."

"솔직히 그랬지. 정신 차리라고. 자극이라곤 살 문대는 것밖에 없는 세계에서 아무런 자극 못 받고 눌러앉아 있어 봤자 뭐 해. 얼른 쫑을 내버리는 게 낫지. 근데 서진 씨는 그럴 생각이 너무 없어 보여서, 건웅이 새끼 혼자 속 끓일 게 뻔히 보였거든. 더 안 된 건 뭔 줄 알아? 물론 알겠지만."

"뭐요."

"건웅이는 서진 씨 절대 못 건드려. 둘이 서로 정분이라도 나 봐. 영원히 이별하는 급행열차 타는 거지. 서진 씨, 목 뒤에 있는 거 생각보다 빨리 풀리거든. 익숙해지면 사람 갈아타는 건 일도 아니지."

사람들한테 관심이 없어서 몰랐다. 주변 사람들이 얼마나 빨리 획획 바뀌는지. 그러고 보니 여기 온 첫날 만났던, 내게 욕을 퍼부었던 그 여자를 오며가며 보지 못한 것도 이미 오래였다.

삼촌에게 다음에 또 봬요, 라고 인사를 했다. 장준성 얘기를 들으며 열이 받았는지 목이 끈적했다. 땀투성이였다. 죽기 전에 시원하게 머리라도 자를 걸, 좀 다듬기라도 하고 죽을 걸, 이 머리로 평생 살게 될 줄 알았더라면. 그렇게 생각하다 나도 모르게 화들짝 놀랐다. 평생, 과 살다, 라는 두 단어 때문에. 투덜대며 머리채를 한 손에 쥐고 바짝 올렸다. 머리를 묶을 수 있는 고무줄이 있다면 좋을 텐데. 삼촌이 뒤에서 컥 소리를 냈다.

"감기 걸렸어요?"

죽은 사람이 감기에 걸릴 리가 없는데도 그런 멍청한 질문을 했다. 삼촌은 입을 가리며 손을 내저었다.

삼촌의 거처에서 나와 건웅이 시간을 죽이며 기다리는 쪽으로 향했는데 건웅은 혼자가 아니었다. 어, 다 끝난 거야? 인사하는 건웅 옆에서 어떤 남자아이가 벌떡 일어나더니 꾸벅 허리를 굽혔다. 건웅이 아이의 뒤통수를 쓰다듬었다.

"기다리면서 사람 구경하는데, 울면서 지나가는 애가 보이길래 불렀어."

애였다. 정말 애. 키는 나만 했고, 작은 얼굴에 실처럼 가는 보조개 두 개가 박혀 있었다. 끽해야 열세 살 정도일까. 그렇게 어린 애가 왜 여길 올까.

"이름이 뭐예요?"

그 애가 입을 열었다. 아직 변성기가 지나지 않은 금속성의 목소리였다.

"정선형이요."

"몇 살이에요?"

"중학교 일학년이요."

누군가 소리 없이 다가와 심장에 올가미를 걸어 놓고 홱 당기는 기분이었다. 아찔했다. 스스로 목숨을 끊은 중학교 일학년이 내 눈 앞에 존재한다는 사실이. 아는 사람 하나 없는 여기에 혼자 떨어져 있다는 사실이. 골목 구석의 쓰레기더미 옆에 홀로 방치되어 슬프고 어리둥절한 표정을 짓고 있는 곰 인형 같았다. 선형은.

"맙소사, 이를 어쩌면 좋아."

나도 모르게 마음이 입 밖으로 튀어나왔다. 선형의 눈은 아직 퉁퉁 부은 채였다. 건웅이 선형의 뒤통수를 쓰다듬던 손을 몇 번 파닥거리며 움직였다. 아이의 머리가 새집처럼 헝클어졌다.

74

"아직 적응 안 됐으면 이모랑 조금만 같이 다닐래?"

"야 네가 왜 이모야, 네가 이모면, 나는. 나는 형 하고 싶다고."

"형 같은 소리 하네, 네가 몇 살인데 형이냐. 양심 좀 챙기고 살아."

"와꾸가 형이잖아."

"와. 이건웅 미쳤네."

"뭐가."

"뚫린 입이라고 막말하는 거 아니다."

그렇게 둘이서 투닥거리니 선형이 푸푸 소리를 내며 웃었다. 그러고는 내 옷자락을 슬쩍 잡더니 말하는 것이었다.

"누나랑 다닐래요."

……겉보기와는 달리 보통 애가 아니었다. 너 어디서 이렇게 널 닮은 애를 데려왔어. 농담을 섞어 건웅에게 핀잔을 놓았다.

처음으로 궁금해졌다. 생전에 나와는 전혀 접점이 없었을 타인이 통과해야 했던 삶과, 선택해야 했던 죽음의 이유가.

건웅도 장준성도 내가 이미 알던 사람이었고 삼촌은 나보다 어른이었지만, 저 아이는 아니었다. 여기 왔던 첫날 내게 왜 목숨을 끊었냐고 묻던 그 여자를 피해 슬금슬금 도망가던 게 나였는데, 왜 알지도 못하는 사이에 그런 걸 함부로 물어보고 난리야, 싶은 생각으로 욕을 먹으면서 등을 돌렸던 게 나였는데. 그랬던 내가 이 애 하나에 대해서만큼은 골똘해지게 되었다. 왜 저 나이에 그래야 했을까. 이미 돌이킬 수도 없는 일임에도 불구하고.

아마 그 애가 너무나 밝아서였을 수도. 선형은 웃음이 아주 많았다. 자주 몸을 들썩였고, 손뼉을 치며 하이톤의 목소리로 웃었다. 건웅과 둘이 붙어 있을 때마다, 피아노 건반으로 따지자면, 하얀 건반 세 개 정도 위로 올라간 목소리를 서로 내는 것을 들을 수 있었다. 그렇게 매사를 즐겁게 누릴 수 있는 아이가 왜, 왜 그런 짓을 저질렀을까.

짓. 이라고 생각하다가 혼자서 머리를 퉁퉁 쳤다. 쓰레기 같은 삶을 스스로 용기 내어 포기한 행위를 절대 그렇게 낮은 위치의 단어로 칭할 수는 없었다.

"누나 무슨 생각해요."

빽빽 신나게 소리를 지르며 건웅과 뒤엉켜 몸싸움을 하던 선형이 옆에 와서 물었다. 건웅의 손목을 붙잡은 채였다. 질질 끌려온 건웅도, 눈을 빛내고 있는 선형도 머리카락이 잔뜩 흐트러져 엉망진창이었다. 남자애들이란.

"옛날 애인 생각해. 왜."

"아 왜 그런 생각을 해요."

"그런 생각하면 안 돼?"

선형이 빙글거렸다. 뺨 양쪽에 예의 그 긴 보조개가 들어갔다.

"그럼 건웅이 형 운단 말이에요."

……정말이지 보통 애가 아니다.

선형은 밤이 되면 눈을 꼭 감았다. 잠을 잘 필요도, 잠이 들수 없는데도 그랬다. 가만히 누워서 두 손을 배꼽 위로 모아 올리고, 눈꺼풀을 꾹 닫고는 일부러 쌕쌕 소리를 냈다. 처음에는 그게 우습고 귀여워서, 건웅과 함께 웃었다. 사람은 이름 따라 간다더니 정선형이라 저렇게 반듯이 누워 있나 봐. 그런 말도 나누면서. 선형을 방해하지 말자고 몇 번을 다짐했으면서도 가끔은 너무 궁금해서 그 볼을 콕 찔러 보았다. 그러면 보조개가 쏙 들어갔다. "뭐 해?" 우리가 번갈아 묻는데도 선형은 눈을 뜨지 않고 고개만 도리도리 흔들었다. 심심하지도 않나 봐, 어떻게 저렇게 가만히 누워 있지? 언젠가는 우리도 비스듬히 누워 선형을 따라 눈을 감았는데 정말 얼마 되지도 않아 개미가 몸에 기어 다니는 듯 좀이 쑤셔 견딜 수 없어 펄쩍펄쩍 뛰었다.

결국 선형이 말없는 의식을 반복하는 어두운 시간 동안, 나와 건웅은 잠시 나와 거리를 걷기도 하고 어딘가에 앉아 있기도 했다. 아무런 자극이 없는 세계에서, 타인의 눈빛과 얼굴 말고는 변하는 것이 아무것도 없는 이 세계에서. 그러다 문득 깨달았다. 내가 죽으며 잃은 감정이 무엇인지를.

　　이건웅, 안 지겹냐고 물었지?

　　하나도 지루하지 않았다.

건웅

서진은 오늘부터 일 일, 오늘은 백 일, 그다음엔 일주년, 하고 날짜를 세는 연애가 우습다고 했다.

"정말 부자연스럽지 않아 그거? 그럼 그날 전에는 서로 안 사랑했나? 어제까지는 남남이었다가 오늘부터 죽고 못 사는 사이입니다 땅땅, 하는 게 안 웃겨? 기념일이란 것도 너무 이상해. 어제까진 서로 죽이지 않고는 못 살다가 오늘 갑자기 삼 주년이니까 어디 나가서 밥 먹고 사진 찍고 하는 거."

"근데 그럼 사람들한테 언제 어떻게 말할 수 있어? 제가 양서진이랑 사귀기 시작했는데요, 그러니까 양서진을 호시탐탐 노리던 여러분들은 맥 빠지게도 모두 실패하셨답니다, 하고 말해야 되는데."

"내가 사냥감이야?"

"말하자면 그렇단 거지. 근데 걱정되고 불편한 건, 정말 숨길 수가 없잖아."

"내가 알아서 쳐 내니까 쓸데없는 걱정하지 마."

네가 쳐 낸다 해도 그게 통하냐고. 혀끝에까지 치달은 말을 애써 다시 꾸역꾸역 목구멍 안으로 집어넣었다.

그때 그냥 바득바득 우겨서라도 날짜를 셀 걸. 세는 행위는 기억을 쉽게 만드는데.

서진은 이 월 중순이 다가오자 한사코 나를 다시 만나지 않으려 들었다. 어차피 입학하면 캠퍼스에서도 질리도록 마주칠 텐데 뭣 하러 굳이 중순에 또 만나요. 건웅 씨 이 월 중순에 안 바빠요? 오티 가느라 설레지 않을까요? 새터 갈 짐 챙겨야 하지 않아요? 또 뭐 있더라. 어쨌든 저 만날 여유는 없을 걸요?

"쌤. 밥 한 번도 못 먹어 줘요?"

"저번에 먹었잖아요."

"그러고 평생 안 볼 거였어요?

"나중에 먹자니까요, 나중에. 저도 요새 바빠요."

아무리 바빠도 밥 안 먹고 살진 않을 거면서. 그래, 됐다 됐어. 제풀에 지쳐 전화를 끊곤 방에서 데굴데굴 구르며 노래를 부르는 게 일상이었다. 그래 맞아, 서진 쌤이 내가 싫을 수 있지. 부담스러울 수 있지. 이 새끼는 뭐 하는 새끼야, 하고 겁을

80

먹을 수도 있지. 무서운 세상이니까. 조심해야지, 그래야지. 내가 너무 급했지, 그치. 하지만 씨발! 그렇게 되뇌며 스스로에게 벌을 내렸다. 착각하지 말자. 나대지 말자. 이건웅아, 제발 어른이면 어른답게 너 자신을 컨트롤 좀 하자꾸나.

죽기 전 나이 앞자리에 숫자 삼을 달았던 때는 내가 어른이라고 생각지 않았는데, 이상하게도 앞자리에 이를 단 지 몇 해 되지도 않았던 그 시절에는 자신을 어른이라 생각했던 게 퍽 우습긴 하다.

결국 그렇게, 서진과 커플이 되어 오티 첫날 화려하게 "제겐 여자친구가 있습니다!" 하고 자기소개 하려던 원대한 꿈은 사라졌다. 먼지 뭉치처럼, 서진의 빗자루질 한번에 싸악. 그리고 입학 후 자연스레 들어간 서진의 노래패 첫 연습에서, 재수 학원 담임이었던 장준성과 다시 맞닥뜨렸다. 선배란 건 이미 서진에게 들어서 알고 있었지만 첫 연습부터 모습을 비출 줄은 몰랐다. 여기서도 학원에서처럼 모두를 아랫사람 부리듯 하리란 것도. 원래 그런 선배님이시니까 그냥 그러려니 해. 기장이었던 누나는 그렇게 말했다. '원래 그런 사람'이라는 말로 얼마나 많은 것들이 고쳐지지 않은 채 묵과되고 넘어가는 걸까?

"아니, 이건웅이가 여기 있어서 깜짝 놀랐잖아?"

쉬는 시간, 담배를 피우러 문화관 밖으로 나온 내 뒤를 장준성이 쫓아와 어깨에 손을 둘렀다. 아, 예예, 안녕하세요. 고개만 슬쩍 숙였다.

"이제 대학생이라고 폴더 인사 안 하네, 우리 건웅이. 아버지는 잘 계시고?"

"예."

"그럼, 잘 계셔야지." 그러더니 코를 찡긋거렸다. "아들내미 대학 보내겠다고 그렇게 아등바등하셨는데 어쩌나, 노래를 부르시던 경영엘 못 가서."

"경영 갈 생각 없었어요."

"그거 성적 안 돼서 못 간 애들이 자위하는 말인 거 알지, 건웅아?"

대답할 마음도 없었다.

"어머니는 어때, 아직 잘 계시고?"

개새끼.

"건웅이 어머니야말로 건웅이를 그토록 위하던 분 아니니, 왜 대답이 없어, 우리 건웅이."

"들어가야 돼요."

"이 건웅아."

들어가려는 등 뒤에서 장준성이 뱉었다.

"거짓말해서 들어온 대학, 되게 좋지? 이건웅아."

아빠는 내게 멍청한 짓거리들 좀 하지 말라고 했다. 너는 어떻게 된 애가 공감 능력 하나 없냐고, 그렇게 별 것 아닌 것 하나하나에 사사건건 꼬투리를 잡아서 얻을 게 뭐가 있겠냐고. 그렇게 유도리 없이 살면 아무것도 얻을 수 없다고 그랬다. 네가 그렇게 고귀한 척 살아서 뭐가 될 줄 아니? 너는 사람 냄새가 안 나, 사람 냄새가.

엄마는 좀 더 실리적으로 말했다. 구린 구석 하나 없는 사람이 세상에 어디 있는 줄 아니? 모든 사람이 다 그런 구석을 갖고 있어. 네가 지금 이렇게 고고한 척하는 게 분명 너한테 부메랑이 되어 돌아올 거야. 명심해. 어떻게 살지, 알겠지.

맞다. 내겐 약점이 많았다.

몇 번을 옮겼던 주소지.

모자란 것 하나 없이 살며 외제차를 타는데 기초 수급자.

또 뭐가 있나, 음.

한 번도 헤어진 적 없던 아빠 엄마가 서류상으로는 이혼한 부부.

자꾸만 어딘가 익숙한 아줌마 아저씨가 각종 면접장에 앉아 있던 경험들.

이 모두가 내 능력과 노력을 뛰어넘는 결실을 얻기 위해 벌어진 일이었고 내가 결정한 적은 단 한 번도 없는 나의 약점들이었다.

담배를 다 피우고 화장실로 터벅터벅 걸었다. 외투 주머니에 쑤셔 넣었던 양치 세트로 번갯불에 콩 구워 먹듯 이를 닦고, 칫솔로 혀를 벅벅 욕지기가 나올 때까지 문질렀다. 요새 애들은 전형 가지고도 그렇게 서로를 못 잡아먹어 안달이라는데 실제로 정말 어떨지 궁금하지 않니? 장준성은 먼저 들어간다, 하고 인사하며 그렇게 말을 흘렸다. 엄마, 아빠. 입을 물로 헹구며 생각했다. 도대체 무슨 생각으로 그런 짓을 했는지 제가 감히 당신들의 마음을 헤아릴 수 있을까요.

삐거덕대는 화장실 문을 열 때, 옆의 여자 화장실에서 서진이 물 묻은 손을 털며 나오고 있었다.

"어, 건웅 학생."

"아직도 학생이에요, 왜. 이제 후배인데."

"바로 바꾸기가 쉽지 않아요."

"안에 손 말리는 기계 없어요? 남자화장실엔 있는데."

서진이 손을 허리춤에 쓱쓱 문댔다.

"귀찮아서."

"물 아직 엄청 차갑잖아요. 손 시린데."

무릎을 굽혀서 자세를 낮추고, 서진의 손을 잡아 내 후드 아래로 넣을 용기가 어디서 나왔더라.

"여기 진짜 따뜻한 거 알죠 쌤."

서진의 손바닥이 후드 밑에 있었다.

"오, 따뜻해."

"아, 허벅지 터진다. 키 왜 이렇게 작아요."

"아오."

"사학년 됐으니까 이제 손가락 관절 같은 것도 조심할 나이예요."

"뭐래요, 동갑이면서."

"예? 새내기인데요?"

서진이 손을 빼내서 등을 퍽퍽 때리길래 다시 잡아 후드 밑에 넣었다. 쉬는 시간 십 분이 거의 다 지나가고 있었다.

서진

사람들은 잊는 게 쉬운 것 같았다. 그러니까 내게도 그렇게 잊으라, 꾹 참고 넘기면 금세 아무 일도 아닌 게 될 것이다, 말을 할 수 있었겠지. 설마 자기들도 해낼 줄 모르는 걸 내게 시키진 않았을 테니까. 그 정도로 분별없진 않았을 테니까.

아니, 아닌가.

어쩌면 나 같은 처지가 되지 않을 거란 확신이 있었을지도 모른다. 그래서 내 상황을 대신 생각해 주고 어떤 기분일지, 얼마나 참담하고 거지 같을지 상상해 주는 게 굳이 힘들여 해야 할 일로 여겨지지 않았을지도 모른다.

맞닥뜨려 보지 않은 사람들이, 그냥 지나치는 게 아니라 애써 '견뎌 내야' 하는 구렁텅이에 빠져 보지 않은 사람들이, 아니, 애당초 그런 구렁텅이가 산재하는 곳에 발을 들일 필요가 없던 사람들이 무엇을 알겠는가.

참아, 참아. 견디면 곧 괜찮아질 거야. 이해해, 이해해. 그런 말을 들으며 무책임하게 막내를 제외한 모두를 버리고 간 부부를 대신해 돈을 모았고, 일자리를 계속 건네주는 이의 신발을 핥았으며, 아무 일도 없었단 듯 나이만 몇 살 더 먹고 다시 자리에 돌아온 그 부부에게 생활비를 건넸고, 그리고 '어린 시절의 상처가 자꾸만 되살아나서' 후회할 짓을 하고 울며 사죄하길 반복하는 전남편의 구두에 채였다.

이대로 장준성은 신나게 저쪽 세계로 달음질쳐 가게 되겠지. 사위가 밝아올 때부터 땅거미가 질 때까지 내내 투덕거리는 건웅과 선형을 억지로 각자의 집까지 들여보내고 나면, 여지없이 장준성을 떠올릴 수밖에 없었다. 매일같이 들러 인사를 나누는 삼촌이 아직 별말을 안 했으니, 벌써 타래를 다 풀진 않았을 터였다.

만약 그걸 다 풀고 떠나게 된다면 정말로 나는 이제 다신 전남편에게 그 어떤 책임도 묻게 될 수가 없겠지, 먼지 한 톨만큼이나 작을지도 모르는 양심의 조각을 건드려 볼 수 없게 되겠지. 그의 발가락이나 무릎, 복숭아뼈 같은 것만 생각해도 몸에 오스스 소름이 돋거나 양손이 떨렸지만, 그렇지만 그를 마주보고 당신이 얼마나 악마같은 짓을 했는지 자각하게끔 꼬집어 주

는 것이, 내가 오래도록, 죽은 후에 이르기까지 원하던 일이기
도 했다.

그런데 지금 옆에 한시도 빠짐없이 건웅이 있으니까 뭘 어떻
게 할 수 없었다. 장준성의 뒤를 좇아 건웅을 내팽개친 내가 어
떻게 다시 그런단 말인가. 어떻게 다시, 이제 와서 장준성에게
빚을 갚으려 다시금 건웅과의 시간들을 산산조각 낼 수 있단
말일까.

그렇게 생각했다. 어쩌면 좋을지 머리가 복잡했다. 목덜미의
실타래를 한 번도 본 적은 없지만 그것보다 머릿속이 더 엉켜
있을 것 같았다.

목덜미의 실타래. 얼마나 엉켜 있을까.

사실 뭐, 건웅에게 봐 달라고 하면 간단한 거긴 했다. 나, 매
듭 얼마나 풀면 되는지 봐 달라고.

첫날 만났던 여자에게 그렇게 떵떵 큰소리를—그러니까 나
는 인간들이 너무나, 몸이 벌벌 흔들리고 목구멍이 바싹바싹
마르고 뒷골이 사정없이 당길 정도로 싫다고, 그래서 매듭이
뭐 어떻게 되든 말든 누군가에게 그걸 봐 달라고 말해야만 한
다면 차라리 모른 채로 천년만년 썩겠다고, 그런 헛소리를—쳐
놓긴 했지만 사실 호기심은 어쩔 수 없는 거였다. 각각 얼마나
꼬인 타래를 갖게 되는지의 기준도 전혀 모르긴 하지만. 매일

매일 궁금증에 시달리면서도 괜한 아집 때문에 단 한 번도 누군가에게 뒷목을 들이대지 않았었다.

아마도 건웅은 자기 타래가 어느 정도 꼬여 있는지 잘 알겠지, 사람들이랑 워낙에 친하니까. 장준성을 처음 봤던 날 개가 나를 안고 매듭 하나를 풀어 냈을 때도 여전히 개의 목덜미엔 수많은 매듭이 엉켜 있었다.

근거도 모를 확신이 들었다. 나는 개보다 더하면 더했지 덜하진 않을 거라고. 그때부터 나도 모르게, 아주 자연스럽게 여겼을지도 모른다. 건웅이 금방 나를 이곳에 남겨 두고 혼자서 저쪽 세상으로 건너가 버릴 거라고. 그렇게 확신했을지도.

"풀 생각 없다며. 왜 얼마나 엉켰는지는 알려 달라는 거야?"

"그냥 궁금증이야. 단순한 호기심."

"싫어. 안 알려줘."

"아 이건웅, 야, 네 목이냐? 내 목인데?"

"그래요, 네 목이니까 네가 어련히 알아서 잘 아시겠지요."

왜 저렇게 까칠해. 방금 전까지만 해도 선형과 흡사 레슬링이라도 하듯 뒤엉켜 놀던 아저씨 맞나. 태세 전환이 정말이지 서운할 정도로 빠르고 분명했다. 내가 뭘 잘못했나?

"선형아, 너네 형 왜 저러니."

선형은 어색하게 하하, 소리를 냈다. 건웅을 향한 짜증이 치밀었다. 아니 내가 뭐 큰일 날 소리를 했나. 그냥 목덜미 한 번 봐 달라는 거였는데 저렇게까지 반응할 일이야? 나는 뒷머리를 쓸어 올리며 선형에게, 선형이가 착하니까 대신 좀 봐 줘, 누나 매듭, 이라고 말했다. 선형이 건웅의 눈치를 힐끔 보았다. 건웅이 도끼처럼 눈을 홉뜨고 있었다. 왜 저래 진짜.

"누나, 못 보겠어요."

"왜. 이건웅 눈치 보여?"

"……."

진짠가 보다. 허. 소리가 났다.

"야 이건웅."

"……."

"장난이면 그만해라. 애 협박하냐?"

아니에요 누나, 그런 거 아니에요. 옆에서 선형이 주워섬기는 소리가 들렸다. 불쌍한 어린애, 어쩌다 이승에서 헤어진 커플 사이에 끼어 이렇게…….

선형의 머리를 쓰다듬으며 건웅과 눈을 똑바로 마주쳤다. 마치 눈싸움을 하는 듯 잠시 동안 미동도 깜박임도 없이 그렇게 서로의 얼굴을 바라보며 서 있었다.

진 것은, 먼저 눈을 돌린 것은 건웅이었다. 아 씨, 하고 낮게

읊조리며.

"뭐라고 했냐? 방금 욕했냐?"

"안 했거든, 욕."

대체 왜 이래. 왜 별것 아닌 걸로 이렇게 감정 상할 상황을 만들어. 그냥 내 뒷목 상태가 어떤지 이야기해 달라고 한 게 다잖아. 길을 지나가는 누구를 붙들어도 대답을 들을 수 있는 걸 그저 너한테 물었을 뿐인데 왜 그래. 미쳤냐고. 돌았냐고. 이렇게 말을 하고 싶었는데 살아 있을 때나 지금이나 그만큼 큰 간이 내겐 없었다. 그냥 확 등을 돌려서 쿵쿵 소리를 내며 멀어지는 일뿐.

거리에 나왔다. 뒤늦게 몰려드는 서운함이 몸을 마구 죄려 들어서 떨치기 위해 사람들 사이를 내달렸다. 내가 뭘 잘못했나? 아무리 되짚어 봐도 없었다. 전력을 다해 뛰는 내게 사람들이 어이, 어어이, 하고 소리를 지르며 불러들이려 들었다. 신기하겠지. 이 세계에선 뛸 일이 없을 테니까. 내가 운동은 못 해도 뛰는 것엔 자신이 있지. 그렇게 몸을 팔락대며 계속 뛰었다.

아무 생각을 가지고 뛰지 않아서 익숙한 길로 접어들었던 건까? 정신을 차려 보니 삼촌네 앞이었다.

"세상 미련 없는 사람처럼 굴더니. 또, 뭘 부탁하려고."

삼촌은 오늘도 예의 그 끈끈한 눈곱을 달고 있었다. 언젠가는 꼭, 삼촌, 매일 세수를 할 때 눈꺼풀 안쪽을 닦아보는 건 어때요, 라고 말하리라. 언젠가는 꼭.

"진짜 별 거 아니고요, 삼촌. 저 목 뒤에 좀 봐 주세요."

"목 뒤?"

"네. 매듭 얼마나 풀어야 되는지 좀."

손으로 목덜미를 덮은 머리를 쓸어 넘겼다.

그런데 막상, 삼촌의 눈빛이 이상했다. 똑바로 뻗어나가지 않고 꾸불꾸불 휘어 있었다.

"너."

"저 뭐요."

"너 아직 모르고 있던 거냐?"

"네?"

"아무도 얘기 안 해 줬어? 지금까지?"

"뭘요?"

"나는 네가 알면서도 일부러 그러고 있다고 생각했는데."

"그니까, 뭐가요?"

건웅

서진은 사학년이다, 라는 문장. 이제나저제나 볼까, 오늘은 얼굴을 볼 수 있지 않을까, 하는 기대감이 까무룩 고개를 숙이고 풀이 죽어 바닥이나 벅벅 긁게 되는 저녁 어스름이 되면 언제나 스스로에게 되뇌던 말이었다. 나는 이제 일학년이고 서진은 사학년이다. 서진은 바쁘다. 취업 준비도 해야 하고 알바도 엄청 많이 하는 것 같다. 나는 모든 선택과 책임을 아직은 충분히 유예할 수 있고 서진은 절대 그렇지 않다. 그러니까 너무 칭얼대지 말고, 어리게 굴지도 말고, 온전한 나만의 페이스를 찾아서 내 생활을 영위하고, 이왕 힘들게 온 대학 내실 있게 성실히 한 번 다녀보고, 엉뚱한 데 한눈팔지 말자…… 말자고……,

밀 리가 없지. 일단 '엉뚱하지 않은' 게 무얼 지칭하는지도 나는 잘 모르겠는데. 십 년 된 피피티를 읊기만 하는 핵심 교양 수업? 어차피 대대로 족보가 내려온다며 수업 째기를 강요하

93

는 선배들과의 친목? 내가 행여나 외톨이는 아닐까 내내 두려워하며 꼬리에 불붙은 뭐 마냥 끝없이 카톡으로 서로를 부르짖고 SNS에서 소환하는 동기들? 조미료와 알코올을 동시에 위장에 들이붓는 그 수많은 술자리들?

이런 이야길 생전의 지인들이 듣는다면 화들짝 놀라거나 비웃을 것이다. 야 이건웅, 너 그런 애 아니잖아. 너 진짜 졸라 인싸였거든? 맨날 술자리에서 제일 먼저 분위기 띄우고, 침묵을 못 견뎌서 웃기지 않아도 제일 크게 리액션 해 주고, 선배들에게 이쁨 받고, 조모임 하면 조장 하고, 특히 발표는 그냥 묻지도 따지지도 않고 이건웅 담당이었는데. 너 그렇게 혼자 차가운 척, 거리두는 척하면 안 되지. 웃기지. 언행일치가 안 되잖아.

그렇다. 그 언행불일치가 가장 큰 문제였다. 빼앗긴 시간을 어떻게든 다시 회수해야 한다는 강박, 이젠 정말 난생 처음으로 '잘 지내고 별 탈 없이 행복한' 사람이 되어 보고 싶다는 강한 열망. 그 두 가지가 서로 화학 작용을 일으켜 만들어 낸 건, 매우 두꺼운 가면과 절대 맨살이 보이지 않게끔 단단히 엮인 갑옷 같은 것들뿐이었다.

그리고 그렇게 우르르 몰려다니던 자리에서 서진의 뒷말이 돌았다. 현실은 드라마와는 전혀 달라서, 난 백마 탄 기사도 앞뒤 안 가리는 열혈 사랑꾼도 정의에 목숨을 건 주인공도 아니라서, 그 자리에서 화를 내거나 벌떡 일어나거나 자리를 박차는 일 따윈 하나도 못 했다.

가만히 앉아서, 듣기만 했다. 걔 토킹 바 다니는 거 유명하잖아. 저번엔 누가 모텔촌에서 봤다는데. 근데 걔는 또 왜 모텔촌에 있었는데. 아, 몰라 내가 아냐. 지난번엔 진희네 과 교수 연구실에서 나오는 걸 진희가 봤다는데. 거기 걔네 과도 아닌데 왜? 몰라 그걸 내가 어떻게 알아. 근데 그 교수 유명하잖아. 척 들으면 척 아니냐. 어 난 그 얘기 들었다? 걔가 두 학번 위 선배들 관계 싹 파탄 냈대. 어디서 들었어? 내 친구가 그 과 출신이랑 아는 사이야.

그 카더라의 홍수 사이에서 정말로 믿을 수 있는, 그러니까 아주 많은 사람들의 입을 거치지 않은 사실은 하나뿐이었다.

"저번엔 장준성 선배한테 돈 빌렸대. 이건 내가 선배한테 직접 들은 거."

"돈을 빌렸다고?"

"두 달 전쯤엔가. 꽤 많이 빌렸던데. 삼백 넘는대."

"미친 거 아니야? 와 씨발, 선배는 그걸 빌려줬어? 좋갔지네 진싸. 논 많이 버나 보다."

두 달 전이라고.

"빚쟁이들이 쫓아온다고 사정사정했대."

"우리 나이에 빚을 그렇게 질 일이 있나? 걔 그냥 카드 졸라 긁고 돌려막는 거 아니야?"

"몰라." 그러더니 나오는 말. "얼굴값 하는 거지 뭐."

나는 그런 말들을 엉덩이 딱 붙이고, 입술도 딱 붙이고, '분위기 망치지 않으며' 들을 수 있는 인간이었다.

서진의 반질한 패딩 소매와 촉촉했던 코끝 같은 게 생각났다. 문제를 풀어 주다 꾸벅꾸벅 졸며 헛소리를 하던 장면들도.

*

서진은 어디로 갔는지 알 수 없었고 선형은 내 눈치를 살살 보기만 했다. 아, 젠장. 나는 두 손에 얼굴을 묻었다. 어린 애 앞에서 이게 뭐 하는 꼴이람. 왜 잘못도 없는 애가 내 눈치를 보게 만들었을까. 아, 젠장, 젠장. 가슴이 답답해서 발을 굴렀다.

"형, 말 안 할 거예요?"

어떻게 말해 내가.

"누나는 전혀 모르는 거죠."

그러니까, 그 사실을 내가 알아챈 그때부터 욕심이 생겼어.

"누나랑 헤어지기 싫어서 말 안 하는 거예요?"

그게 바로 내 욕심이야.

네 뒷목에 매듭이 딱 두 개밖에 없다는 말을 해 줄 수가 없거든. 예전에 그랬던 것처럼 입술을 다시 맞대고 등줄기를 손가락으로 타 내릴 수야 없겠지만, 그래도 가끔은 너의 손을 잡거나 폭 안아 보거나 맞닿은 코끝을 천천히 비벼 보고 싶은 생각이 퍼뜩 드는데도, 언제나 일 미터쯤 떨어져 있어야 할 수밖에 없어서 괴로워. 근데 그걸 토로하는 것조차 불가능하거든.

안으니까 풀렸어, 안기만 했는데도 풀렸잖아. 두 개밖에 안 남았다고 하면 네가 내 손을 덥석 잡을 것 같아서⋯⋯. 그래? 잘 됐네, 그럼 나 얼른 풀고 갈 테니까 도와줘라, 건웅아. 진짜로 쉬고 싶어 죽겠어. 그동안 즐거웠어! 라고 말하면서 아무 일도 없었던 듯 영영 떠나갈 것 같아서. 그리고 무엇보다, 나와는 이미 하나를 풀었으니까, 그러니까⋯⋯ 다른 누군가와 네가 살을 맞대는 것을 한 번은 지켜봐야 하는 게, 그게 불안해서. 네가 떵떵거리며 주장하는 대로 다른 사람과 그런 접촉을 하지 않을 거란 확신이 불행히도 내겐 없어서, 내 눈 앞에서 사라지면 그대로 영영 증발해 버릴까 봐 누럽단 말을 할 수가 없기 때문에.

"네가 보기에도 나, 양심도 없고 이기적이지."

선형은 대답하지 않았다. 긍정이겠지. 어린애의 눈은 언제나 가장 솔직하고 정확한데. 어린애한테 참 좋은 꼴 보여 준다, 이 건웅.

"그러고 보니 이 말을 안 했네, 선형아."

"네?"

"너도 내가 억지로 붙들고 있는 거 아닌지 모르겠다. 너야말로 앞날이 창창한데. 뭐 저 밖에 어떤 게 있는진 모르겠지만 여기 있으면 아무것도 아니잖아. 가야지, 선형아. 혹시 형 신경 써서 여기 있는 거면, 그럴 필요 없다고."

선형은 돌부리를 발끝으로 찼다. 억지로 있는 거 아니에요, 하는 말을 웅얼웅얼 뱉으면서. 차라리 자기 말을 먹는다고 해야 어울릴만큼 작은 목소리였다.

"억지로 있는 게 아니면 왜?"

"여기 무서운 사람이 하나 있어요. 그 사람만 없어지면 저도 하고 싶은 대로 돌아다니면서 사람들 만나고 매듭 풀고 그럴 거예요."

"무서운 사람이라니?"

"살아 있을 때 알던 사람이요."

"그 사람도 자살한 거야, 그러면?"

"저 죽을 때 같이 죽었거든요."

98

동반자살이라는 얘기였다. 저 어린 애가 누구랑.

"저보고 같이 죽자고 했어요."

이건 또 무슨 소린가.

"어차피 너도 죽고 싶지 않으냐고, 근데 방법도 모르고 용기도 없어서 못 하는 거 아니냐고. 자기가 같이 해 주겠다고 했어요."

"누가 그딴 소리를 했어. 어디서 만났는데. 채팅방?"

생전에 가끔 봤던 동반자살 뉴스에선 언제나 '채팅방에서 만난 남녀'가 등장하곤 했으니까.

"아뇨. 원래 알던 사람이었어요."

그러니까 그게 누군데.

"저 입시 컨설팅 쌤이었어요."

설마.

"그 선생님 차에서 번개탄 피웠어요. 중간에 마음이 바뀌어서 나오려고 했는데 쌤이 저를 못 나가게 했어요."

우리를 이렇게 모이게 한 것이 의도를 가진 손이었나.

"그 사람 이름이 뭔데?"

아니길 바랐다.

"장준성이요."

서진

엄마와 막냇동생이 돌아온 때는 삼학년 이학기가 종강할 무렵이었다. 몸만 왔으면 상관없는데 빚을 잔뜩 달고 왔다. 왜 왔냐 물었더니 막내가 지방에서 인문계에 진학하지 못한 모양이었다. 애가 거기서 친구를 잘못 만나 제가 좋아하는 공부도 제대로 못 하고 휩쓸려 다녔다고, 엄마는 말했다. 막내가 워낙 착하잖니, 친구한테 싫은 소리도 할 줄 모르는 애라서. 차라리 다시 서울 올라와 백지 상태로 인문계 보내고 조용히 공부시키는 게 좋겠다 싶더라. 서울은 인문계 커트라인이 낮으니까. 엄마의 말에 묻고 싶었다. 그렇게 쉽게 결정할 수 있는 거였어? 돈 한 푼 안 주고 버린 애들에게 돌아와 빌붙겠다는 길을?

"큰누나. 미안해."

그날 집밖의 전봇대 앞에서 담배를 피우고 있는데 막내가 나와 그런 말을 했다. 담배는 우리가 버려진 후 입에 물기 시작했는데, 돌아온 엄마는 모른 척했다. 예전의 엄마였다면 여자애가 동네 사람 다 보는데서 그런 짓거리냐고 펄펄 뛰었겠지만, 설마 이 상황에서까지 그러진 않을 거라는 내 예상대로였다.

"뭐가."

"나 죽이고 싶지."

대답을 하지 않았다.

"나도 모르겠어, 누나. 그냥 내가 없어지는 게 편할까 싶고."

"네가 뭘 하러. 멋대로 싸지른 사람들 잘못이지."

"작은누나는 내가 아무리 불러도 대답을 안 해. 나를 쳐다보지도 않아."

우리가 어떻게 살아왔는지 너는 평생 절대로 모를 거니까 나도 걔를 설득하진 않을래.

"누나, 나 그냥 어디서 일하면서 돈 벌면 안 되나."

"엄마가 너 대학 보내겠다고 서울까지 빚져서 다시 왔잖아."

막내가 작게 욕을 했다. 씨발, 씨발.

"너 담배 피우지? 피우겠지? 야, 한 대 펴라."

둘의 손가락이 스쳤다.

다음날 둘째가 사라졌다. 아주 추웠던 그해의 수능 날이었다. 반은 내가, 반은 저가 싼 도시락을 들고 나간 그 애는 내가 죽을 때까지 다신 집으로 돌아오지 않고 대신 매해의 첫째 날

SNS를 통해 다이렉트 메시지를 보냈다. 언니 나 안 죽고 살아 있어 걱정 마, 보고 싶어. 내가 메시지를 읽으면 재빨리 계정을 지웠다. 몇 개의 계정을 그렇게 갈아타면서, 내게 자신의 생존을 알리는 동생은 무슨 마음이었을지 나는 상상조차 할 수 없다. 다만 고마울 뿐이다. 나를 생각해 줘서. 저를 더는 찾지 말란 말을 직접 해 줘서. 짐을 덜어 주고, 죄책감을 꾹꾹 눌러 아주 조그맣게 만들어 줘서. 그리고 무엇보다, 나를 당분간 찾지 않아 줘서.

나는 잘 살고 있냐고 묻지 않고, 어디 있냐고도 묻지 않고, 다만 건강 챙기라고만 말했다. 그것만 바랐다. 그런데 막상 그 애가 나를 필요로 했던 단 하나의 순간에는, 그렇게 해주지 못했던 것 같다.

노래패에서 철 지난 노래들을 부르면서 나는 무슨 기분이었나. 사람과 정의와 싸움을 말하는 목소리들 사이를 헤엄치며. 바위처럼 살아가 보자, 라는 가사의 노래를 가장 처음 배웠고, 우리의 노래가 이 그늘진 땅에 따뜻한 햇볕 한 줌 될 수 있다면, 이라는 아주 긴 제목의 노래도 있었다. 노래를 부를 땐 그 모든 말들이 진짜일 거라는 확신과 환상에 휩싸일 수 있었다. 딱 노래를 부를 때만 그럴 수 있었다. 다른 목소리를 들으며, 얼굴은 쳐다보지 않은 채로, 앞만 보며. 특히 '쟁가'라는 이름으로 더 많이 불리던 투쟁가를 연습할 때 좋았는데 시선은 언제나 정면으로, 마이크를 든 팔은 마치 방패를 든 손을 올리듯 팔꿈치를 치든 채 턱 높이로 올리고, 몸은 미동 없는, 그 자세를 절대 흐트러뜨리면 안 되기 때문이었다. 그러니 모두가 공평했고, 모두가 같은 곳만 보고, 그 어느 누구도 다른 이야길 듣거나 다른 시선을 받을 필요가 없는 시간이었다.

노래가 끝나면 멜로디와 가사의 둑이 무너지고 현실이 우르르 밀려들어와 턱끝까지 차올랐다. 아까 정의를 외치는 노래를 부르던 사람들은 다 어디로 갔을까. 그런 사람들이 실재하는 세상에선 나도 어떻게든 끝까지 올라설 수 있는 구명정을 받을 거라고 생각했는데.

쌤 오늘 점심 콜? 그런 메시지를 건웅은 거의 매일 보냈는데 다른 날은 몰라도 목요일만큼은 절대 내뺄 수가 없었다. 시간표를 잘못 짜는 바람에 이른바 '우주 공강'이 생겨 버린 걸 이미 잘 알고 있었으니까. 건웅은 그날 오전 수업밖에 없었고 나는 아홉 시 수업 하나, 네 시 삼십 분 수업 하나였다.

그 애의 마지막 수업은 내 첫 수업보다 삼십 분 늦게 끝났다. 신입생이 득시글할 과방에 가 있기도 뭣하고, 도서관에 가 있기엔 너무 밭은 시간이었다. 그래서 아마, 아마도, 그 덕분에 시도를 할 수 있었던 것 같다.

인문대 앞 벤치에 가서 앉아 있는 것.

이 년 전 그저 호기심에서 들은 교양 수업이 있었다. 같은 과 애들과 아무것도 모른 척 어울릴 자신이 내겐 없단 걸 깨닫고 나서, 혼자 무슨 교양을 들을까 여기저기서 소문을 모으던 찰나에 알게 된 영어영문과의 수업이었다. 솔직히 말하자면 전혀 새로운 강의 계획서에 호기심을 느꼈던 것이 맞다. 와이너리 방문, 위스키 시음, 식사 매너 교육 같은 것들. 강산이 변한다는 십 년이 지난 지금에도 그런 수업이 있을까? 그땐 정말로, 그런 게 있었다. 그리고 평생 전혀 뇌리에도 없었던, 상상하지 못했던 생경한 경험들의 가능성이 내겐 퍽 유혹적이었다. 그래 뭐, 어차피 이렇게 구질구질하게 살다 죽어야 될 운명이라면. 그렇다면 내 뼈를 갈아 번 등록금을 이런 데 써 보는 것도 나쁘지 않을지 몰라.

죽기 전 아직 이승에 있을 때, 교수의 성희롱과 추행에 반격해 대자보를 붙이고 끝없는 발언의 장을 열던 학생들의 뉴스를 접하며 나는 더욱 끝없는 부채 의식을 느껴야 했다. 내가 그때 아무 소리도 못 내고 아무 행동도 취하지 않아서 그래서 이 아이들은 지금 자기 존재를 조각내 불태우면서까지 싸워야 하는구

나. 내가 비겁했기 때문에. 내가, 그럴 수도 있지, 라고 생각하며 스스로의 경험을 해명 가능한 것으로 만들어 버렸기 때문에.

그러니까 내가 그간 인문대 앞 벤치에서 앉아 있지 못했던 이유는 그때껏 겪어야 했던 수모와 불합리가 떠올라서가 아니라, 그 교수의 연구실을 내가 들락거렸다는 소문을 낸 사람들의 눈에 띄는 것이 무서워서였을 뿐이었다. 그 교수를 다시 본다면 그때와 똑같이 상냥하게 웃으며 뻗으라는 대로 뻗을 것이었다. 나는 그런 사람이었다. 내가 자신을 그렇게 치부했다.

억지로 앉았다. 인문대는 내가 다니던 자연대와 건물 모양이 똑같아 쌍둥이 단과대라 불렸다. 자연대보다는 정문과 두 블록가량 가까워서, 지각할까 봐 헐레벌떡 뛰어오는 자연대 신입생들을 헷갈리게 만들곤 했다. 헉헉대며 강의실 문을 열었는데 철학과 수업이 진행되고 있다던가 하는 식으로. 그러면 그제서야 자기 잘못을 깨닫고 다시 뛰어서 건물을 나와 두 블록을 더 움직여야 했다.

"언제 나와."

숨이 자꾸 거칠어져서 그냥 등나무 벤치에 누워 버렸다. 이렇게 얼굴을 땅 가까이 대고 있으면 지나가는 아무도 저게 양서진이다, 하며 알아보지 못하겠지. 연구실 창밖을 보는 걸 좋아하는 그 교수의 눈에 띄지 않겠지. 손을 올려 팔뚝을 이마에

댔다. 이렇게 얼굴을 가려놓으면 되겠지. 햇빛을 피하고, 그보다 따가운 눈들도 피하고. 그런 식으로. 눈도 감았다. 이렇게 누구의 눈에도 보이지 않고 누구의 눈도 보지 못하는 것만으로 모든 걸 피할 수 있다면 얼마나 좋겠어.

"쌤 뭐 해요. 왜 자요. 저 왔어요."

옆에서 건웅의 목소리가 들릴 때까지 그러고 있었다.

말 놓으라니까요. 일어나서 몸을 툭툭 털며 핀잔을 줬더니 건웅은 말했다. 쌤이 반말을 해야 저도 말을 놓죠.

*

어떻게 우리 구역으로 돌아왔는지 알 수가 없었다. 무슨 말을 하려고 했는지도, 아직까지 기억나지 않는다. 그 감정을 뭐라 표현해야 할까. 잘 모르겠다. 물음만 가득했다. 왜, 도대체 왜 그랬지. 왜 나를 위하는 척 하면서 왜. 왜 나를 위로하는 척 하면서, 대체 왜.

하지만 막상 도착했을 땐 아무 대답도 구할 수 없었다. 선형과 건웅이 부둥켜안고 있었기 때문에. 건웅은 내게서 등을 돌리고 있어서 표정이 보이지 않았다. 선형은 울고 있었다.

"선형아, 왜, 왜……."

목이 막혀서 말이 헛나왔다.

"왜 울고 있어, 선형아, 왜."

어린애는 폐가 작아서, 그래서 울 때 더 괴롭게 헐떡이며 끅 끅대는 건가.

"건웅이 형이 뭐 잘못했어?"

도리도리.

"그럼 어디 아파?"

도리도리.

"왜 울어, 왜……." 그제야 건웅이 고개를 돌렸다. 걔의 얼굴 도 번들번들 젖은 걸 보고 깜짝 놀랐다. 이건웅, 울어? 이건웅 이?

"너네 대체……."

나중에 생각해서야 조금 속상했었다. 나 또, 또 내 맘 안 풀 고 남 얼굴을 먼저 보았구나 싶어서.

"너네 대체 왜 그래, 어디 초상났어?"

적절하진 못한 어휘 선택이긴 했다.

건웅

잠을 잘 수 없지만 잠든 척 누워 눈을 감은 선형을 집 안에 놓고 우리는 밖에 나왔다. 벤치 같은 걸 분명 근처에서 본 것 같은데 영 찾을 수가 없어서, 그냥 길바닥에 털썩 앉았다. 옆의 서진은 아직 영문을 모르는 표정이었다. 선형의 말을 전하려고 입을 여는데, 갈 데 없는 두 손이 너무 애처로웠다. 이때만큼 담배가 생각났던 적이 없었다. 어, 욕구다. 인간관계가 아닌 것에 대한 욕구.

그냥 내질렀다.

"선형이가 장준성이랑 알던 사이였어."

서진의 입이 떡 벌어졌다.

"아니, 알던 사이라고 말하긴 부족해. 선형이는 장준성이랑 같이 죽었어. 장준성이 같이 죽자고 했어. 그렇게 여기 온 거야."

"어떻게…… 그런데 나는 한 번도 본 적 없어, 선형이. 장준성이랑 살면서 정선형이란 이름도 들어본 적이 없어."

"삼촌이 그랬잖아, 사고 쳐서 인강 강사 잘렸다고. 그리고 잠깐 컨설팅 업체 같은 데 들어갔었나 봐. 왜 있지, 대입 준비하면서 어린 애들 일정 관리해 주고 대외활동 뭐 할지 다 정해 주고 자소서 대신 써 주고 막 그런 데 있잖아."

"응."

"장준성이 선형이 담당이었대. 그거 무서운 거야. 애의 모든 걸 다 아는 거잖아. 학교나 학원 선생님이랑은 전혀 달라. 그 사람들은 일부의 시간만 알아. 컨설턴트는 애의 하루 종일을, 모든 요소를 다 알아. 그래야 제대로 컨설팅을 할 수 있다고 모두가 생각하니까. 애가 진학만 잘 할 수 있다면 자는 시간 밥 먹는 시간 똥 싸는 시간까지 다 일러바칠 수 있는 부모들이 얼마나 많은데."

"몰라. 그런 건 모르고, 근데 열네 살밖에 안 된 애한테 왜 죽자고 해."

서진의 얼굴이 터질 것 같았다.

"나도 진짜 원했어. 차라리 선형이가 너무 죽고 싶어 해서 장준성이 사기 숙는 김에 도움을 줬길. 그럼 선형이 죽음도 안 억울하고 장준성 미워하기도 지금처럼만 하면 되니까. 근데 그게 아니더라. 아닐 거라는 걸 이미 짐작하고 있었지만 제발 내가 너무 넘겨짚었던 것이길 바랐는데."

그 사람, 누군가를 지배하지 않고는 견디지 못하는 사람인 거 네가 잘 알잖아, 서진아.

"선형이가 그래. 그렇게 자기를 사랑하는 사람은 처음 봤대. 모든 인생을 선형이만을 위해 바칠 것처럼 굴었대. 아들도 그렇게 아낄 순 없을 거라고. 알잖아, 어른이 그렇게 해 주는 게 어린애한테 얼마나 큰 거야. 선형이도 애가 워낙 작고 마르고 하니까 학교에선 많이 채이고 밀렸나 봐. 남자애들 세계에서 내내 괴롭힘 당하고. 부모는 너무 바빴고. 그러니 어떻게 해. 정신 차려 보니 자기한텐 친구도 없고, 재밌는 일이 생기면 떠오르는 사람은 하나밖에 없는 처지가 됐더래."

장준성.

"진짜 기가 막힌 건 뭔 줄 알아? 자기만 쌤한테 이런 식으로 모든 걸 털어놓고 매달리는 걸까, 불안해지는 때가 오면 장준성이 슬그머니 자기 일을 하나씩 이야기하더래. 이혼…… 같은 거 있지. 너무 힘들다, 어린 너에게 이런 이야길 하는 게 옳을지 모르겠지만 쌤은 네가 이런 감정과 상황을 이해할 수 있을 거라 생각해서. 뭐 이런 식으로 자기 치부를 아주 조금씩 드러냈다나 봐. 그러니까 애가 돈 거지. 선생님한테도 내가 유일하구나, 내가 진짜 중요하구나, 전부구나, 하고."

재수학원 상담을 통해 겨우 알게 된 몇 가지 사실만을 가지고 나를 죽일 듯 조롱하던 그 얼굴을 생각하면, 아이의 전부를 아는 컨설턴트로서의 장준성이 얼마나 힘을 휘둘렀을지는 쉽게 짐작할 수 있었다.

"그렇다 쳐. 왜 선형이까지 죽게 만들었는데. 저승길 같이 갈 사람이 필요하다는 거였냐고."

"정확한 거야 알 수 없지만 선형이한테 이런 얘긴 들었어. 그 둘, 장준성 차 안에서 번개탄 피웠는데. 중간에 숨이 막혀서 뛰쳐나가려는 선형이를 막으면서 장준성이 그러더래. 나는 애새끼들이 잘 되는 꼬라지를 볼 수가 없어, 네가 뭐라고 여기서 잘 되길 바라. 네가 그럴 만하다고 생각해? 그 정도로 뛰어나다고 생각해? 나는 너처럼 스스로를 속이고 우쭐한 새끼들이 제일 역겨워. 그런 말을 하더래. 선형이는 그때의 장준성이 무서워서 지금 이 세계에 들어와 아무 것도 못 하고 있어. 그 말을 하던 표정을 잊어버릴 수가 없다고 그러더래."

그 표정이 어떤 표정이었냐, 하면. 선형이는 그렇게 표현했어. 이 세상의 모든 악의를 있는 힘껏 끌어 모아 자신을 겨냥해 쏘는 학살자의 표정이었다고. 그 어느 불순물도 섞일 수 없이 온전한 증오뿐이었다고. 선형이는 자기가 그런 증오의 대상이 될 이유를 모르기 때문에 아직까지도, 여기서도 그 사람에게서 공포를 느끼는 거야.

*

서진에게 진지하게 고백했던 것은 사실 충동이었고, 같잖은 자만심에서 비롯된 일이었던 듯도 하다. 그날에도 역시 서진이 없는 술자리가 있었고 역시 서진의 이야기가 나왔으며 역시나 나는 일언반구 없이 그걸 다 듣고 있었다. 시간은 새벽 두 시를 향해 달려가고 있었는데 서진은 아직 아르바이트를 하고 있었다. 교대를 하면 적어도 세 시 반은 될 것이었다. 출렁이는 졸음에 가라앉지 않으려 눈꺼풀에 힘을 주고 버텼다. 왠지 그래야 할 것 같았다. 거기서 씹히고 있는 서진에 대한 나름대로의 죄책감을 씻어 내기 위한 일이었을지도 모른다. 어쨌든, 정신을 차려 보니 서진이 아르바이트를 하던 스물네 시간 하는 부대찌개 가게 밖에 우두커니 서 있었다. 토킹바는 무슨 토킹바야. 저렇게 머리카락 한 올 한 올 햄과 치즈 냄새, 찌개 냄새를 잔뜩 묻히고 나오는데.

서진이 앞치마를 접어 어딘가에 쓱 집어넣곤 나왔다.

"술 마셨으면 곱게 들어가서 발 닦고 잘 것이지 여기 와서 왜 행패야."

여름이 다 되어서야 우리는 서로 말을 놓았다.

"아니 그냥, 어차피 가까우니까 가는 김에." 말도 안 되는 이야긴 걸 나도 알고 서진도 알았다. "근데 여긴 근무 시간이 왜 이렇게 이상해? 세 시 반에 교대하는 게 어딨어?"

"교대가 아니라, 사람이 줄어. 세 시 반쯤까진 술 파티니까 종업원 많이 필요하고. 그 이후부턴 막차라서 꾸벅꾸벅 조는 사람들만 오거든. 아님 아예 해장하는 사람들이거나."

"안 힘들어?"

"세상에 안 힘든 일이 어딨냐. 그래도 몸 쓰니까 집 가서 잠은 잘 와. 그게 좋아."

"별 게 다 좋네."

새벽 세 시 반의 골목길 구석구석이 얼마나 조용하고 또 청량한 내음을 풍기는지는 아는 사람만 안다. 저녁까지 비가 쏟아졌기 때문에 더 그랬다. 배수가 아직도 제대로 되지 않은 길 위를 우리 둘이서 걸어가는 찰박찰박 소리만 울렸다.

"양서진아."

"왜."

"너 진짜 나랑 안 사귀어 줄 거야?"

서진이 퉁명스레 뭐래, 하고 대답했다.

"진짜 너무하다. 세상에 이렇게 티나게 들이대고 이렇게 매

번 까이는 사람도 없을 걸."

"야."

"뭐."

"아, 씨발, 빠쳐."

당황했다.

"뭐가."

걔는 가끔 정말로 이해가 안 되는 일이 있을 땐 맹수같은 눈빛을 하고 상대에게 돌격하곤 했다. 좀 더 자주 그랬으면 얼마나 좋았을까 싶지만. 맹수가 너무 깊은 동굴에 숨어 있던 것인지. 하지만 그땐 보았다.

"네가 한 번이라도 나한테 사귀자고 한 적 있어?"

······없었나.

"너는 잘 모르겠지만 나는 수없이 계속 당해야 했단 말이야. 잘해 주는 척하고, 좋아하는 척 하고, 그러다가 나한테 소중해지면 어느샌가 연락 끊고 슬그머니 꼬리 감추는 거. 진짜 너무 많이 당했단 말이야. 왜 그러는지 모르겠어. 그냥 자기가 먹힌단 사실을 확인하기 위해서 누군가를 이용하는 건가 봐. 내 힘든 일들 털어 놓았던 사람들, 그래서 내 앞에서 그렇게 위로를 해 주던 사람들이 뒤에 가서 내 얘기 안줏거리로 삼으면서 그 자리에 있는 애들한테 다시 인기를 얻잖아. 다들 남 씹는 건 어지간히 재밌어 하니까. 너도 내 이야길 팔 거야? 네가 쫓아다니는 그 술자리들에. 그래, 그러면 다들 즐거워 할 거야."

서진은 등을 돌려 혼자 걸어갔다.

"일 절만 하다 그만두라고, 일 절만."

그렇구나. 잡아야 했다.

"야, 서진아."

"아 왜."

"너 진짜."

"아 왜!"

내가 잘못했네.

"아 진짜! 사귀자고! 사귀자고 하면 사귀어 줄 거냐고!"

서진

선형의 이야기를 전해 들었을 때, 그때만큼 누군가를 산산조각내고 싶었던 적이 있나. 죽이고 싶었던 적이 있었나. 나는 내 안에 그렇게 많은 화가 숨어 있다는 사실을, 엄청나게 잔인한 장면들을 그려낼 수 있는 상상력이 있다는 사실을 처음 알게 되었던 것 같다. 장준성이 나에게 한 짓들에 무감해진 내 촉각이 별안간 살아 움직이고 있었다. 선형 때문에, 선형이 겪어야 했던 일들 때문에.

복수하고 싶었다.

애 하나를 나락으로 끌고 내린 일에 대해서.

그런데 어떻게? 이 세상에서 어떻게 복수를 할까? 앞날을 막아? 앞날 같은 건 없어. 평판을 건드려? 물고 빨기만 하면 모든 게 해결되는 여기서 평판 같은 게 왜 필요한데. 다치게 해? 그런 게 가능한가?

죽여?

우리는 이미 죽었어.

"건웅아." 그렇게 한마디만 했는데 더 이을 수가 없었다. 그
토록 항상 까불까불하던 네가 아까 왜 울고 있었는지 알겠어.
그 어린 애의 억울함을 감각할 수 있는 사람이라서. 바스러진
조각들을 그러안아 어떻게든 다시 뭉쳐 원래의 모양대로 만들
어보려 그토록 노력하던 예전의 네 모습이랑 비슷했어.

"건웅아, 우리가 뭔가를 해 줄 순 없을까."

그렇게 말하면서, 잠시 나만의 물음을 접었다. 왜 나한테 아
무 귀띔도 하지 말아야 했어, 라는 물음. 어차피 이곳에 누구보
다도 오래 남기로 작정한 사람에게, 뒷목의 매듭이 몇 개나 남
아 있는지는 그닥 중요한 게 아니었다.

둘이라고? 언제든 풀 수 있기 때문에 어쩌면 난 이곳에서 이
제 무엇이든 할 수 있는 인간이 되었을지도 몰라.

"모르겠어. 복수 같은 게 여기서 가능하기나 한 일인지."

건웅은 나와 똑같은 생각을 하고 있었다.

"그리고 우리가 애한테 그걸 부추기는 게 옳은 일이지두 나
는 헷갈려, 서진아."

"왜 부추겨."

그 말을 했을 때 예전의 기억이 떠오르고 분노에 눈가가 뜨

겁고 축축해지지 않았다면 거짓말이겠지.

"우리가 대신 하면 되잖아, 어떻게든."

*

건웅은 나와 연애하면서 동아리의 술자리에 발길을 끊었다. 연습 시간마다 가서 노래는 했지만 끝난 후엔 곧장 그들과 헤어졌다. 사람들이 꽤나 붙잡았을 터다. 분위기 띄우는 데엔 일가견이 있는 애니까. 하지만 한 번도 가지 않았다. 사실, 나는 그것도 좀 불안했다. 양서진 때문에 우리 친구를 잃었어, 하는 이야기가 돌까 봐서. 괜찮은 애가 양서진한테 감겨서 인간관계 종치기 시작했어, 라고 쑥덕댈까 봐서.

우리끼린 많이 돌아다녔다. 제일 자주, 재밌게 했던 데이트는 아무 버스나 타고 돌아다니는 거였다. 정류장에 앉아서 둘이 정하는 것. 야, 다섯 번째로 오는 버스 타고 열한 번째 정류장에서 내리자. 그러고는 내려서 또 정한다. 야, 세 번째로 오는 버스 타고 다섯 번째 정류장. 그러다 보면 한 곳에서 빙빙 돌 때도 있었다. 예컨대 상암이나 은평구 같은 곳은 한 번 들어가면 빠져나오기 힘들었다. 또는 빨간 광역버스가 와 버리는 바람에 진짜 멀리 갈 때도 물론 있었다. 수원에도 한 번 갔고, 일산에도 갔다. 그러면 잠시 게임 중지를 외치고 동네를 산책했다. 처음 와 보는 곳이니까 무엇이든 다 재미있었다. 그렇게 3000번 버스 덕에 화성도 가고 1500번 버스 덕에 호수공원도 돌았다. 거기 가자, 하고 데이트 약속을 한 것도 아니였는데. 그러고는 반대편 정류장에 자리를 잡고 앉아, 다시 서울에 들어가는 빨간 버스가 올 때까지 서로 농담 따먹기를 하며 기다렸다.

영원히 그렇게 지낼 수 있었다면 얼마나 좋았을까? 그러나 그런 순간이 평생 지속될 거라고 막연히 기대하기에 나는 이미 너무 많은 것에 억눌려 있었다.

선형의 이야길 들었을 때 떠올린 것들은.

수면 위로 이제야 떠오르는, 퉁퉁 불어 버린 순간과 장면들. 삼백만 원을 빌려주며 등을 토닥이던 손과 머리를 후려치고 목을 조르던 것은 같은 손. 자주 아프단 이유로 해고당했던 날 나를 눕히고 위에서 배를 누르던 그 손도 한 사람의 손. 거지 년이라고 내뱉던 입술은 상견례 날 한정식 집에서 갈비를 처먹던 입술과 같은 사람의 것. 그래, 자기 자존감을 세우고 싶어서, 중요한 사람이 되고 싶어서, 지배하는 자가 되고 싶어서 거지 년을 사랑하는 척 하고 데려왔으면 그에 따른 결과도 자기 것 이란 사실을 알아야 할 거 아냐. 왜 모르나.

아니면 아예 분을 풀고 싶어서, 법적으로 묶여 샌드백의 역할을 해줄 사람이 필요했는지도 모르지.

너무나 많은 것들이 맞물려 돌아가는 태엽이었다. 최선을 다해 철저하게 망해가는 부모를 보며 느끼는 불안감은 점점 커졌다. 어디로 도망가지 않는다면 내가 평생 그들 옆에서 수발을 들며 살아야 하겠구나. 나를 버리고 떠난 사람들을 나는 버릴 자신이 없으니까. 둘째처럼 아예 도망가서 연을 끊고 살 만한 담력이 내겐 없으니까. 장녀가 사라졌을 때 그들이 퍼부을 저주를 나는 견딜 수 없을 테니까. 그리고 나는, 나는 정말로, 정말로……. 돈 걱정하며 살고 싶진 않았으니까.

"나는 있지, 돈이 많은 사람이 되고 싶어."

언젠가 건웅에게 그렇게 말했다.

"당연히 돈 많으면 좋지."

"아니, 그렇게 두루뭉술한 마음가짐이 아냐. 난 진짜 돈만 보면서 살고 싶어. 돈 된다면 다 하고 돈 많다면 다 좋아할 거야."

"그래? 난 잘 모르겠는데. 난 돈 없어도, 행복하면 돼."

"돈 없이 행복한 게 가능할 거라고 생각해?"

"왜 안 돼? 나는 뭐 진짜로 배곯을 정도로 궁핍하고, 그런 이야기 하는 건 아냐. 그러지 않게 직장생활하고 월급 받으며 살겠지만 어쨌든, 그 이상의 것을 바라면서 스스로 채찍질을 할 거란 건 아니란 얘기지."

너는 돈이란 게 얼마나 쉽게 사라지는지 모르는구나. 턱밑까지 차오르는 아사의 공포를 느껴 본 적이 없구나.

"몰라, 나는 결혼한다면 돈 많이 버는 남자랑 하고 싶으니까 그런 줄 알아."

그럼 나랑은 결혼 안 한다는 얘기야? 건웅이 방 저쪽 끝까지 있는 힘껏 굴러가더니 그대로 이불을 몸에 말며 다시 용수철 튕기듯 빠르게 굴러와 내 몸을 덮칠 때 나는 깔깔대며 웃었지만, 그렇지만 내게만 들리는 툭 소리와 함께 무언가 끊어진 것을 느낄 수 있었다. 건웅은 계속 웃으며 내 얼굴에 입을 맞췄다. 가볍고 성근 입맞춤. 그리고 나는 체념했다. 나는 애와 언젠가는 이별하겠구나. 언젠가는 남이 되겠구나.

건웅이 다 말하라고 했는데, 무엇이 좋고 무엇은 싫은지.
그때 터놓고 이야기했어야 옳았다.

*

우리가 선형 대신 선형의 공포를 짓눌러주기 위해 무엇을 할 수 있을까?

머리를 맞대고 고민했다.

서로의 숨소리가 귓바퀴를 돌아 들어왔다.

죽은 주제에 숨소리는 둘 다 쌕쌕거리며 거칠게 뱉는 게 참 잔인하게 우스웠다.

그 얘길 하자 건웅은, 나는 그렇게 생각 못 했는데 듣고 보니 진짜 그렇네……라고 말하며 습관처럼 손을 뻗어 내 머리를 쓰다듬으려 하다가 멈췄다.

그래서 대신 내가 그 애의 동글동글한 뒤통수를 쓰다듬었다. 예전처럼.

"야, 너."

건웅은 너, 까지 하고 뒷말을 잇지 않은 채 멈췄다.

걱정도 팔자네. 이 정도론 안 풀릴 거야. 저 위에 있는 누군 가가 그렇게 호락호락한 놈일 것 같지도 않고 말이지.

긴웅

"사람들한테 호소하는 거야."

"퍽이나 먹히겠다. 이승에서도 신경 쓰지 않던 사람들이 저
승이라고 공감 능력을 가질까?"

"어린애잖아. 어린애. 얘기니까, 측은한 마음이라도 있어서
귀를 기울일지도 몰라."

"너 죽은 아이들의 이름이 어른들에게 어떻게 조롱당하는지
다 봤을 거 아냐. 뉴스 기사 댓글 같은 걸로. 슬퍼하는 척하다가
금세 돌변하는 거. 억울한 죽음을 다시 반복되게 하지 않으려
조금이라도 노력할라치면 시체 팔이 하지 말라는 이야기나 듣
는 거. 우릴 과연 사람들이 믿을까? 우리에게도 어린애 가지고
무슨 득 보려 그러느냐는 핀잔이나 놓을 걸."

"그건 그런데."

안 해 보고 어떻게 알아. 해 보기도 전에 안 된다고 말할 거

라면 우리가 그 아이를 볼 낯이 없잖아.

서진이 저런 식으로 이야기하는 게 결코 무신경의 결과가 아님을 나는 안다. 오히려 학습된 무기력에 가깝다. 저 애는 누구보다 슬퍼하고, 누구보다 많이 경험했고 누구보다 처절하게 체념했다.

"어디 가서 일 인 시위라도 하면서 부르짖을 거 아니지. 선형이도 그런 걸 좋아하는 건 아닐 거야."

"몰라. 생각을 해 보면 뭔가 나오긴 할까."

서진은 팔짱을 끼고 고개를 저었다.

"사람들한테 호소하는 것만큼 아무 결과 못 얻을 일도 없어. 적어도 나는 알아."

*

서진은 마지막 학기 직전에 지대가 아주 높은 동네에서 지하 자취방을 얻었다. 언덕을 한참이나 올라가야 하는 동네였다. 중턱 즈음엔 양로원 하나가 있었는데, 언덕의 경사가 어찌나 심했는지 양로원 측에서 담에 손잡이를 설치했다. 그걸 잡고 올라오라는 거였다. 백발의 호호할머니들이 수없이 손을 대 왔던 손잡이는 반질반질했다. 겨울에 눈 오면 할머니들 말고 그냥 동네 사람들도 저거 잡고 내려가야 된대. 서진은 말하면서 킥킥 웃었다. 너무 미끄러워서, 안 잡으면 넘어진대. 일층 사장님이 말해 줬어.

지하층과 이, 삼 층은 모두 '원룸을 절반으로 나눈 원룸'으로 채워진, 그리고 사 층은 주인이 통째로 쓰던 건물. 일 층에는 원룸이 아니라 구멍가게라고 하는 게 어울릴 법한 슈퍼가 위치해 있었다.

"주상복합이네."

"그렇지."

부엌이 없고 한 층 전체가 복도 끝의 공용 부엌을 사용하며, 무릎 높이 정도까지밖에 올라오지 않는 아주 작은 냉장고 하나가 옵션으로 덜렁 있는 방이었다. 도배를 다시 한 것 같았는데 매직아이를 하듯 눈의 초점을 풀면 그 아래에 검은 곰팡이 자국이 가득하다는 걸 느낄 수 있었다. 천장은 아주 비스듬해서, 가장 천장이 낮은 방 끝에 내가 서면 정수리가 닿았다. 서진은 아무렇지 않게 말했다. 나는 키가 작으니까 닿을 일 없어, 괜찮아. 고시원과 다를 바가 없었지만 그래도 고시원을 구하는 것보단 여기가 나은 것 같다고 했다. '집'이라고 부를 수 있다는 느낌이 든다고.

선풍기 하나를 사서 갖다 놓고 서로의 몸을 열심히 만졌다.

이불 위는 너무 더워서 아예 맨 방바닥에 끈끈한 등을 대고 드러누웠다. 바닥은 그래도 서늘했다. 내가 흘린 땀이 서진의, 서진이 흘린 땀이 나의 얼굴에 뚝뚝 떨어질 만큼 시간이 지나고 나면 각자 은근한 꼼수를 써서 어떻게든 아래 깔리려고 들었다. 시원하니까. 승률은 오십 대 오십이었다. 등이 아무리 배겨도 일단 덥지 않은 게 우선이었다.

"옆방에 소리 다 들리는 거 알아?"

"진짜?"

"나도 가끔 옆방 소리 듣거든. 여친 목소리 귀엽더라."

"아, 좀 조용히 할 걸 그랬나."

"그래. 야, 찰떡같이 알아들었네." 서진은 일부러 더 속삭이는 말투로 말했다. 괜히 나 찔리라고.

"근데 있잖아, 어젠 옆방 소릴 듣는데 슬프면서도 좋아졌어."

"슬프면서도 좋은 게 뭐야."

"이런 데서 사랑하는 사람이 나 말고도 또 있다는 데 괜히 안심이 됐어."

서진은 화장실로 들어가 문은 닫지 않은 채로 손톱을 깎았다. 그게 얼굴을 보이지 않기 위함이라는 걸 내가 모른다면 진짜 바보지.

"네가 여기 올 때마다 혼자, 그런 생각 해. 건웅이는 이런 데를 와 본 적이 없을 텐데. 건웅이가 여길 보고 진짜 놀랐는데 내 생각해서 아닌 척하는 거겠지. 괜찮은 척하는 거겠지. 그러다 언젠가 맘이 식으면 말하겠지. 이 집 거지 같다고. 다신 오고 싶지 않다고. 나는 그런 생각 하면서 불안해하는데 과연 옆집 사람도 그런 생각할까? 아님 너무 사랑해서 그저 당당할까? 그런 상상을 재다 보면 어쩐지 내 집에 대한 고민은 잊게 돼. 그게 좋고 안심이 돼."

"집 좋은데 왜."

"어디가 좋아." 서진이 화장실에서 나오며 불을 껐다. "웃기시네. 말해 봐, 어디가 좋은지."

"너랑 나밖에 없는 거." 너와 나 외엔 아무도 여길 모르는 거. "우리 둘이서 여기 숨어 있으면 아무도 우릴 찾을 수 없는 거. 그거 좋은데."

"지하에 있으니까 더 못 찾지." 서진은 내 옆에 다시 벌러덩 드러누웠다. 시야가 온통 컴컴해지도록 개의 목덜미에 얼굴을 파묻고 입술을 댄 채 숨을 크게 들이쉬었다 내쉬었다를 반복하다 보면 손바닥이 뒤통수를 살살 쓰다듬었다. "……사람이 아니라 박쥐가 된 느낌이야." 눈앞이 어두우니 서진의 목소리가 더 선명하게 들렸다. "점점 예민해져. 말로 표현되지 않는 걸 몸으로 느끼려고 해. 이 아랜 온통 밤이니까 나도 밤에만 사는 사람이 되는 건지. 빛이 시간에 따라 변하는 집에 사는 게 무슨 느낌인지 벌써 희미해. 잘 기억이 나지 않아. 사실 예전 집도 절반은 반지하였는데."

"같이 자주 놀러나가서 햇빛 보자."

잠깐밖에 머무르지 않을 손님이나 할 수 있는 말이었다. 서진의 목덜미가 움직였다. "돈 많았으면 좋겠다." 아, 돈 얘긴 그만해. 나는 속으로만 생각했다. 그걸 입밖으로 내지 않은 게 천만다행이었다.

젊은이는 젊게 살아야 한다고, 젊은이의 입에서 나올 법한 말만을 했으면 좋겠다는 어느 원로 예술가의 인터뷰를 읽은 적이 있었다. 어차피 나이 들면 부동산 얘기밖에 안 할 텐데 이십 대 때부터 부동산 이야길 한다면 너무 슬픈 삶이 아니겠냐고. 그래? 나는 그 이야길 읽고 사실 황망했는데 아마 그런 말이, 한 번도 젊어서 목이 졸려 본 적이 없는 이의 편안한 주장이라는 생각을 했기 때문이었을 것이다. 나 역시도 모를 그 세상을 오로지 서진을 통해 알게 되긴 했지만. 서진은 그러면서도 항상 말했다. 나보다 더 힘든 애들이 엄청 많아. 나는 아무것도 아니야. 그것이 서진의 인류애인지 아니면 자신의 처지를 낙관하기 위한 임시방편인지는 몰랐지만 정말로, 서진보다도 힘든 사람이 많았다. 너무 힘들어서 자기 사정을 이야기할 스피커조차 메고 길 수 없는 나의 또래들이. 서진을 만나기 전에는 전혀 몰랐던 사실이었다. 서진이 물어다 주는 일터 동료들의 사연을 듣기 전에는 몰랐던.

계산해 본 적이 있었다. 집에서 나와 독립하려면 얼마가 필요할까. 적어도 서진의 방보다는 나은, 그러니까 츄리닝 차림으로 누군가를 마주칠 염려 없이 나만의 공간에서 나만의 냄비로 라면을 끓여 먹을 수 있는 방을 가지려면. 막걸리 병을 세워 넣을 수 있는 서진의 냉장고보단 큰 가전을 가지려면. 햇빛이 들어오는 방을 가지려면—서진은 말했다. 만약 햇빛이 들어오는 방으로 이사가게 되는 날이 온다면, 절대로 커튼을 달지 않겠다고. 눈부시든 말든 자외선이 얼마나 들어오든 말든, 온몸으로 그 빛을 받을 거라고—. 옆집에서 사랑을 나누는 소리가 아주 작게만 새어드는 방을 가지려면. 그러려면, 혼자 얼마나 돈을 벌어야 할까. 저녁 식사 자리에서 법적인 재결합을 논하는 두 사람을 망연히 바라보다 다 먹은 밥그릇을 싱크대에 집어넣곤 방에 들어와 앉았던 날이었다. 보증금과 월세. 매일 라면만 먹는다고 가정했을 때의 식비, 각종 공과금. 계산을 하다 한숨을 쉬었다. 안 된다. 그때 처음 깨달았던 것도 같다. 나는 서진처럼 살 수 없단 사실을. 이미 생존에 필요한 모든 근육이

퇴화되었다는 사실을. 그렇게 자라났단 것을.

난생 처음 설거지를 한 곳이 서진이 쓰는 공용 부엌이었다. 서진은 팔짱을 끼고 한참을 내가 낑낑대는 모습을 바라보았다. 단 한마디도 토를 달지 않았다. 나는 걔가 조용한 게 더 무서워서, 벌벌 떨며 그릇을 닦고 정리했다. 끝났어? 내가 고무장갑을 벗자 서진이 물었다. 고개를 끄덕이자 그 고무장갑을 그대로 끼더니 다시 모든 그릇을 싱크대에 넣었다. 그러고는 일언반구 없이 설거지를 다시 시작했다. 그때 눈으로 보고 알았다. 아, 저렇게 하는 거였구나. 아, 나는 설거지 하나 제대로 할 줄 모르는 화초로 보이겠구나.

설거지가 다 끝나고 서진은 행주로 싱크대를 훔치며 말했다.

"그리고 이건웅아, 다 끝나고 나면 튄 물기는 이렇게 행주로 닦는 거야. 물 자국이 남지 않게."

"아니 근데, 물은 어차피 증발하잖아."

진짜 멍청한 소리를 왜 했나.

"너, 물이 깨끗하다고 생각하는구나. 너 물때도 본 적 없지. 그런 걸 누가 닦고 치우는지 생각한 적 있어?"

그때만큼 부끄러웠던 적이 없었다.

서진

건웅은 선형이 자는 흉내를 내고 있는 틈을 타서, 삼촌에게 같이 가 달라고 했다. 내가 혼자 가면 제대로 설명도 못 하고 바락바락 화만 내다 올 것 같아서, 네가 필요해. 자제 좀 시켜 줘. 아무리 들어도 얼토당토않은 이유처럼 느껴졌지만, 일단 알겠다고 했다.

둘이서 같이 삼촌 방의 문을 두드리고 나서야 어렴풋이 떠올렸다. 나, 삼촌을 마지막으로 본 것이 그 날이었구나. 네가 내게 내내 뭔가를 숨기고 있다는 사실을 삼촌의 입으로 들었던 날. 역시나 삼촌은 우리 둘이서 문앞에 서 있는 꼴을 보곤 휘둥그레 놀란 눈치였다. 삼촌도 나도 이유를 알았다. 건웅만 영문을 몰랐겠지만, 뭐야 삼촌, 왜 못 볼 걸 본 것처럼 그래요, 하고는 별 물음을 던지지 않았다.

"······그래서 삼촌에게 도움 겸 조언 요청을 하러 온 거죠."

삼촌은 오른손으로 턱을 쓸었다.

"그 꼬맹이한테 그런 사정이 있는 건 몰랐네."

"그니까요. 삼촌, 죽어서도 누군가에 대한 공포에 시달려야 한다는 게 얼마나 끔찍한 일이에요."

"이대로 냅두면 계속되겠지. 장준성 씨, 실이 엄청 꼬였다고 유명하던데."

"그래요?"

"뒷덜미가 거의 완도 김이라던데."

"그럼 그거 풀 동안 우리 선형이는 아무것도 못 하고, 움직이지도 못 하고 눈치만 보면서 피해 다녀야 하잖아요."

삼촌이 팔짱을 꼈다. "그런데 있지, 너희 둘."

"네?"

"걔를 진짜로 책임질 거야?"

무슨 질문인지 바로 이해하지는 못했다.

"어쩌면 너희가 이러는 게 애한테 더 상처를 줄 수 있어. 어찌 됐건 이 세계는 어떻게든 떠날 생각을 하고 돌파하는 게 이로워. 모두가 그렇듯. 만에 하나 너희가 이렇게 걔를 감싸고돌다가 먼저 증발해 봐. 애는 혼자 클 수 있는 기회를 잃는 거지. 커야 하는데 크지 못한 채로 남은 원령이 될 거라고. 그게 과연

애한테 이로운 일일까 생각해 봐. 어때? 그래도 옳은 일인 것 같아?"

버려진 아이의 기분이라면 누구보다 내가 잘 알잖아.

"삼촌."

"예, 양서진 씨."

"제가 절대 먼저 안 가요. 그러니까 걱정하지 마세요."

삼촌과 건웅이 일제히 내 얼굴을 뚫어져라 바라보았다. 나는 시선을 돌리지 않고 보란 듯이 버텼다. 삼촌은 웃었고, 건웅은 무슨 생각인지 알 수 없는 표정이었다. 봐, 보라고. 나는 속으로 말했다. 착각해도 좋아. 내가 내 목 뒤를 모른다고 생각할 테지. 그렇게 놀라도 좋아. 이상하게 복수하는 기분. 통쾌했다.

"그럼 서진 씨를 믿어야겠네."

왜 이렇게 확답한 줄 알까?

"저만 아는 장준성의 약점들이 있잖아요. 다들 잘 도와주시면 무슨 수가 나올 것도 같아요."

거기 덧붙였다.

"부부여야만 아는. 제가 아내였으니까."

삼촌은 처음 듣는 이야기였다. 뭐라고? 그냥 단순히 원수진 사이가 아니고 뭐? 부부였다고? 평소보다 반 옥타브쯤 높아진 삼촌의 목소리가 귓바퀴에 콕콕 쑤셔박혔다. 삼촌이야 삼촌 나

름대로 떠들라고 치고, 건웅의 눈동자를 마주 바라보았다. 서
서히 새카매지는 동공과 그 위를 얇게 덮는 물의 막 같은 것.

절대 울거나 서글프라고 한 것은 아니었어. 다만 직시하라고
말하고 싶었지.

*

언젠가 이가 너무 아파 병원에 갔다. 차트에 메일을 적었는
데 의사가 그걸 보더니 물었다. "동문인가?"

"네?"

"메일 주소 말이야. 동문이네."

"아아, 정말요?"

"응. 근데 지금도 등록금이 그렇게 비싸나?"

"네."

"우리 땐 과외 하나 딱 뛰면 끝이었는데, 등록금."

"그때 얼마 받으셨는데요?"

"삼십 만 원. 삼십 년 전에."

그랬구나.

"그런데 요새 우리 아들 대학생 과외 시켜보니까 아직도 삼
십만 원 받더라고."

그 정도면 가장 많이 받는 아르바이트인 걸요.

소속이 없어지는 날이 다가오고 있었다. 그토록 허덕였으면서도, 품에 내내 자퇴 신청서를 넣어 가지고 다녔으면서도 절대 꺼내지 않았던 이유는, 소속이었다. 혼자 세상에 내팽개쳐지는 게 못내 두려워서 필사적으로 학교에 바칠 돈을 벌었다.

물론 당연히, 희망 같은 것도 조금은 있었다. 어떻게든 얻은 졸업장이 약속할 미래에 대한 것. 취업난이다, 이십 대의 태반은 백수다 이야긴 하지만 그래도, 여전히 멍청하게 그것이 나의 이야긴 안 될 거라 여겼다. 뉴스에서 이름 대신 이니셜을 단 채 나오는 사연들은 이상하게 다른 세상의 이야기처럼 들리곤 하니까. 나만은 다를 거야, 같은 자만심은 아니었지만 적어도, 그렇게 끔찍할 리는 없겠지, 일부의 이야기겠지, 하는 안일한 마음은 분명했다.

아마 입사지원서를 이백오십군데엔 넣었을 것이다. 컴퓨터가 없어서 매일 학교의 교육 정보 지원센터에 한 자리를 차지하고 앉아 자소서를 썼다. 뭐 해요? 오 누나 자소서 쓰는구나. 얼쩡거리는 후배의 낯을 보기가 점점 힘들어졌다. 저 누나는 두 달 전에도 자소서만 쓰더니 지금도 그러네. 그런 말을 듣고 싶지 않았다. 그래서 그 자리를 이탈해 건물 앞에서 담배를 피우는 시간이 점점 늘어났다.

담배는 백날 피워도 무능력의 표상이 되진 않잖나. 다만 냄새가 날 뿐이지.

건웅은 입대를 앞두고 있었다. 조금 더 미루고 싶다는 말에 집에서 평지풍파가 일었다고 했다. 가뜩이나 늦었는데 군대까지 늦춰서 뭘 어쩌겠느냐는 말. 맞는 말씀이긴 하네. 우는 소리 하는 건웅의 뒤통수를 쓰다듬으며 괜히 건웅의 부모 편을 들었다. 남자애들 군대는 빨리 갔다 오는 게 좋다고들 하더라고. 갔다 오면 정신 차린다고.

"정신 차린다는 게 정확히 뭘까?"

"응?"

"난 그걸 모르겠거든. 다들 군대 갔다오면 정신 차린다고 잘 다녀오라고 하는데 그 사람들이 말하는 정신 차린 상태가 뭘까. 서진아, 너는 알아? 알면 설명 좀 해 줘, 너는 군대 다녀온 사람들도 많이 봤을 거 아냐."

……글쎄. 나도 그냥 어디서 듣고 그대로 뇌까리는 거라서.

"나는 무서워. 사람들이 말하는 정신 똑바로 차린 상태가 뭔지 대충 알 것 같아서."

왜냐하면.

"왜냐하면 내가 그렇게 두들겨 맞고 다니던 시절에 사람들이

모두 그랬으니까. 사내새끼가 정신을 똑바로 못 차려서 그렇다
고."

　분명히 내겐, 일그러진 우월감을 만끽하는 태도가 있었다.
내 불행이 가장 크고 건웅은 그런 걸 겪지 못했단 생각, 그래서
내가 더 삶을 많이 알고, 쟤는 그저 온실 속의 화초뿐이라는 생
각. 타인이 겪지 못한 나 혼자만의 불행은 이상하게도 남을 마
음속으로 깔아뭉개는 데 자주 쓰였다. 너는 이런 상황도 겪지
못했으면서 어떻게 나한테 이러쿵저러쿵 말을 얹으려 들어?
그런 말을 얹으려면 차라리 용돈이나 몇 만 원 주는 게 어때?
그런 말을 속으로만 하게 만들었다. 사랑하는 사람에겐 그러
지 않을 줄 알았는데 오히려 더 심했다. 말도 안 되는 걸 가지고
힘과 영향력의 우위를 점하고 싶어하는 마음이 분명 내겐 있
었다.
　건웅이 중고등학교 시절의 이야길 털어놓았을 때 나는 그냥,
본능적으로 알았다. 당한 것의 절반도 이야기하지 않았다는
걸. 웃으며 할 수 없는 이야기는 하지 않는 성격 때문에, 누군가
의 마음에 무거운 짐을 얹어놓는 걸 원치 않는 애이기 때문에.
건웅은 그 모든 걸 웃으면서 말했다. 폭행과 감금, 교묘한 괴롭
힘과 이간질. "아마 내가 잘못했기 때문이겠지. 다들 그렇게 말

했으니까 그게 맞을 거야."

"잘못한 게 어디 있어."

"분위기 파악 잘 하고 서로의 관심사를 공유하며 적당히 어울리는 게 사회생활이라고 아빠가 그랬으니까. 그게 능력이라고. 능력이 없으니 잘못한 거지. 그래서 군대 가는 게 무서워. 다시 그런 환경으로 돌아가야 한다는 게. 지금 내가 사람들에게 보여 주는 성격은 다 후천적으로, 덜 상처받고 덜 맞기 위해 만들어진 거라는 사실을 스물네 시간 모두와 붙어 있는 곳에선 들킬 수밖에 없잖아. 그 순간이 두려워. 그래서 가고 싶지가 않아."

"나 못 보니까 가기 싫은 거 아니고?" 그렇게 멍청한 농담이나 했다.

"당연히 그게 제일 먼저고." 건웅은 말하며 두 손으로 내 볼을 쥐곤 흔들었다. 화장을 하나도 하지 않고 있어서 가능한 일이었다.

처음으로 키스했을 때 걔는 내 얼굴을 감쌌던 두 손바닥을 자기 얼굴 앞에 대곤 그렇게 말했었다. 화장품 냄새 난다 서진아. 손에서 화장품 냄새 나. 싫으냐고 묻자 고개를 저었다.

"아니. 너 일부러 알면서 반대로 얘기하는 거지. 좋아서 그렇지, 좋아서. 이 냄새 되게 신기해. 구름 같은 냄새야. 꽃 말고 구

138

름. 이상한 말이지만 여튼 딱 그래."

꽃 말고 구름 같은 그 냄새도 저절로 얻게 될 수 있는 것은 아니었다. 로드샵 화장품의 가격도 미친 듯 올라가고 있었다.

건웅

"그래서, 서진 씨가 알고 있는 약점은 뭔데."

삼촌은 눈을 가늘게 뜨고 턱을 손에 괸 채였다. 자신을 설득할 정도로 악함의 정도가 세지 않다면 도와주지 않겠단 표정이라고, 나는 괜히 넘겨짚었다. 그러니 아주 악하지 않다면 서진이 입을 열지 않았으면 했다. 듣고 싶지 않아서였을 것이다. 어떻게 서진이 그런 걸 알겠어. 왜 알겠어.

"그 사람, 항상 엄마 혹은 노예를 찾아요."

"뭐?"

"엄마 같은 사람한테 죽고 못 배겨요. 엄마를 증오하면서도 원해요. 그렇게 되지 못할 상대라면 무조건 자기 발 아래 놓고 꽉꽉 눌러 밟길 원하고요. 그러니까 자기 옆에 둘 사람은 둘 중 하나가 되어야 하는 거죠. 엄마거나, 노예거나."

"혹은 엄마인 동시에 노예겠지."

"잘 아시네요."

"알지, 그런 부류."

"과연 그 욕구가 죽어서 사라졌을까요? 그럴 것 같지 않아요. 오히려 심해졌으면 심해졌겠죠. 죽으면서까지 종이라고 생각하는 애 하나를 곁에 단단히 끼고 죽은 사람이에요. 얼마나 한이 맺혔겠어요. 마지막 한 방울까지 맛보지 못한 모성 아니면, 지배욕에 대해서요."

삼촌이, 그래서 그에게 무슨 일이 있었는데, 어떤 일을 겪었기에 그렇게 비뚤어진 생각을 갖게 됐는데, 하고 서진에게 물을까 봐 내가 잠시 두려웠다는 걸 고백해야겠다. 서진이 대답을 할지 몰라서. 대답하기 괴로운 일이라는 걸 알기 때문에. 서진의 장례식장에서 언성을 높이다 끌려 나가던 막냇동생에 대한 이야긴 서진은 모르고, 나만 알고 있기 때문에.

큰누나가 어떻게 이렇게 되었는지 당신들은 관심이라도 있어? 당신들은 그저 누나를 쪽팔려 했을 뿐이지. 누나가 트로피가 되어 주지 않아서. 당신들의 심청이 되어 주지 않고 빚을 피해 도망가서. 그러고는 창피하게 남자한테 맞는 것도 숨기지 못하다가 스스로 목숨을 끊어서. 그래서 누나를 치워 버리고 싶은 거지. 지우고 싶은 거잖아. 결국에 누나가 당신들한테 또 다른 핑계 거리 하나 남기고 떠난 것으로밖에 안 만들잖아. 누나 때문에 당신들 인생이 불행하다고 말할 수 있게 되어서 행복하지? 당신들은 절대 용서받을 수 없어.

그러니까 사실 나는 이미 조금의 전모를 넘겨짚을 수 있었던 것이다. 그래서 서진이 그걸 말하지 않아도 되었으면 했다. 아무도 묻지 않았으면 했다. 여기에서까지 그 기억들에 고통 받지 않았으면 했다. 때린 사람에게 무슨 사정이 필요한가. 사람을 죽인 사람에게 어떤 변명과 자초지종과 합리화가 필요한가.

삼촌은 묻지 않았다. 대신 심중을 물었다. 살아서는 자기 의사를 밝히는 법을 배운 적이 없던 서진에게.

"그럼 서진 씨가 원하는 궁극적인 그림은 뭐야?"

내겐 거기서 가타부타 말을 얹을 권한이 없었다. 그래서 가만히, 오래 기다렸다. 삼촌도 조용히 기다려 주었다.

해가 떠오르기 직전이었다. 이 세계에서도 귀뚜라미는 울었고 새벽의 냄새는 하루 중 가장 찼다. 조금 있으면 선형이 잠 아닌 잠을 떨치고 자리에서 일어나 움직일 시간이었다.

서진이 입을 열었다.

"저는 그 사람이 절대 아무도 만나지 못하고 아무의 눈에 띄지도 못하고 영원히, 세상이 끝나고 이 세계마저 무너질 때까지 여기에 두 눈 똑바로 뜬 채로 갇혀 있길 원해요. 인간관계밖에 남지 않은 세계에서 그 어떤 인간도 마주할 수 없게 되었으면 좋겠어요. 그러니까 삼촌, 조금만 도와 주세요. 도와 주세요, 삼촌."

나는 딱 한 문장만 얹을 수 있었다.

시커먼 저희 어른 둘 말고, 죽어서도 겁에 질려 있는 어린애를 위한 거라고 생각해 주세요.

선형이 자고 있는 내 집에 둘이서 다시 돌아가긴 뭣해서 서진을 자기 집에 들여보냈다. 인사를 나누면서, 서진의 꺼칠한 입술에 립밤을 발라 주고 싶다는 엉뚱한 생각이 들었다. 키스하며 덕지덕지 침을 묻혀 봤자, 입술만 더 트지. 내 욕심 대신 저 애한테 더 이로운 쪽으로 뭐든 해 주고 싶다는 마음. 퍼뜩 놀랐다. 이건웅, 조금은 큰 걸까, 너. 괜히 벌떡 일어나 뻐기고 싶다가 얼른 성대를 울리지 않도록 꾹꾹 눌러 목구멍에 붙였다. 하여간 너는 시시때때로 깐죽거리는 걸 고쳐야 해. 스스로에게 핀잔을 주면서. 그렇게, 상처를 외면하려 괜히 웃음을 구걸하는 버릇을 한 번은 피해 보려 애썼다.

*

    욕심이란 게 어쩌면 그 옛날 사랑을 멋대로 논하던 나의 속을 투명하게 표현하는 단어일지도 모른다.

    서진은 졸업을 하고 나서도 일자리를 구하지 못하고 번번이 미끄러졌다. 아르바이트 원서 내면 백발백중으로 될 텐데, 완전 닳고 닳은 초경력자라서……. 서진은 초능력자, 같은 말을 하는 것과 비슷한 뉘앙스로 초경력자, 라는 단어를 뱉었다. 그런데 아르바이트로 시작한 인생은 아르바이트로 끝나야 하나 봐, 건웅아. 서진이 뱉는 숨이 가슴팍에 와 닿았는데 이상하게 별로 뜨끈하지가 않았다.

    "그런가 봐, 건웅아. 너는 아르바이트 하지 마, 알겠지. 어차피 집에서 돈 대 주시니까. 공부 열심히 하고 시험 많이 치고, 스펙 많이 쌓고. 건웅아. 누나가 인생 선배로서 하는 말이다."

    "양서진 씨. 누가 누나예요."

    "두 달 먼저 태어났는데 인생까지 먼저 더 많이 경험했으면 누나죠."

    "난 집에 의지 안 하고 싶어. 부모님 돈도 안 받고 독립하고 싶은데."

그날 서진과 처음으로 다퉜다. 서진이 손뼉을 치며 폭소를 터뜨렸기 때문이었다. 부모님 돈 안 받고, 독립? 건웅아, 너 그거 만용인 거 알아? 그게 얼마나 큰 사막 한가운데 너를 떨어뜨려 놓는 줄 알아? 누군가 헬기를 타고 와서 자기를 구출해 줄 거라는 확신을 가지고 야영지를 찾는 것과, 오늘 밤을 살아서 넘길지 죽어서 넘길지 모르는 상태로 누울 곳을 찾는 것이 같은 줄 알아? 너는 절대 몰라. 평생. 내가 어떤 낭떠러지에 있는지 절대 상상 못 해. 모두가 그렇고, 너도 똑같아.

"왜 그렇게까지 사납게 얘기해야 되는데."

"그러지 않으면 너는 내내 이걸 장난으로 알잖아."

숨이 턱 밑에 가 닿은 사람이 산소 한 방울을 갈구하며 헐떡대는 소리를 우스꽝스럽게 흉내내는 코미디언처럼 행동해, 너는—이라는, 서진이 차마 입밖으로 꺼내지 못했던 그 뒤의 문장은 그 애가 나 몰래 쓰던, 그리고 나는 오래전부터 익히 알고 있던 SNS 계정을 통해서야 확인할 수 있었다.

코미디언처럼 행동해.

서진의 장례식상에서 소주를 마시다 처음 떠오른 그 애의 말이 이 문장이었다니. 내 앞에서 내내 눈치를 보며 조용히 편육만 깨작거리는 예의 그 노래패 사람들 앞에서 그만 나는 목을 젖혀 웃고 말았다. 웃으면서 울었다. 그래, 내가 너의 앞에서 그리고 너희의 앞에서 코미디언처럼 굴었지. 그래야 사랑받을 것 같아서. 그래야 자꾸 웃고 싶어 나를 찾을 것만 같아서.

그래야 동갑내기들의 주먹으로 두들겨 맞지 않을 것 같아서.

서진과 나는 서로의 존재를 남들에게 잘 드러내지 않았다. 서진은 이미 익숙해진 헛소문과 뒷담화의 늪에 나를 끌어들이고 싶지 않다고 했다. 뭣 하러 욕을 둘이서 먹어, 어차피 나는 먹고 있었는데. 그게 서진의 변이었다.

나 역시도 두려웠는데 좀 더 개인적이고 이기적인 이유 때문이었다. 어린 나를 패던 놈들이 아직도 다 내 SNS에 친구로 등록되어 있어서. 걔들이 동네 피시방이나 치킨집에 모여 둥글게 튀어나온 배를 어루만지면서 서진의 계정을 들여다보며, 야 이씨발, 그 찐따 새끼가 여친을 다 사귀냐? 우리한테 맞고 잉잉 울던 거 기억 나냐? 떡칠 때도 쌍년이 그런 소리 낼까? 씨발 토쏠리니까 닥쳐라, 같은 이야길 하며 낄낄 웃을 게 싫어서. 다 내가 들은 얘기니까. 바닥에 누워 헉헉댈 때 저들끼리 그 자리에 없는 누군가에 대해 왁자지껄 떠드는 게 딱 그런 모양새였으니까. 그게 싫어서 나는 자꾸 서진을 숨겼다. 그게 배려고 사랑이라고 여겼다. 끝끝내 아주 투명해지지는 못했고, 그게 실수였

단 걸 서진이 떠날 때야 알았다. 왜 걔가 내 상처를 보듬어 주지 못할 거라고 지레짐작했을까. 왜 걔는 자기 상처를 내가 보아 주지 못할 거라고, 그렇게 넘겨짚었을까.

　조금 더 솔직해질 수도 있었을 텐데. 서진이 그랬던 것처럼. 나는 서진에게 언제나 네가 원하는 걸 제대로 이야기하라고, 확실히 표현해 달라고 짐짓 가르치는 체 굴었지만 서진보다 훨씬 용기 없고 간이 작았다.

서진

누군가에게 도움을 청해 보는 건 어떨까? 삼촌과 건웅이 입을 모아 말하기에, 혼자서 거리에 발을 디뎠다.

사람들의 측면이나 등이 아니라 얼굴을 똑바로 바라보는 것은 이 세계에 떨어진 이래로 처음이었다.

눈을 마주치는 것도. 서로의 의사가 무엇인지 의중을 파악하려 애써 보는 것도.

나는 사람들의 얼굴을 마주보았다. 모양과 색채가 모두 다른 사람들. 내가 언제나 하나의 덩어리로 치부하며 경멸하는 양 굴었던 그 대상들.

저를 봐 주세요. 목소리는 내지 않고 눈동자에 아주 작은 힘의 티끌들을 모아 뭉치며 말했다. 제게 무엇이 필요하냐고 물어봐 주세요.

그 많은 죽음들. 그 많은 표정들.

선형이 아니었다면 절대로 직시하지 못했을 것들이었다.

그러니까 나는, 장준성의 어머니가 되지 못해 종으로 살다 죽었고 지금은 멋대로 선형의 어머니가 된 듯한 마음을 가진 나는, 함께 선형의 어머니가 되어 주며 동시에 장준성의 배신한 어머니가 되어 줄 누군가를 찾고 있었다.

그러나 자꾸만 자책감이 뱀처럼 종아리를 타고 올라와 심장이 똬리를 틀었다.

꽃뱀년아. 장준성은 나를 발로 차며 그렇게도 말했었지. 돈으로 산 년이면 돈으로 산 년답게 바짝 낮춰 기라고.

지금 이렇게 나를 도울 누군가를 찾는 게 옳은 일일까. 그의 옆에 잠시 붙어 있어 달라고. 연극을 해 달라고. 우리에게 힘을 보태고 동조해 달라고 설득을 가장한 떼를 쓰는 게 내가 해야 마땅한 일일까.

그렇게 사람들을 쳐다보며, 혹시 누구 찾는 중이냐는 질문과 자기랑 매듭 두 개만 풀자며 껄떡대는 손들을 모두 쳐 내며, 한참을 서 있다가 등을 돌렸다.

이 일은 그 어느 누구도 아닌 바로 내가 끝내야 한다는 것을 그때 아마 확신했을 것이다.

다시는 선형을, 건웅을 보지 못하게 되더라도. 누군가에게 위험할 덫이 즐비할 길을 선의 하나만으로 건너라고 할 수는 없는 노릇이었다.

"내가 할 거야."

건웅에게 말했다. 이상하게 마음이 편안했다.

"야, 서진아. 아니, 너."

"이건 그 누구도 대신 할 수 없는 일이고 해서도 안 되는 일이야. 내가 할 거야."

"안 돼."

"왜 안 돼. 내가 해서는 안 되는 일이라면 남한테 시킬 수는 더더욱 없어."

"안 된다고. 위험해."

"저기." 어쩌면 나는 건웅의 마음이 더 많이 아프길 바랐던 것일까? 그렇게 못돼 먹었던 걸까? "이미 우린 죽었어. 위험이란 건 다 허구야."

"아니, 그 위험이 아니라."

"그럼 뭐가."

드디어 들을 차례였다. 잠시 미뤄 두었던 답을.

"너는 진짜……."

"내가 뭐."

"너……."

"나 뭐."

너 매듭 두 개밖에 안 남았다고, 하고 소리 없이 공기의 울림만 써서 건웅은 아주 작게 속삭였다. 그래서 보란 듯 크게 대답했다.

"알아 나. 그거. 그리고 있지, 알게 되니까 되게 궁금하더라. 건웅이 네가 왜, 무슨 생각으로 나한테 솔직하게 말하지 않고 숨기는지도."

건웅이 몸을 떨었다. 아니면 내 시선이 흔들렸던 거였을까.

건웅의 집을 뒤로 하고 내 공간으로 옮겨 왔다.

건웅에게서 아무 대답을 듣지 못한 채로.

*

나 혼자 하는 기대와 실망의 반복이 늘어지는 시간을 좀먹었나. 온갖 듣도 보도 못한 회사의 서류 전형에서 계속 미끄러지다 처음 면접을 본 날 건웅은 내게 낮은 굽의 검정 구두를 사서 내밀었다. 이게 뭐야? 내 물음에 짐짓 부끄러워하며 대답했다.

"너 이런 거 하나도 없잖아. 다 운동화, 아니면…… 완전 화려해서 그런 데 신고 갈 수 없는 거."

"신발 사 주면 도망가는 거 알지."

"그런 쌍팔년도 미신을 아직도 믿니, 양서진아."

그러면, 우리가 언젠가 당연히 헤어질 거라고 이미 확신에 찬 지 오래였음에도 불구하고 자꾸 미래 같은 것을 그리게 되는 것이었다. 어쩌면 재랑 같은 집에서 같은 이불 덮고 평생을 함께할 수 있을지도 모른다고. 그런 풍경에 더 이상 빚더미는 존재하지 않았다. 어떻게 했는지 모르지만 이미 갚은 지 오래였고 상흔도 지워져 있었다. 그 사실을 인지해야 비로소, 아, 말 그대로 꿈만 같은 풍경이구나, 라고 홀로 허탈해지게 되었다. 무얼 기대하는 걸까, 나는.

"그래도 다행이야. 미군의 졸개로 뽑혀서. 휴가도 좀 더 많고."

카투사로 복무하게 된 건웅은 자주 미군의 졸개라는 단어를 썼다. 아마 한길에서 배운 표현일 터였다. 막상 나는 취업 준비를 하며 한길에 나가지 않은 지 오래였다. 궁금하긴 했다. 한길 애들은 나와 건웅의 관계를 알고 있을까.

건웅이 입대하기 이틀 전 우리는 마지막으로 만났다. 우리 엄마 아빠를 보고 싶진 않겠지? 건웅은 내게 묻지 않고 그런 식으로 지레짐작해 먼저 정리해 버렸다. 나는 보여 주고 싶지 않아. 그러니까 점심 저녁 먹고…… 그리고 오전에 빠이빠이하자. 마지막 날은 가족끼리 보내고, 다음 날 아침에 데려다 주겠대.

"그럼 좀 더 같이 오래 있게, 내가 너희 동네에 가서 놀면 되겠다."

그런 심드렁한 말을 했더니 건웅이 고개를 저었다. 그렇지. 내가 무슨 일을 당하든 네가 나를 당당히 드러낼 수 있단 걸 확인받고 싶은 욕심이 내겐 있었는데 너는 그런 걸 생각할 이유가 없지. 기분이 이상했다.

"아냐. 나 호텔 잡았어."

"뭐?"

"마지막 날이니까."

꼬박꼬박 집에서 돈을 타 쓰고 스페어로 부모 명의의 신용카드를 들고 다니는 개로서 아주 좋은 호텔을 잡을 수는 당연히 없었고, 부티크호텔이라는 눈 가리고 아웅 하듯 이름 붙인 일종의 비즈니스 호텔이었다. 광화문과 인사동 사이의 어정쩡한 자리에 위치한, 얄팍하고 높은 건물 한 채를 다 쓰는 호텔.

광화문 근처에는 유명한 노포가 하나 있었다. 김치찌개와 계란말이, 두 가지 메뉴밖에 없고 두 가지 메뉴가 모두 유명한 곳이었다. 마지막 저녁에 한참을 헤매다 결국 거길 가서 저녁을 먹었는데 헤맨 이유는, 건웅이 마지막 날에 그런 걸 먹을 순 없다며 고집을 부렸기 때문이었다. 하지만 그때의 광화문엔 정말이지 아무 것도 없었다. 이순신 동상이랑 한 번도 안 들어가 본 세종문화회관 말고는.

"졸라 맛있다."

일부러 허겁지겁 감탄하며 먹었다. 언제 또 다시 여기 올 수 있을까, 란 생각에. 네가 없으면 내가 이곳까지 나다닐 일이 없잖아.

호텔 객실에선 새벽 두 시 반부터 해가 뜰 때까지 내내 영문을 알 수 없이 삑삑대는 기계음이 울렸다. 프런트에는 아무도 없었다. 아무리 해도 잠이 들 수가 없어서 결국 헝클어진 머리와 쑤시는 몸을 이끌고 밖에 나왔다. 광화문엔 편의점도 더럽게 없어서 인사동 쪽으로 한참을 걸었다. 한 십오 분을 걸어서야 마주한 편의점에서 맥주 네 캔을 사고, 야외 파라솔은 없다기에 그냥 길바닥 어디쯤 턱이 좀 있는 곳에 털썩 앉아 버렸다. 건웅과 열심히 물고빤 후 샤워를 끝마친게 새벽 두 시였으니 잠을 삼십 분도 채 자지 못한 것이었다. 온 세상이 몽롱했다.

그냥 내 방에서 있는 게 나았겠다. 입 밖으론 내지 못한 말을 속으로만 하는데 건웅이 말했다.

"서진아. 그냥 네 방에서 있는 게 나았겠다."

사람이 안 하던 거 하면 병 걸린다더니. 호텔이 다 뭐야. 불퉁스럽게 구는 건웅을 안았다. 그리고 시간이 거기서 멈추길 바랐다. 나 자신은 끝없이 부인하려 했지만 사실 감각할 수 있었다. 하루 스물네 시간 내내 내 옆구리에 붙어 있던 건웅이 사라지는 순간 나도 사람들도 삶도 더 나쁜 방향으로 달음질쳐 변할 거라는 사실을.

다음날 오전 건웅은 머리를 밀었다. 빡빡이야, 빡빡이. 농담을 뒤로 한 채 나는 지하철에 올랐다. 문이 닫힐 때까지 서로의 눈을 똑바로 마주하며 손을 흔들고, 평소엔 낯간지럽다며 쓰지도 않던 사랑해, 사랑해, 같은 말을 벙긋대며 열차가 영영 출발하지 않고 문이 다시 열리길 기대했다. 당연히 일어나지 않을 일이었다.

건웅

왜 일이 이렇게 된 거지.

머리를 쥐어뜯자 옆에서 선형이 어깨를 조심스레 건드렸다.

"형."

"응."

"형 머리 다 빠져요. 대머리 되면 어떡해요."

"무슨 상관이야, 어차피 죽었는데."

"서진 누나도 대머리 괜찮대요?"

그러더니 헤헤 웃음소리를 낸다. 나는 기가 막힌 표정으로 그 그늘 없이 해사한 어린 얼굴을 바라보아야 했다. 야, 내가 지금 누구 때문에 이렇게 골치가 아픈데.

"그나저나 누나 왜 오늘 안 와요."

선형한테는 우리가 복수극을 꾸미는 걸 끝까지 숨겨야 한다고, 서진은 거듭 당부했다. 마지막 순간이 종료되기 전까지는 일언반구도 하면 안 된다고. 어린애를 세상의 중심에 놓으면 기고만장해지거든. 서진은 농담을 했다. 우리 같은 어른들이 다 자기 복수 해 주려고 매달리고 있단 사실을 알면 얼마나 세상이 자기 것 같겠어.

"진짜 그래서야?"

"당연히 아니지. 선형이가 알게 되면 분명 그런 일 하지 말라고, 자긴 괜찮다고 그럴 텐데, 그런 말 한마디만 들으면 나 자신이 계획을 다 포기하고 그냥 돌아서게 될 것 같아서 불안해."

"누나 곧 올 거야. 오늘 어디 좀 들렀다가 온다고 했어."

"오늘은 뭐 하고 놀죠."

"심심해?"

"고스톱 치고 싶어요."

"야. 어린놈이 무슨 고스톱이야. 모바일로도 고스톱은 미성년자 불가야."

"명절 때 어른들이 내내 같이 치게 시켰는데 미성년자 불가가 무슨 소용이에요."

명절. 그러고 보니 내가 세상을 떠난 것이 추석 한 달 전쯤이었다. 선형은 아마 추석과 더 가까운 때에 여기 왔을 것이었다.

세상에 두고 온 어른들이 그립지 않을까. 그 복작복작한 존재
감이.

"선형아, 누구 보고 싶은 사람 없어?"

"보고 싶죠. 당연히. 엄마 아빠 보고 싶죠. 친척들도 보고 싶
고."

"외동이었어?"

"네."

"부모님이 많이 슬프셨겠다. 외동인데……."

"그거 생각하면 되게 미안해요. 차라리 저 혼자 죽고 장준성
쌤이 살아 있었으면 어땠을까도 상상해요. 그럼 엄마 아빠는
좀 더 나았을 수도 있는데. 미워해야 하는 사람이 살아 있으니
까요."

뭐라 말을 얹으려 할 때 문을 느리게 두 번, 짧게 세 번 두드
리는 소리가 났다.

"누나다."

선형이 달음질쳐 문을 열었다. 서진의 손이 불쑥 들어와 선
형의 머리를 쓰다듬었다. 말로는, 뭐 이렇게 갑자기 친한 척이
야? 라고 물었지만 표정은 전혀 아니었다. 가끔은 섭섭할 때도
있었다. 사귀던 시절엔 그렇게 애정 표현을 질색하고 어려워했
으면서, 애한텐 저토록 쉽게 하고 또 받는 게.

"형이랑 뭐 하고 있었어?"

"고스톱 치고 싶다는 얘기."

"참 내, 형이 선형이 앞에서 별 얘길 다 한다. 그치 선형아. 참 교육적이다."

"야, 야." 안 끼어들려고 했는데. "그게 아니라 선형이가 먼저 치고 싶다고 했거든."

"정말?"

"네. 옛날에 명절 되면 부모님이랑 친척 어른들이 막 알려 주시던 거 생각나서요."

"그러게, 그러고 보니 누나도 오랜만에 한 판 치고 싶다. 누나, 그거 되게 잘 치는데."

이렇게 빠른 태세전환을 보았나 싶어 턱이 아래로 쩍 벌어졌지만 서진은 본 척도 안 했다. 그러더니 성큼성큼 방을 가로질러 서랍을 열었다.

"만들어 볼 순 있지 않을까?"

있는 것조차 잊고 있었던 메모지와 필기도구였다.

"그림이라도 그려보지 뭐. 어차피 그림 맞추기잖아."

연기를 참 잘 하는구나, 너는. 아무 일도 없었다는 듯 구는 것. 물론 왜 서진이 그런 연기에 능숙한지는 내가 더 잘 알았다.

고개를 들어 평평하고 높은 천장을 바라보았다. 천장이 비스듬하고 낮았던, 내 정수리가 쉽게 닿았던 서진의 방과 이곳을 비교했다. 저세상으로 넘어가기 전 경유해야 하는 지옥의 꼴을 의도하고 설계된 듯한 이곳이, 이승에서의 그 방보다 열 배는 더 쾌적했다. 그땐 서진더러 집 좋네, 라고 말했지만 누군들 그 말을 믿겠는가. 낡고 추레한 방의 낭만은 낡고 추레한 방에서 살아 보지 않은 사람만이 말할 수 있는 것인데.

"다 잘랐다."

서진이 깔끔하게 자른 종이 조각들을 바닥에 펼쳐 놓았다.

"선형이 뭐 그리고 싶은 거 있어?"

"그리고 싶은 거요?"

"나는 비 할래. 사람이 나오는 패가 그것뿐이잖아."

"그럼 저는 똥이요. 똥은 쨍 좋으니까."

서진이 배를 잡고 웃더니 갑자기 내게 몸을 틀어 물었다.

"너는 안 해?"

"시켜 줄 거야?"

"그럼 뭐, 거기서 가만히 보릿자루처럼 앉아 있어도 되고."

서진은 연기에 능숙하지만 나는 서진의 연기에 언제 능숙해질 수 있을까 모르겠다.

"그럼 나는 너네가 안 그리는 거 다 그리지 뭐."

선형은 그림을 그리면서 한글이 아닌 글자들을 옆에 끼적거렸다.

"뭐야, 일본어네."

"저 일본어 잘해요, 누나."

"웬일이니. 건웅이 형이 보면 일제의 앞잡이라고 욕할지도 모르니까 숨기자."

"아, 웃겨."

"일본어는 학교에서 배웠어? 아님 과외 같은 거?"

"아뇨. 저 애니메이션 엄청 좋아해서. 그거 보다가 저절로 알게 됐어요."

"저절로? 천재 아냐?"

"애니 좋아하는 애들은 다 그러는데. 천재 아니에요."

"대단하다."

"같은 반 애들한테 맨날 욕만 먹었는데요. 오타쿠라고. 엄마 아빠도 쓸데없는 데 시간 쓰지 말라고 그러고."

읽을 수 없는 문자들이 선형의 패 위에서 춤을 추고 있었다.

*

이상했다. 오히려 서진을 처음 만났을 때, 서진을 아직 잘 모르고 그저 내가 좋아하는 양서진 쌤으로만 알고 있었을 땐 그 애가 연기하고 있다는 것을 알아채는 게 쉬웠다. 진심인 표정은 얼굴에 착 달라붙어 있었는데 진심이 아닌 표정은 아주 미세하게 붕 떠 있었다. 이상하게 아무도 알아보지 못하고 나만이 그걸 눈치챘다.

하지만 같이 보냈던 시간이 점점 길어질수록 감각은 둔해졌다. 예전에는 같은 공간에 있기만 해도 온갖 교감 신경이 작동했기 때문이었을까. 한참을 사귀다 보니 익숙해져서 이렇게 무감한 인간이 된 걸까. 그런 고민을 아주 잠깐 하다가도 머리가 아파 때려치우는 일이 잦았다.

군대 숙소 옆방에 거주하던 미군이 제대하며 작은 티브이를 버리고 갔다. 나는 그걸 얼른 주워서 내 방에 설치해 두었다. 올림픽이 열리는 시기였다. 안 볼 수가 없었다. 매일같이 생중계를 보고 재방송을 보고 하이라이트를 또 보았다. 밖에서는 썩재미 있지도 않을 것들이, 거기서는 그토록 신났다.

근데 그런 얘길 괜히 서진에게 했다. 서진은 복잡한 표정이었다, 라고 난 이제야 돌이켜보며 설명할 수 있을 것 같다. 그땐 느끼지 못했으니까.

"혼자 보는 티브이도 있고, 좋은 군대네."

"아냐, 거지처럼 주워 온 거라니까."

서진의 방 한켠에 있는 책꽂이가 주워 온 것이란 사실을 나는 미처 몰랐고.

"고무신 하면 힘들다더니 휴가도 많이 나와서 고무신 같지도 않다 야."

"야 무슨 말을 그렇게 해, 많이 볼 수 있어서 좋다고 해야지."

내 휴가 때마다 쓸 비용을 서진이 따로 모아 두어야 하는 형편인지도 잘 몰랐고.

"오랜만에 방 왔는데 안 불편해? 퀴퀴한 냄새 안 나고? 지하 냄새 지긋지긋해."

"뭐 어때, 그렇게 많이 나는 편도 아니야. 군대 있던 사람한텐 밖이면 다 천국이지 뭘 그래."

아직 취직을 하지 못한 서진이 이곳에 홀로 하루종일 있어야 한다는 것도 염두에 두지 못했다.

점점 지쳐가는 모양새. 서진은 그때까지 연습한 모든 연막을 사용하여 숨겨 두었다. 왜 그렇게 애를 썼을까, 그냥 솔직하게 이야기하지. 원망스러우면서도 과연 그때의 내가 서진의 솔직해심을 감당할 수 있었을까 헤아리면, 사실 자신이 없다.

서진

똥, 똥, 똥. 선형은 이상하게 멋대로 지은 멜로디에 똥이란 가사만 붙여 흥얼댔다. 저런 걸 보면 영락없는 열네 살짜리 남자애였다. 변성기도 채 오지 않았고 키도 나보다 작았다. 다 커서 늙다 죽은 어른으로서는 상상할 수 없는 형태와 시기의 죽음에 대한 안타까움이 다시금 새삼스레 마음속에서 휘몰아쳤다.

만약 마지막 순간에 마음을 돌려 다시 장준성이 기다리던 곳으로 돌아갔더라면, 그래서 남들 하듯 아이도 낳았다면, 그 아이가 선형의 나이가 될 때까지만큼은 몸을 강에 던지지 않고 버틸 수 있었을까. 아무짝에도 쓸모없는 상상이란 사실을 뭣하러 하고 있는지. 고개를 저으며 떨쳤다. 그랬더니 이번엔 또다른 엉뚱한 생각에 잠식당했다. 세상 사람 모두가 저렇게 귀엽고 소중했던 걸까. 저 나이까지. 그러다 점점 악해지는 걸까.

선형이 살아서 주먹이 굵직한 어른이 되었다면, 그랬다면 선형은 과연 좋은 사람이었을까. 나와 장준성이 아이를 키웠다면, 좋은 사람이 되었을까. 이 역시 무용한 가정이었는데 이상하게 이건 쉽사리 털어낼 수가 없었다.

"누나 그림 진짜 이상해요. 형은 엄청 잘 그리는데."

양반은 못 될 선형이 그림을 성큼 넘겨보며 말했다.

"이 정도면 잘 그리는 거 아냐?"

"아니에요. 사람 비율이 이상해요. 우산도 비뚤고. 형 봐요. 되게 빨리 그리는데 진짜 잘 그려요. 형은 손재주가 있나 봐요."

갑자기 옛날의 기억이 떠올라 후드득 웃음이 터졌다. 공용 부엌에서 건웅과 노닥거리며 떡국을 끓이던 순간의 기억. 가래떡을 비스듬히 잘라야 익숙한 모양이 나온다는 것조차 몰랐던 건웅. 그애가 도마에 대고 직각으로 떡을 자르는 바람에, 완벽한 동전 모양이 되어버린 떡으로 요상한 모양의 국을 끓이던 순간. 안 되는데, 나 이건웅한테 지금 화난 거 있는데. 못 들은 대답도 있는데. 웃으면 안 되는데.

"누나 왜 웃어요."

"비밀이야."

에잇. 선형이 바닥에 대고 있던 엉덩이를 스물스물 움직여 빠른 속도로 패를 만들어내는 건웅 옆에 가부좌를 틀고 앉았다. 애는 애였다.

"선형아, 형 잘하지."

"응. 형 미술 배웠어요?"

"어렸을 때 학원 다닌 적은 있었지. 학원 쌤이 형보고 미대 가라고도 했다?"

"근데 왜 안 갔어요? 공부해야 되니까?"

"선형이가 정확하게 아네. 맞아, 공부해야 되니까. 공부하기 싫었는데 어쩔 수가 없었어."

"저도 싫었는데. 저는 공부 안 했으면 안 죽었을 텐데."

"정선형. 이렇게 형 마음 아프게 패대기야? 형 맴이 지금 오천 갈래로 갈기갈기 찢어져서 제기 됐어."

"헤헤. 저 제기 잘 차는데."

"아무 말이나 할래 진짜? 그럼 이따 종이 가지고 제기도 만들든가."

"형도 아무 말이나 하는데요."

건웅은 저렇게 접근할 수도 있구나. 아무것도 아니었던 것처럼, 그저 한순간의 에피소드였던 것처럼. 죽음을. 선형이 없을 때 그렇게 마음 아파했으면서, 애 앞에선 최대한 밝게, 지금 우리가 보내고 있는 이 순간이 가장 소중하고 전부인 것처럼.

상처를 드러내 전시하는 방법으로 치유받는 사람들을 부러

위할 때가 있었다. 나는 내 얘길 잘 못 해서. 정말로 염치불구하고 무언가를 원할 때만, 할 수 있어서. 그리고 막상 내뱉고 나면 상대의 반응 하나하나에 과민하게 반응하고야 말았다. 혹시 내가 이런 말을 해서 저이는 부담스럽지 않을까. 싫지 않을까. 나를 더 이상 만나고 싶어 하지 않는 것 아닐까. 우스웠던 것은, 건웅이 막상 내 고민들을 듣고 내 몸을 안아 토닥이며 가볍고 따스한 농담을 했을 때가 가장 괴로웠다는 사실이다. 자꾸만 나 혼자 거리를 두게 됐던 탓이다. 평생 자기 일이 되지 않을 거니까 가능한 반응이라고. 언젠가는 나와 헤어질 거니까, 그러니까 저렇게 드라마 속 갈등을 보듯 관객의 자세에서 말할 수 있는 거라고.

그러나 지금 와서야 안 것이다. 선형의 사정에 누구보다 분노하고 어떻게든 탈출구를 찾아주려 머리를 굴리고 있는 건웅이, 막상 선형의 앞에선 너무나 어려운 이야길 쉽게 하며 가장 해맑게 깔깔댄다는 걸.

다 그린 패를 오리다가, 그걸 깨달았고, 그러자 궁금해졌다.

나는 건웅을, 지금 어떻게 여기고 있을까.

살면서 한 번도 자기 마음에 집중할 여유가 없었던 사람은 죽어서도 자꾸만 바깥의 상황만 생각하니까. 그제야 궁금했다.

"다행이다."

선형의 목소리가 빽빽한 잡생각의 숲을 비집고 불쑥 들어왔다.

"뭐가 다행이야?"

"누나랑 형이랑 안 싸운 거요."

"선형아, 왜. 우리가 싸울 줄 알았어?"

"저번에 너무 살벌하게 헤어져서. 그래서 불안했어요."

"살다보면 싸울 수도 있지, 왜."

"그래서 누나나 형을 더 이상 못 보게 될까 봐 불안했어요. 한쪽만 남게 될까 봐."

"미안해, 누나가 잘못했네. 선형이 앞에선 싸우면 안 됐는데."

그럼 다른 데선 싸우겠단 얘기예요? 선형이 발끈하는 게 귀여워 애가 원하는 대로 고개를 도리도리 흔들었다.

"잘 화해한 거 맞죠?"

우리 화해했나? 건웅을 한 번 쓱 바라보았다. 건웅이 고개를 숙인 채로 말했다.

"화해하고 말고가 없어, 선형아. 형이 일방적으로 잘못한 거라서, 사과를 해야 되거든. 근데 형 속이 좁아서 아직도 안 하고 있었어."

속이 좁아서 사과도 안 하고 자꾸만 눈을 피하는 옛 애인에게 휘둘려 일을 망칠 필요가 없었다. 나는 혼자 삼촌 집에 자주 드나들며 일을 꾸몄다. 건웅이 없어도 모든 걸 준비할 수 있었다. 어쩌면 마무리까지 건웅 없이 지을 수 있을지도 몰랐다. 일종의 목표였다.

아주 오래도록, 어쩌면 영원히 사람이 드나들지 않을 공간이 필요했다. 누구도 들어올 생각을 하지 않는 공간. 이 세계 자체가 멸망할 때까지—이 세계가 멸망하는 게 가능하긴 할까? 아마 어쩌면, 인류가 멸종될 즈음엔 될지도.— 누구의 발자국도 남지 않을 공간. 장준성에게 지독한 복수를 하기 위해 세운 계획은 그 공간이 확보되어야만 가능했다.

"그런데 아무리 찾아도 없어, 그런 공간이." 삼촌이 난감한 표정을 지었다. "결국엔 어디에서든 발견되게 되어 있어. 스스로 죽는 사람은 점점 늘어가기만 하고, 이 세계도 하루가 다르게 더욱 바글바글해지고 있잖아. 어딜 가도 사람이야. 아마 서울보다 여기 인구밀도가 더 높을 수도 있겠다."

"공터 같은 건 없죠."

"있기야 하지, 근데 문제는 그걸 가릴 구조물이 없잖아. 십리 밖에서도 다 보여."

"빈집도 없고."

"빈집이 어딨어, 바로 매듭 풀기만 하면 반나절만에 주인 갈

169

아치우는데. 요샌 하도 많이 자살해서, 집이 없어 대기표를 뽑는다더라. 빈집 날 때까지 구천을 떠돈단다."

머리가 지끈지끈 아팠다.

*

건웅이 사랑을 하는 방식을 헤어지고 나서도 아주 오랫동안 자주 떠올렸다. 건웅은 베개 대신 자기 손을 내 뒤통수에 받친 채 몸을 움직이는 걸 좋아했다. 머리에 짓눌려 피가 통하지 않는 바람에 손이 저릿저릿해질 때까지 계속. 모든 게 끝나고 건웅의 오른손을 바라보면 시뻘겠다. 가끔은 머리카락 자국이 화석처럼 찍혀 있을 때도 있었다. 왜 그러느냐는 말에 건웅은 대답했다. 이렇게 해야 네가 고개를 옆으로 돌리지 않고 나를 똑바로 바라보니까. 너 옆으로 고개 자주 돌려. 몰랐지? 그래서 서운했다고. 나를 안 보고 있으니까.

"그래도. 손바닥이야 그렇지 손등은 진짜 아플 텐데. 내 방에 침대가 있는 것도 아니고…… 이불이라 딱딱하잖아."

"그래도 못 끊는 게 있어."

"뭐."

"너는 네 뒤통수가 내 것보다 더 동그란 거 여태 몰랐지?"

170

"어?"

"네가 내 뒤통수 쓰다듬는 거 좋아하는 거랑 똑같아. 근데 네 머리 진짜 볼록해. 엄청 귀엽거든. 손에 아주 폭 들어와. 너무 좋아서 아무도 못 만졌으면 좋겠어."

아무도 못 만졌으면 좋겠어, 란 말에서 픽 웃었다. 지금껏 그걸 만져 볼 기회를 가졌던 사람들이 많아. 하지만 아무도 집중하지 않았어. 사람들에게 필요한 건 움켜쥘 가슴과 쑤셔 넣을 구멍의 존재뿐이지 아무짝에도 쓸모없는 뒤통수는 아니거든. 나는 나란히 누운 상태에서 몸을 돌려 건웅의 허리를 안고, 목에 얼굴을 묻었다. 건웅의 쌕쌕 소리가 정수리 쪽에서 났다.

그때 핸드폰이 요란하게 진동했다. 무시하려 했는데 계속 쉬지 않고 이어졌다. 옆방에서 벽을 두드렸다. 건웅이 말했다. 받아, 서진아. 나는 고개를 저었다. 부르르 떠는 핸드폰을 가슴팍에 가져와 대곤, 건웅의 가슴을 겹치며 웃었다. 지잉, 소리가 조금 작아지고 대신 둘의 몸이 떨렸다. 일부러 더 소리를 크게 내며 웃었다. 그러면 전화가 끊어질 것 같았다. 그런 일이 정말로 일어날 수 있을 것만 같았다.

건웅

옛날부터 그랬지만 서진은 진짜 똑똑했다. 나라면 서진처럼 생존할 수 있었을까? 아무리 상상해 봐도 불가능했기에 나는 그 애를 있는 힘껏 온몸으로 사랑했다. 그렇게 살아남아 줘서 고마워, 라는 걸 표현할 수 있는 방법이 딱히 없었기 때문에.

그리고 서진은 정말 바보 같았다. 자기가 아무 말도 하지 않으면 아무것도 모를 거라고 생각했다. 그리고 실제로 말하지 않았다. 많이 섭섭했고, 티도 내 봤지만 막무가내였다. 왜 그래? 나한테 힘든 이야길 하거나 뾰족한 수를 물으면 내가 너한테 질릴 것 같아? 아니면 네 상황을 같이 짊어지기가 두려워서 널 떠날 것 같아? 언젠가는 술을 좀 마시고 그런 식으로 떠봤던 적도 있었는데 서진은 그 대답조차도 하지 않았다.

그래서 결국엔, 눈치와 꾀만 늘었다. 귀가 밝아지고, 내 편을 찾았다.

서진이 어떤 장소를 찾고 있는지 삼촌에게 들었을 땐 개가 곧 그만두리라고 생각했다. 그런 장소가 없으니까. 아마 다른 계획을 찾겠지. 단념하겠지. 하지만 하루이틀이 지나고, 일곱 밤을 보내고 나서도 서진은 그 생각을 버리지 않았다. 삼촌은 고개를 저었다. 서진 씨가 너무 열심이어서, 실패가 두렵더라고. 얼마나 나락으로 떨어질지 몰라서.

"그러니까 제가 이해하고 있는 방법이 맞다면, 장준성을 꾀어내서 어딘가에 영원히 가둬 놓고 싶다는 거죠? 서진이는."

"그게 최고의 복수라고 생각하더라고. 나도 곰곰 따져 보니까 그렇긴 하더라. 나야 내 의지로 여기 있는 사람이고 여기저기 움직이며 사람 만나고 얘기도 듣고 하지만, 아무도 없는 데서 아무도 모르게 혼자 갇혀 있으면 그곳이 바로 지옥이지. 죽지도 못하고."

"그런 장소가 있을 경우에 말이죠."

"없으니까 문제인 거지."

삼촌은 킁, 소리를 내더니 고개를 들어서 빤히 하늘을 바라보았다. 그러더니 갑자기 막 떠올랐다는 듯, 별 거 아닌 목소리로 물었다. 건웅아, 너도 장준성에 대해 서진이만큼 맺힌 게 많냐?

"네?"

173

"서진이는 장준성이 죽인 거나 다름없지. 선형이 그놈은 정말로 장준성이 죽였고. 너는? 너는 어떤데? 밉다면 얼마나 미워? 아니면 그냥 그 둘이 좋아서, 그래서 돕고 싶은 거야?"

그러고 보니.

"삼촌은 이제 우리 이야길 거의 다 아시는 모양이네요."

"네 버전만 빼고."

"서진이가 자기 이야길 한 게 더 신기해요."

"도움을 주려면 이유가 있어야 하니까."

그렇구나.

"그럼 저는, 삼촌 도움이 필요할 때 말씀드릴래요. 지금으로선 삼촌 생각이 맞아요. 그 둘이 좋아서요. 그리고 쓰레기는 쓰레기통에 넣고 싶으니까요."

"오지랖은." 삼촌이 자기 무릎을 치며 웃었다. "아, 내가 누구 오지랖을 논할 때가 아니긴 하지."

"제가 딱 그 말을 하려고 했는데, 방금."

지금 이 시간에도 서진은 여기저길 쏘다니며 자기가 그리고 있는 그 광경을 구현할만한 장소를 찾고 있을지 몰랐다. 삼촌이 그런 장소는 없다고 단언했다면, 정말일 터인데도. 서진에게 도움을 주고 싶었다. 하지만 전혀 불가능한 상황을 꾸미고 싶어 하는데 어떻게 내가 힘을 보탠단 말인가.

그렇게 자꾸만 숙제처럼, 문제를 대하기를 뒤로 미루었다.

하루 온종일을 걸었을 서진은 내 방에 들어오자마자 침대에 걸터앉더니 스르르 드러누워 버렸다. 다리는 여전히 침대 모서리에 걸친 후 기역 자로 접은 채였다. 선형이 킥킥 웃으며 똑같은 자세로 옆에 누웠다.

"야, 누우려면 제대로 좀 누워. 그렇게 누우면 피로가 풀리냐."

잔소리를 안 하려야 안 할 수가 없었다.

"어디서 왈왈 소리가 들린다, 선형아. 그치."

둘이서 신나게 깔깔댄다.

"아 진짜." 두 손을 모아 똥침을 놓듯 세운 후 둘 사이로 파고들었다. "이게 뭐야. 방도 뺏겨, 따돌림도 당해. 나쁜 놈들. 양서진이야 그렇다치고 선형이 너까지 나한테 이럴 수가 있냐?"

"아닌데, 나는 형 좋아하는데."

"누나야 형이야."

"너 자꾸 그렇게 유치하게 굴래, 애 앞에서."

못 들은 척하며 엎드리고 있던 몸을 뒤집었다. 결국엔 셋 다다리만 달랑달랑 침대 모서리에 걸친 채 누워 천장을 바라보는 모양새가 되었다.

"선형이 오늘은 늦게 자려나 보네."

잠을 안 자는 우리끼리 하는 썰렁한 농담.

"키 크려면 일찍 자야지."

키가 더는 크지 않을 아이에게 해도 될지 알 수 없는 농담.

"형이랑 누나 사이 방해해서 어떡해요."

이어지는 비명은 아마 서진이 선형의 팔을 꼬집었기 때문일 것이었다. 오백 짜리 맥주잔을 한 손에 네 개씩 들고 다니며 일해서 그런지, 악력 하나는 나보다 센 애였다. 나도 저렇게 많이 꼬집혔는데. 노동의 힘이야, 넌 절대 못 이겨. 그러면서 꼭 한 번을 더 꼬집곤 했었다.

가슴이 울렁댔다. 왜 이러지. 두 눈가가 마구 뜨거웠다. 백, 아흔아홉, 아흔여덟. 일부러 딴 생각을 하며 속으로만 거꾸로 숫자를 세었는데 막상 아흔 전이 무엇이었는지 떠오르지 않았다. 이미 한 방울씩 뭐가 나와서 얼굴 옆으로 주르륵 흐른 후였다. 한참 애를 쓰다 그냥 포기하고 팔십구,를 선택했는데 나도 모르게 입 밖으로 소리가 나왔다. "뭐?" 서진이 천장을 향하던 고개를 내 쪽으로 휙 돌렸다. 아, 젠장. 눈을 질끈 감았다. 여든 아홉이었구나. 여든여덟, 여든일곱. 거기까지 셌을 때 손가락 하나가 눈가를 쓸어 주었다. 서진이 누워 있는 쪽에서 온 손이 었다.

*

　서진이 다시금 학원을 찾은 것은 그 어느 회사에서도 서진을 일하라고 부르지 않았기 때문이었다. 자기 자신을 비웃으며 나는 이제 자본주의의 노예도 될 자격이 없기 때문인가 봐, 하고 말하는 애인 앞에서 나는 무슨 말을 해야 할지 몰라 자꾸만…… 자꾸만 실없는 농담을 했다. 서진을 위한 게 아니었고 그저 어찌해야 할 바를 모르는 그 상황을 벗어나기 위한, 온전히 나만을 위한 일이었다. 비겁했다. 물론 당시의 내게 물으면 이렇게 변명할 것이다. 그러면 서진에게, 네가 너무 가난해서 남들 다 쌓는 스펙 하나 제대로 만들어 내지 못하고 매일 아르바이트만 하다 졸업을 맞닥뜨렸기 때문이라고 말해야 할까요? 그게 진실이에요, 그런데 그렇게 말하면 서진의 속이 풀릴까요? 나도 알고 그 애도 알지만 가장 해서는 안 될, 가장 슬프고 괴로운 말이 아닐까요? 왜냐하면 어쩌면 서진은 평생 그렇게 살지도 모른다고, 내 안의 예언자가 말하고 있었으니까.

　졸업 앨범도 진즉에 찍지 않았던 서진은, 졸업식에도 가지 않겠다고 우겼다. "그래도 학사모는 쓰고 가운은 입어야 하지 않겠어? 나중에 후회할 수도 있어, 나중에. 내가 가서 놀아 줄게." 내 말에도 막무가내였다. "뭐 좋은 게 있다고. 돈 들고 힘들

177

고. 별로 축하하고 싶은 것도 아니야, 소속이 사라지는 거니까."

서진에게, 근데 한길의 누구랑 누구도 취직 안 됐던데, 라고 했지만 나는 말하면서도 이미 모순을 알고 있었다. 그 누구랑 누구는 대학원에 가서 모든 것을 유예한 채 다시 마음을 추스를 수 있다는 것. 서진에겐 그런 기회가 허락되지 않았다는 것.

그 시절 서진은 그런 말도 했었다. "그래도 졸업 앨범을 찍고 싶었는데. 누군가가 하염없이 내 얼굴만 보면서 자기 눈에 가장 예뻐 보이게 꾸며 주는 걸 한 번은 경험하고 싶었어." 거기 대고 나는 처음 연애하는 사춘기 남학생처럼 멍청한 물음을 던졌다. "나랑 결혼식 안 할 거야?"

아무 일렁임도 없이 고요한 시선이 가장 무섭다는 걸 그때 알았다. 한참이 지나 건웅아, 하고 내 이름을 부르는 소리가 들리자마자 두려워서, 무슨 이야기가 나올지 몰라서 외쳤다. "아냐냐! 뭐 요샌 결혼이 필수도 아니고 결혼 안 하고 평생 연애만 하는 커플도 많고!" 그러곤 또 회피하고 말았다.

*

학원에서 질문 조교를 하는 줄 알았더니 거긴 이미 재학생들이 다 꿰찼다고 했다. 그럼 무슨 조교를 하는 건데? 물음에 서진은 시큰둥하게 대답했다.

"강사 개개인마다 딸린 상주 조교가 있어. 뒤치다꺼리 다 해 주는, 전속 비서 같은. 뭐 그런 거지."

"상주면 하루 몇 시간?"

"최소 여덟 시간이지 뭐. 근데 모르지, 더 있어야 할지. 그래 도 준성 선배가 아주 부려먹진 않을 거니까 너무 겁먹진 말라 고 하던데."

"장준성 형 아래로 들어가?"

"응. 그 선배가 먼저 연락해 줬어, 자기 조교 그만둬서 자리 났다고. 난 상주 조교 같은 게 있는 줄도 몰랐네."

축하해, 취직. 내가 축하주 사도 돼? 그렇게 대답했던 것 같 다. 서진은 까슬까슬한 내 머리통을 쓰다듬었다. 어이, 군바리. 군바리 주제에 무슨.

"근데 솔직히 난 그 형 싫은데."

"싫으면 어쩌라고. 건웅이 네가 지금 나 먹여 살릴 수 있어? 책임지지 못할 말은 하는 거 아니야."

맞다.

그 형이 서진에게 해줬던 걸 나는 절대 서진에게 해 줄 수 없 구나. 내겐 돌아올지 알 수 없는 몇백만 원을 빌려줄 용돈도 없 고, 척 하니 일자리를 만들어 줄 능력 역시 전무했다.

서진

미칠 것만 같았다. 내 머릿속에서 각자의 머리가 휙까닥 돌아버린 풍물패 단원 열댓 명이서 꽹과리를 치고 태평소를 불고 중력이 없는 것처럼 날아다니며 상모를 돌리는 중이었다. 덩따 덩따 덩따궁다 더덩덩따 덩따궁따. 나 뺀 모든 이들은 다 멀쩡히, 아주 고요하게, 사람과 승천이라는 목표만 향해 달려가는데. 세상에 복잡함의 총량이 존재한다면 나 혼자 팔 할을 짊어진 게 아닐까 싶을 정도로.

장준성의 몸뚱이를 영원히 홀로 둘 장소가 어디에도 없었다. 매일을 꼬박 돌아다니며 어딜 찾아도 누군가의 눈에 띌 수밖에 없는 구조였다. 나중엔 맨손으로 땅굴이라도 파야 할까, 생각했다. 해가 질 때쯤엔 서러워서 눈물이 마구 났다. 오늘 하루도 공쳤구나, 내가 이렇게 바보짓을 해서 장준성은 한 발짝 더 탈출에 가까워졌겠구나. 나 정말 뭐 하는 거지?

그렇게 한바탕 울고 나면 이상하게도, 건웅이 미워졌다. 건웅은 가타부타 말을 얹지 않고 그저 나를 돕겠다며 따랐지만, 가끔씩 초점 없는 눈으로 먼 곳을 바라볼 때가 있었다. 그게 싫어서, 자꾸 내 탓을 하고 내 무능함을 질책하는 것만 같아서 점점 건웅을 부르지 않게 되었다. 너는 선형이랑 놀아. 언젠가는 신발을 꿰어 신는 건웅에게 퉁명스레 그렇게 말하기도 했다. 애 혼자 두지 말고. 그게 걔를 더 위하는 길일 수도 있으니까. 그때 건웅은 더할 말을 구할 수 없다는 듯 내 얼굴만 빤히 바라봤다.

오늘도 헛되게 보냈구나. 어둑해지고 나서도 한참이 흐른 뒤에야 집에 돌아와서, 침대에 풀썩 누웠다. 오늘 장준성은 몇 개의 매듭을 풀었을까. 몇 명의 몸을 만졌을까. 몇 번이나 자격 없는 웃음을 누렸을까. 몇 사람에게 자신의 과거를 팔아 정당성을 얻었을까……

신기한 일이었다. 이 세계에서도, 밤이 찾아오면 이상하게 소리가 더 쉽게 퍼져 나갔다. 거리에서 왁자지껄 떠드는 소리들, 파트너를 찾는 외침들 같은 게. 이불에 얼굴을 묻고 베개로 귀를 틀어막아도 소용이 없었다. 아마 혼자 있고 싶은 사람들도 결국엔 그래서 밖으로 나돌게 되는 것일 테지. 나조차도 커다란 흐름을 거스르다가 허리가 꺾이거나 무엇인가에 얻어맞진 않을까, 불안할 때가 많으니까.

그래도 나는 절대 안 나가. 이게 비뚤어진 자존심이 아닐까 의심한 것은 이미 오래 되었지만, 그래도 나는 절대 똑같은 사람이 되지 않을 거야. 자꾸만 모든 이의 얼굴에 장준성이 겹쳐 보이니까. 바쁘게 걷는 사람들의 리듬에서 나는 구두 뒷굽과 밑창이 얼굴을 짓누르던 촉감을 기억해 낼 수밖에 없으니까. 할 수 없었다.

나는 이렇게 내내 여기서 혼자겠지. 삼촌도, 선형도, 그리고 건웅도 나를 떠나 꿈꾸던 자유, 포근한 무로 돌아갈 때까지. 결국엔 누구도 내 존재를 알지 못하게 될 때까지 그렇게. 그런 생각을 하며 눈가를 문지르다 멈추었다.

내내, 여기서 혼자겠지.

누구도 존재를 알지 못하게 될 때까지.

내내.

여기서.

혼자겠지.

산 사람이던 시절 너무나 뻔한 속담이 있었다. 등잔 밑이 어둡다, 는 말.

이미 답은 침대 앞에 도달해 웅크리고 있었다. 오래 전부터.

182

내 발이 엉뚱한 곳에서 배회할 때부터, 홀로 조용히, 찾아 주길 기다리며.

찾았다.

"찾았어요."

건웅의 손을 붙들고 삼촌네 집까지 헐레벌떡 끌고 가서는 그렇게 말했다.

"필요한 공간이요. 있었어요. 찾았어요. 거기다 영원히 가둬 놓을 수 있어요."

"말도 안 돼. 허점이 있겠지."

"찾았다니까요."

"어차피 말도 안 될 거 알지만 어딘지 얘기나 들어 보자."

이상한 일이었다. 너무 황홀해서, 몸이 부들부들 떨렸다. 당장이라도 뛰쳐나가서 장준성을 향해 전속력으로 달려가고 싶었다. 붙들고 질질 끌어 오고 싶었다.

*

장준성과 살던 시절. 안방에 있는 침대 위에는 항상 고통스러웠던 기억만이 오래된 이불처럼 구겨져 있었기 때문에, 홀로 낮잠을 잘 땐 소파 밑의 맨바닥에 눕곤 했다. 등과 꼬리뼈가 딱딱한 바닥에 배겨 아팠지만. 언젠가는 채 치우지 못했던 아주 작은 유리 조각이 옷을 뚫고 등을 베어 버렸던 적도 있었다. 손이 닿지 않아 약도 바르지 않고 그대로 두었다. 엄마는 수화기를 통해 그 얘길 듣곤 폭소했다. 멀쩡한 남편 데려다 놓곤 대체 어디다 쓰는 거니?

그러게. 전화를 끊자 정신나간 사람처럼 피식피식 입가가 움직였다. 그러게, 멀쩡한 남편한테 등 좀 봐달란 말도 못 하는 내가 되었구나. 그렇게 누워 있노라면 천장이 낮던 그 방의 생각이 났다.

아니다. 선후가 잘못되었다. 실은, 천장이 낮던 그 방을 떠올리려 일부러 맨바닥에 붙어 있던 것일 수도 있지. 피부는, 머리보다 기억력이 좋다. 훨씬.

건웅아.

이건웅.

거기 누워서 소리를 내어 불렀다. 혼자 있어야만 부를 수 있는 이름을.

건웅아.

그때까지만 해도 탓하고 싶었다.

건웅아, 왜 그랬어.

왜 나를 그렇게까지 쉽게 놓아 주었어, 하고.

어디로 가는지 알 수 없는 광역 버스를 탈 때 마음이 덜커덩 대던 기억. 우리는 서울을 벗어나 정류장 하나 없는 도로를 달리는 것마저 모험이라 여겼는데. 벗어나 봤자 겨우 경기도 인근이었던 것을. 택시비 삼만 원만 내면 다시 익숙한 공간으로 돌아올 수 있는 거리였던 것을.

왜 우리는 한 번을 멀리 가지 못했을까.

왜 우리는 말뚝에 매인 코끼리들처럼 빙빙 돌아야 했을까.

아무리 돌이켜 봐도 너에겐 말뚝이 없었던 것 같은데. 왜 너는 내 말뚝에 스스로 매여 있어 주었니, 건웅아. 사랑하는 사람과 바다를 보고 싶었던 적이 없었어? 무슨 말이 오가는지 모르는 외국의 공기를 마시고 싶었던 적이 없었어?

실은 내가 그 이유로 떠났으면서. 위해주는 척하며 돌아섰으면서. 나서부터 말뚝에 묶였던 집짐승 주제에, 매일 찾아와 쓰다듬던 건웅에게 책임을 전가하려 드는 것이었다.

기억이란 게 시간 순으로 곱게 나열되어 기차 지나가듯 머릿속을 일정한 속도로, 예상 가능하게 방문해 준다면 얼마나 좋을까, 하고 말도 안 되는 소원을 빈 적이 한두 번이 아니었다.

그러면 준비를 할 수 있겠지. 거기 기꺼이 타고 싶다면 짐을 챙겨들고 플랫폼에 설 수 있을 테고, 그대로 보내고 싶다면 눈을 질끈 감고 아주 안전한 대합실로 도망치는 게 가능할 테니까. 그렇게 한참을 상상하다가, 깨닫게 되었다. 아, 나 기차도 한 번 타 본 적이 없는 사람이구나. 내가 그리는 모든 기차는 누군가의 각색을 거친 허구일 뿐이구나. 이미 타인의 머릿속을 경유해 뭉개지고 흐릿해진 모양이구나. 그러니 거기 내 기억을 태울 수 있을 거란 상상 자체가, 성립할 수 없는 것이었구나.

"나 제대하면 우리도 여행 한 번 가자."

"어디로."

"어디든. 동해여도 좋고 부산이어도 좋고 제주도도 좋고, 아니면 동남아도 배낭여행으로 가면 쌀 텐데. 너무 가고 싶다. 너랑."

다섯 살짜리 아이를 어르는 느낌이었다. 엄마가 사 줄게, 응, 나중에. 엄마가 다음 주에 사 줄게. 아이는 다음 주가 언제쯤인지 모르고, 그걸 알게 될 때쯤 되선 이미 갖고 싶던 것이 무엇인지를 망각하고 새로운 것에 빠지기 마련이다.

그래서, 다음 주에 사 줄게, 하는 마음으로 거짓된 맘을 비치는 것이다.

"그래. 돈 모아 놓을게. 그리고 그때까지 조교 하고 있어야겠다. 회사 들어가면 못 가잖아. 너 제대하면 조교 딱 그만두고, 여행 다녀온 다음 다시 취준해야지."

진짜로? 건웅이 눈을 동그랗게 뜨고 물었다. 무슨 일로 돈 없고 바쁘다는 말이 안 나오는지 궁금했을 터인데 대신 이렇게만 물었다. 진짜야? 농담 아니고?

"속고만 살았어?"

인터넷으로 같이 이런저런 여행지를 알아보고, 외박 나온 건웅과 함께 서점에 가서 어차피 건웅이 나올 때쯤엔 낡아 너덜너덜해진 정보가 될 여행서들을 뒤적거리며 웃고 떠들었다. 그런 날마다 핸드폰은 가방 속에 처박아 놓은 상태였다. 자꾸만 전화가 왔다. 엄마에게서. 저축 은행에서. 얼굴과 소속은 알고 이름은 모르는, 돈 받는 아저씨들에게서. 여자친구를 사귀는데 모텔비가 부족한 막내에게서. 그리고, 어차피 내일이면 얼굴을 볼 상사에게서.

건웅

건웅아, 이놈아. 그만 해라.

삼촌의 침대에 배를 깔고 누워서 삼촌의 베개를 주먹으로 마구 내지르고 있으려니 삼촌이 이렇게 말렸다. 너무나 어울리지 못하게, 아무렇지도 않다는 듯, 평온한 목소리로. 애꿎은 내 베개는 무슨 잘못이니. 때리려면 너네 집에 가서 네 걸 때려라, 이놈아.

"걔는 대체 무슨 생각을 하고 있는 거예요. 도대체……."

"들었으면서 왜 나한테 또 물어."

"삼촌 아무렇지도 않아요? 그런 말을 듣고도?"

"나는 너처럼 서진이가 좋아 죽고 그렇진 않으니까."

"아 진짜……."

"아니, 농담이고." 삼촌은 축 늘어진 내 옆에 앉아서 등을 토닥토닥 두드려 줬다. "좀 슬프긴 하지. 누군가 또다시 나 같은 생활을 하려 한다는 게. 이게 얼마나 끔찍한 일인지 알까. 똑같은 하루하루가 영원히 끝나지 않은 채 계속 돌아갈 거라는 사실을 알면서 시간을 보낼 사람이 되는 게."

"모르니까 그런 말을 하겠죠."

"걔 똑똑한 애잖니. 반쯤은 알 거야."

"근데 어디서 살겠다는 건데요, 걔는 그럼. 매듭 풀리면 안 되니까 사람도 피하고, 몸 누울 곳도 하나 없고." 아까도 서진에게 똑같이 그렇게 물었는데 대답이 아주 가관이었다. 어차피 죽었으니까 덥든 춥든 비가 오든 상관없이 어디든 쓰러져 쉬면 된다나.

서진이 찾은 장소는 집이었다.

자기 집, 자기가 매일 들어가 쉬는 자기만의 공간.

서로의 사정을 알고 사는 우리 외엔 아무도 장준성을 찾아낼 수 없는 곳.

거기에 억겁의 시간 동안 가둬 놓겠다는 것이었다. 자기 전 남편을. 자기는 현관문을 영원히 잠그고 나와서, 누구도 그곳에 발을 들일 수 없도록 그 억겁의 시간 동안 이 공간을 떠돌겠다는 얘기였다. 자기가 매듭을 풀고 여길 떠나면 새로운 사람이 들어갈 테니, 탈출할 생각 따위 접고 삼촌처럼, 집조차 없는 삼촌처럼 지내겠다고. 휑한 목덜미를 하고 천연덕스럽게 그런 이야길 늘어놓는 것이었다. 말이 되는 소릴 해야 알아듣지. 기가 막혀서 토를 달았더니 딱 한 문장으로 대답했다.

"걱정 마, 살아 있던 시절보단 편할 테니까."

네가 그런 식으로 하면 선형이는 얼마나 맘이 불편하겠냐고 물었더니 이번엔 그랬다.

"모르게 하면 되지. 나 매듭 풀고 갔다고 하면 되지. 어차피 나 거의 안 남은 거 선형이도 알잖아, 뭐. 그리고 선형이는 장준성 안 보이면 어차피 곧 탈출할 거니까…… 좋은 곳으로 갈 거니까."

그럼 나는.

"네 걱정을 내가 왜 해. 이건 선형이 일이고 내 일이야. 네 일, 아니잖아."

"내가 먼저 시작한 일이야. 그렇게 선을 긋는 게 어딨어."

"그럼 그냥 있는 힘껏 도와주면 안 돼? 태클 걸지 말고, 초 치지 말고. 사람 힘 빠지게 하지도 말고. 아니, 그래, 네 일이라 생각하자. 선형이 위한 일이라 생각하자, 너도 뭔가 해 주고 싶어 하니까. 그럼 이것보다 더 좋은 방법을 찾아낼 수 있어?"

그냥 아무 말도 하지 말 걸. 눈을 질끈 감고 수천 번을 후회해도 소용없는 일이었다. 그냥 비겁하게, 선형이한테 조금만 기다려 보라고 할 걸. 장준성은 언젠가는, 백 년쯤 걸린다 하더라도 결국엔 언젠가는 매듭 다 풀고 떠날 거니까. 그때까지만 형 누나랑 같이 아무 데도 안 나가고 집 안에서 즐겁게 지내자고…… 그렇게 상황을 회피해 볼 걸. 하지만 이미 방법을 찾아버린 서진은, 숫제 좌우 시야를 나무토막으로 가린 경주마 같았다. 뒤돌아보기는커녕 옆을 지키는 사람의 표정조차 헤아려 주지 못하는.

"삼촌, 걔는 여기가 좋나 봐요. 편한가 봐요."

가슴이 꽉 조여들었다. 이러다 심장이 그대로 쪼그라드는 건 아닐까. 너무 화가 나서.

"진짜 웃기잖아요. 옆에 있는 사람들은 생각도 안 하고 혼자 멋대로야, 진짜."

삼촌은 피식 웃었다. 부럽네. 뭐가요? 여기 남겠다는 결정에 누군가 이렇게 분개해 주는 사람이 서진이 옆엔 있어서. 난 혼자 고민하고, 혼자 마음먹었는데.

"마음을 돌릴 수 없다면 최선을 다해 도와줘, 그게 모두의 맘 안 다치는 길이지, 뭐."

제 마음이 제 마음대로 된다면 마음 가지고 고민할 일은 정말이지 단 한순간도 없을 거예요.

191

*

　서진의 장례식장에서 무슨 일이 있었는지 서진에겐 절대 모두 이야기할 수 없을 것이다.

　내 절을 받은 서진의 아버지는 눈을 동그랗게 떴다. 어디서 오셨냐, 무슨 관계이셨냐, 라는 말 없는 물음을 담은 눈빛이었다. 대학 동아리 후배입니다. 나는 대답했고 그 얘길 들은 서진의 부모가 일제히 눈물을 찍어냈다. 서진의 묘사로만 들었던 사람들이 실재함을 처음 알게 되는 자리. 그때 나는 궁금했다. 장례 비용은 과연 누가 댔을까.

　한길 사람들과 함께 평소 마시던 술의 세 배를 마셨지만, 취하지 않으려고 벌컥벌컥 물을 마시며 기다렸다. 고기나 국물이 넘어가지 않아서 안주는 김치만 내내 집어먹었다. 그 애의 남편이 모습을 드러낼 거라고 생각해서 기다렸다. 무슨 얼굴을 하고 있는지 보고 싶었다. 그 얼굴을 보고 실컷 욕을 하고 싶었을 것이다. 그렇게 찌꺼기 같은 회한과 죄책감을 털어 버리려 했을 수도 있었다. 모든 책임을 그에게 전가하고.

　그러나 그는 코빼기도 비치지 않았다. 까무룩 놓아 버릴 것 같은 정신을 붙든지 세 시간쯤이 흘렀을까, 갑자기 입구가 소란스러워졌다. 튀어나간 서진의 친척들이 탄식을 내뱉는 소리

192

가 들렸다.

아이고 시상에, 둘째가 왔네.

둘째 그년이 왔네.

여기가 어딘진 알고 얼쩡거려, 얼쩡거리긴. 양심이 있으면 곱게 어디 숨어서 혼자 늙어 죽을 일이지.

서진의 여동생 호진은 쭉 뻗은 코와 동그란 콧망울이 서진과 똑같이 생겼다.

다른 부분은 모두 한참 다르지만.

이상한 일이었다. 서진의 입으로만 전해 들었던 이 가족의 사정은, 죽은 자의 침묵에 힘입어 멋대로 각색되는 중이었다. 애틋한 말투로 호진과의 추억을, 슬픔을, 그리고 띄엄띄엄 전해주는 소식을 이야기하던 서진은 그 자리에 없었고 대신 부피를 키워 가는 것은 둘째가 부모를 저버린 방식, 바깥세상에서 저지른 '쪽팔린 일들', 그리고 옆에 달고 온 아이들의 친부에 대한, 끝없이 무례한 추측들뿐이었다. 나와 같은 테이블에 앉아 있던 한길 사람들이 일제히 수군댔다. 넌 알았냐? 몰랐지 내가 어떻게 알아. 근데 진짜 안 닮았다 그치. 그런 이야기들이 주변에서 아우성치는 와중에 나는, 눈을 질끈 감고 오직 나밖에 모를 서진의 말들을 곱씹는 중이었다.

나는 사람들이 가족 이야기를 할 때마다 무서워. 그렇게 아무렇지 않게 가족과의 일을 애정 어린 말투로 입에 올릴 수 있단 게 너무 부럽고, 부러움이 심해지면 미워져. 그러면 딱 한 사람을 생각해. 둘째를 생각해. 둘째랑 둘이 살던 날들을. 함께 버려진 아이들이란 걸 자각했던 순간을 생각해. 그때 우리는 서로가 없으면 안 될 것 같이 뭉쳤어. 얼어 죽지 않기 위해 서로의 살을 부비는 고양이들처럼. 내가 믿는 가족은 걔뿐이야. 내가 가족이라 생각하는 건 걔뿐이야. 한 지붕 아래서 함께 공포에 맞서 싸워야 했던 사람이니까.

호진에게 가끔 연락이 오는 날이면 서진이 얼마나 기뻐했는지도 기억이 났다. 그리고 조카의 사진을 처음 봤던 날, 첫 월급으로 산 물회를 앞에 두고 엉엉 울었던 것도. 왜 애는 애를 낳아서 불행을 물려주려 하는 거지? 그런 말을 하면서도, 콧물방울을 터뜨리며 우는 갓난아기의 영상에서 눈을 떼지 못하며 핸드폰 화면을 쓰다듬었다.

서진에겐 그 애의 아버지가 누구인지가 하나도 중요하지 않았다.

그러나 서진의 죽음을 보러 온 사람들에겐 그것이 전부였다.

호진은 혼자 자리를 잡고 앉아 꿀떡을 꾸역꾸역 먹었다. 내가 서진의 핸드폰을 통해 봤던 첫째는 이미 엄청 커 있었고 엄마의 핸드폰에서 나오는 이름 모를 만화영화를 멍하니 쳐다보며 가만히 앉아 있었다. 아직 갓난쟁이 같아 보이는 둘째는 바닥에 누워 칭얼댔다. 아이가 울려 하자 엄마가 썩썩 아무렇지 않게 가슴팍을 풀어헤치고 젖을 물렸다. 어머 야 쟤 봐라, 어이고 숭해라. 서진의 친척들이 수군댔지만 엄마는 마치 뜻모를 외국어를 듣는 것마냥 전혀 신경을 쓰지 않았다. 그때 나는, 반쯤 남은 소주병과 잔을 들고 자리에서 일어났다. 일어나서, 성큼성큼 걸어, 젖을 물리는 엄마의 앞에 섰다. 무릎이 스르륵 고꾸라졌다.

"호진 씨. 저 이건웅입니다."

말하고 싶었다. 서진이 당신을 얼마나 사랑하고 그리워했는지.

"혹시 제 이름을 처음 들어 보셨으면 죄송합니다."

그러자 호진은 손으로 자기 머리를 쓸어넘기더니, 입을 오물거리길 멈춘 아이를 고쳐 안고 등을 토닥였다.

"처음 들을 리가 있나요. 백 번은 더 들었을 텐데요."

서진

마음을 정하는 것은 언제나 쉽다. 마음을 정하겠다고 마음을 먹기가 어려운 것이지. 마음을 정리하는 것은 더 쉽다. 버리기만 하면 되는 거니까. 손에서 놓으면 돌이킬 수도, 다시 주울 수도 없는 간편한 상태가 된다.

지난번 그를 봤던 골목 어귀에서 서서 장준성이 나타나길 하염없이 기다리며, 안에서 그 어떤 것도 휘몰아치지 않는다는 사실에 조금 무서움을 느끼긴 했다. 삼촌에게도 건웅에게도 내가 여기서 넋놓고 기다릴 거란 말은 하지 않았지만.

저기 보인다. 누군가와 함께였으나 곧 헤어졌다. 벌떡 일어섰다. 성큼성큼 걷는데, 다리가 내 것이 아닌 듯하다. 내 것인 다리는 장준성 앞에서 언제나 삐거덕댔다. 그러니 이것은 누군지 모를 남의 다리다. 아마 선형의 것일지도 모르지.

아니면 건웅이거나.

"오빠."

그렇게 칭했다. 이전의 세계에서.

"오빠, 오랜만이에요."

장준성이 우뚝 서더니 허리를 뒤로 젖히며 웃음을 터뜨렸다. 그러더니 말한다. 너 정말 내 손바닥 안에 있구나, 언제 찾아올 지 내내 궁금했는데.

"그러게요. 기다렸다니 좋네요."

좋네요, 그랬다니. 뒷목을 가린 머리카락이 움직이지 않도록 조심하다 보니 상체는 조금 뻣뻣하게 굴 수밖에 없었다.

"넌 나 없이 못 살잖아. 여기서도 그럴 줄은 좀 몰랐지만."

그랬었나 보죠.

"왜 여기로 왔어요. 잘 살지."

"기어오르지 마라."

"반가웠거든요."

"지랄하지도 말고."

"사람 많이 만났어요?"

침묵.

"저랑도 다시 만날 생각은 없어요?"

그런 일을 경험한 적이 있는가? 너무나 얼토당토않은 거짓 말을 늘어 놓고 있단 걸 자각하는 순간엔 자기도 모르게 수도 꼭지를 튼 것처럼 눈물이 터져 나온다. 아마 기가 막혀서겠지.
내가 왜 이러는지. 왜 이래야 하는지.

"저랑 다시 시작할 생각은 없냐고요."

"너 왜 우냐?"

"어차피 사람이 필요할 테니까 저도 쓰라고요."

"그렇게 뒤져서 내 가오를 조져 놓고도 그런 말이 나오냐?"

"이 세상에선 아무 관련 없는 일이잖아요."

"자살한 마누라 둔 남자가 얼마나 사람들한테 고까운 눈빛
받는지 네가 알아?"

불쌍한 정신병자라고 입 털고 다녔다며, 씹새끼야.

"그래도 오빠밖에 없었잖아요. 그렇게 모자란 사람에게 내내
생명줄을 떨어뜨려 준 게."

이것만이 유일하게 아주 조금의 사실을 내포하고 있는 문장
일지 몰랐다.

"내가 잘못한 걸 만회할 기회를 여기서라도 주면 안 돼요?
내가 오빠한테 무언가를 해 줄 수 있으면 안 되냐고요. 오빠는
여기가 행복해요? 좋아요? 모든 걸 아는 누군가에게 기대어 털
어놓고 싶은 마음이 없어요?"

또다시, 침묵.

"오빠."

언젠간 체념하는 마음으로 이런 말을 했던 적도 있었는데.

지금은 내게 목표가 있어서.

"오빠만큼 특별한 사람이, 여기엔 아무도 없어요."

"너는 나를 미워하잖아?"

네.

"이젠 다, 옛날 일이잖아요. 이젠 모두에게 돈도 없고. 아무에게도 불행할 이유가 없고."

*

건웅을 기다리는 것은 그다지 어렵지 않았다. 부대도 가까웠고 외박이나 휴가도 자주 나왔다. 군대에 갔다가 마치 다른 사람처럼 성격이 변해 나오는 애들도 좀 봤는데, 건웅은 괜찮은 듯했다. 미국인들과도 잘 지낸다고 했다. 그들과 함께 찍은 사진을 내게 보여 주기도 했고, 함께 운동을 해서 몸을 크게 만들고 있다며 즐거워했다.

성격은 안 변하는데 얼굴이 조금씩 변했다. 그저 그을리고 수척해졌다면 훈련받느라, 라고 생각할 수 있겠지만 그게 아니었다. 묘하게 교포 같은 인상으로. 앞머리를 올려서 단단한 이마를 드러내고, 수줍게 웃던 예전과 달리 이를 최대한으로 드러내며 활짝 웃는 것에 익숙해지고, 리액션도 목소리도 커졌다.

"쾌남이네."

웃으며 그렇게 표현하자 어차피 군대는 군대일 뿐이라고 건웅은 말했다. 그냥, 최대한 즐기며 버티다 나가려는 거지.

한번은 건웅의 생일과 군대 휴가가 겹쳐 있었다. 선물을 하고 싶어 돈을 모아 두었는데, 이상했다. 무얼 사주어야 할지 전혀 감을 잡을 수가 없어서. 눈으로 보고 고르겠다는 생각에 백화점을, 그런 곳이 백화점이라기보단 백화점에 딸린 '영 플라자' 개념이란 건 장준성을 만나고서야 알았지만 어쨌든 당시의 내겐 백화점이라고 여겨지던 곳을, 다섯 바퀴 돌았다. 한두 바퀴째에는 나를 눈여겨보고 가끔은 호객 행위도 하던 종업원들이 그쯤 되니 아무도 관심을 가지지 않았고, 그리고 나는.

나는 무엇을 사야 할지 전혀 알 수 없었다.

영 플라자와 백화점의 정확한 정의는 몰랐지만 본능적으로 알아챌 수 있는 차이가 있었으니, 화장실의 상태가 그랬다. 영 플라자의 화장실은 멀티플렉스 영화관의 화장실과 비슷한 느낌이었다. 현란한 색채와 광고, 그리고 적절히 쾌적하지만 이상하게 아주 깔끔하지는 않은 청소 상태. 자주 떨어져 있는 핸드워시와 핸드타올. 하지만 구름다리처럼 생긴 통로만 건너가면 훨씬 좋은 화장실이 있단 걸 나는 누가 가르쳐 주지 않았는데도 알았다. 널찍한 칸들과 푹신한 소파가 있는 파우더룸, 내 방보다 더 깨끗할 것 같은 바닥과 티끌 하나 없는 거울. 거기까지 건너가서, 파우더룸 소파에 앉아 주먹으로 다리를 두들겼다. 아무것도 사지 못한 채.

이상했다. 연애 초기도 아니었고, 건웅에 대해 웬만큼은 알고 있다고 생각했다. 좋아하는 영화도 가수도 스포츠스타도 게임도 안다. 시간이 남으면 뭘 하는지도 알고 어떤 사이트에 들어가서 사람들 옷 입은 모습을 구경하는지도 안다. 어떤 말을 좋아하고 어떤 행동은 싫어하는지도 안다. 그 애를 누군가에게 소개하라면, 내가 아마 세상에서 두세 번째로는 잘 소개할 수 있을 거라고 여겼다.

그런데 왜 아무것도 사서 선물할 수 없을 것 같은 생각이 들었을까.

나이키를 잘 입으니까 나이키에서 뭐라도 사야지, 하며 매장에 들어섰을 때. 이거 건웅이 입히면 좋겠다, 하는 점퍼를 발견하곤 꺼내 들었을 때. 그걸 꺼내 들자마자 내 옆으로 바짝 선 종업원에게, 남자친구 선물 사려고요, 일단 좀 더 볼게요, 라고 말하며 뒤돌아서게 만든 후 가격표를 확인했을 때.

그런 걸 몰랐다. 진짜 별 것 아닌 것처럼 누구나가 입고 다니는 거니까. 아주 어린 아이부터 중고등학생, 내 동기들, 그리고 집 근처의 작은 초등학교에서 일요일마다 조기 축구를 하는 아저씨들까지. 정말이지 모두가 입고 다니는 거니까 막연하게 그런 인상을 가졌던 것이다. 누구나가 쉽게 입을 수 있는 거라고.

조교 노릇을 하며 받는 월급의 삼 분의 일을 털어야만 살 수 있는 점퍼를 그 자리에 그대로 걸어 놓았으면 차라리 나았을 텐데, 어디서 나왔는지 모를, 이상하게 절망적인 자존심 때문에 나는 내가 직접 그걸 걸쳐 보겠다고 나섰다.

"남자친구분 사이즈는 뭔데요?"

"아뇨, 그냥 저 사 입을까 해서요."

그렇게 점퍼를 입고 나와서 거울에 이리저리 비춰본 후 일부러 입을 비쭉 내밀곤 다시 들어갔다. 다음에 올게요, 하고 인사도 했다. 돌아서서 아주 천천히 매장을 나왔다. 도망치는 것처럼 보이지 않도록.

그러고는 아무 곳에도 들어가볼 수가 없어 내내 빙빙 돈 것이었다. 왜 그렇게 순진했을까, 왜 그토록 모든 걸 쉽게 생각했을까, 싶은 마음으로 나 자신에게 마구 채찍질을 하며.

마음이 제일 중요한 거지.

건웅은 자주 그렇게 말했었다.

아니야.

나는 파우더룸 소파에서 엉덩이를 떼지 못하고 생각했다.

아니야, 건웅아.

마음도 무언가를 먹으며 살아야 해.

굶는 마음은 희미해져.

희미해진 마음은 앞을 보지 못해.

그날 나는 후드티 한 장과 모자 하나를 샀다. 남은 돈으로는
쉬폰 케이크를 샀는데 처음 먹어 보는 것이었다. 내 방에 상을
펴 놓고 앉아 먹었다. 절반쯤 먹으니까 느끼해서, 슈퍼에서 산
맛김치를 뜯었다. 젓가락으로 김치를 집어먹으며 건웅은 낄낄
웃었다. 우리 완전 한국 사람이라고. 그러고는 배불러서 다 못
먹겠다고 케이크를 상자 안에 곱게 집어넣었다.

위에 올라탄 건웅이 양손을 아래로 내렸다가 번쩍 올려 후
드티를 벗었을 때 나는 티셔츠를 달라고 손을 뻗었다. 그러고
는 둥글게 뭉쳐 방 한 켠으로 세게 던져 버렸다. 뭐야, 이 바력?
건웅이 웃음을 터뜨렸고 나는 대답하지 않았다. 어차피 대답이
필요한 질문도 아니었다.

긴웅

서진이 불같이 화를 내며 엉엉 우는 것을 나는 단 한 번 본 적이 있다. 늦가을의 오전이었고, 서진의 몸에 들어갔다 나온 후였다. 야, 나 호진이한테 연락 왔으니까 먼저 들어가서 씻어. 서진의 말에도 계속 두 팔로 허리를 감은 채 아 그냥 받아, 받아, 하다가 등을 짝 소리 나도록 얻어맞았다. 쟨 하여간 무드가 없다니까……. 투덜대며 들어가 호스에서 물이 줄줄 새는 샤워기를 여차저차 샤워를 마치고 머리까지 개운하게 감고 나온 셈이었다. 나와 보니 서진은 방에 없었다.

슬리퍼를 꿰어 신고 밖으로 나왔다. 얼마 전 바꾼 도어락이 요란한 소리를 내며 문을 잠갔다. 복도를 걷는 내내 어디에도 서진이 없어서, 위에 올라갔나 보다, 하고 계단을 올라 현관에까지 다다랐다.

서진은 현관문에서 등을 돌려 다섯 발자국 걸어가면 있는 담에 얼굴을 댄 채 소곤대고 있었다.

"서진, 뭐해."

등을 툭 치자 서진은 얼굴을 숨겼다. 핸드폰을 아직도 손에
쥐고 있는 것을 나는 그제야 보았고, 그때 마침 이 층에서 누군
가 빼꼼 내밀었던 얼굴을 거두며 씨발, 한 번만 더 시끄럽게 해
봐, 하고 소리치는 것도 들었다.

"서진아."

서진은 대답도 않고 등을 또 휙 돌리더니 빠르게 핸드폰에 대
고 뭐라고 말하며 걸었다. 나는 눈치도 없이 뒤를 졸졸 쫓았다.

어떻게 그럴 수 있어, 네가 뭘 확신해, 너는 어떻게 너를 믿
어, 너 죄 짓는 거야, 호진아 언니 말 들어, 씨발년아 들으라고,
그래 욕하는 거 맞고 씨발년아, 너 인생 조지는 거라고. 조지려
면 너만 조지라고, 왜 불행한 사람을 또 만들려고 안달이냐고.
양호진. 너 그거 네 욕심이라고…….

반 년만에 언니에게 연락을 한 호진은 아이를 가졌다는 걸
털어놓았고, 그 아이를 낳겠노라고 통보했다. 언니, 나 무서운
데, 낳을래. 내가 진짜 잘해 줄 수 있어서 그래. 행복하게 해 줄
수 있어 걱정하지 말라고. 나 개쎈 거 몰라? 난 혼자 집 나와서

도 살아남았잖아. 언닌 나올 엄두도 못 내는데 나는 해냈잖아.

"야 건웅아, 어떻게 그럴 수 있지."

뚝 끊긴 전화에 대고 점점 소리를 키워 가던 서진을 어르고 달래 방에 데려와 앉혔다.

"어떻게 그럴 수가 있냐고. 걔가 돈이 있어 남편이 있어. 애 낳으면 그 애는 얼마나 낮은 위치에서 시작을 해야 하냐고. 그렇게 당했으면서, 자기도 그렇게 힘들었으면서 왜 똑같은 짓을 하려 해."

"너무 화내지 마. 그런 걸 봤으니까 오히려 사랑으로 잘 키울 수도 있잖아."

"사랑 좋아하시네. 자기가 외로워서 멋대로 낳은 애를 어떻게 제대로 키워. 아무것도 없으면서. 왜 똑같은 죄를 짓냐고. 저러면서 자기가 힘들면 애 탓하고 괴롭히고 버릴 거면서."

"뭘 그렇게까지 심하게 얘기해. 누가 들으면 집에 무조건 돈 많아야 애가 잘 크는 줄 알겠어. 그런 거 아닌 거 잘 알잖아. 아빠 없으면 안 된단 것도 편견이고. 호진이가 알아서 잘 하겠지. 너무 걱정하지 마, 제일 응원해 줘야 할 언니가 그러면 어떡해. 얼마나 서운하겠어."

처음 이사할 때 눈치챘던 대로, 서진의 방 벽엔 온통 곰팡이였다. 막 바른 티가 나는 벽지나 이상하게 우중충한 방의 색 가지고 아, 이 집은 곰팡이 투성이니까 다른 방을 알아봐야겠구나, 하는 생각을 하기에 서진은 너무 어렸거나 혹은 힘들었다. 제거제를 뿌리고 제습제를 여기저기 갖다놓아도 소용없었다. 불빛이 닿는 곳엔 좀 덜했지만 청소를 하기 위해 바퀴달린 이동식 서랍장을 한 번씩 드르륵 소리를 내며 치울 때면, 그 뒤에 소름끼치도록 빽빽하게 피어난 검은 곰팡이를 확인할 수 있었다. 서진은 그래서 옷장이 너무 무섭다고 했다. 목재 합판으로 만든 조립식 옷장을 열어 옷을 다 밖으로 꺼내 보면 옷장 뒤쪽 면이 서서히 썩어 가는 걸 확인할 수 있었기 때문에. 이사갈 때가 되어 저걸 꺼내 보면 저 뒤가 얼마나 시커멓게 입을 벌리고 있을지 상상할 수 없어서 두렵다고, 서진은 그랬다.

사람의 눈에도 곰팡이가 슬 수 있구나, 하는 걸 그때 알았던 것 같다.

"넌 진짜."

왜 사람의 뇌엔 차단기를 내리는 제어 장치가 없을까. 당신은 지금 말을 잘못 하고 있습니다, 분명 후회할 일이 올 테니 낭장 그만둬요, 속으로 삼키고 토닥여 줘요, 하고 경광등을 울려 주는 장치가.

"넌 진짜, 끝까지 남이겠구나."

왜 멈추지 못할까.

"뭐가, 왜 그런 말을 하고 그래."

"네 애는 내 애처럼 살 가능성이 없어서 좋겠다고."

"무슨 말을 그렇게 하는데."

*

착, 착 소리가 나는 고스톱도 아니고 그림 맞추기만 몇 번 했
는데도 종이는 너덜너덜 낡아 버렸다. 선형의 손에서 비광이
맥없는 소리를 내며 흐물흐물 찢어질 때까지 우리는 둘이서 그
누더기들을 가지고 놀았다.

"형."

"응?"

"이 세상에서 비오는 걸 본 적이 있어요?"

"그러고 보니 한 번도 본 적이 없네."

"비가 원래 안 오는 거예요, 아님 형이 오고 나서 온 적이 없
는 거예요?"

"글쎄, 삼촌한테 물어봐야겠다."

"저도 알려줘요."

"알겠어. 근데 비는 왜?"

"갑자기 옛날 생각이 나서요. 저번에 가만히 누워서 그런 생각 했어요. 가장 행복했던 순간이 언제였을까. 저는 얼마 안 살다 너무 쉽게 일찍 죽었으니까 그랬는지는 몰라도, 바로 떠올랐어요. 그 순간이. 비가 엄청 많이 오는 날이었거든요. 그래서 갑자기 비가 보고 싶어졌어요."

"그렇게 비오는 날 뭘 했길래?"

"그날, 어디였는지 모르겠는데, 아 엄마 아빠가 저한테 진짜 뭐를 많이 시켰거든요. 그래서 매일매일 차에 실려 움직이면서도 제가 어떤 모임에서 무슨 목표로 무엇을 하고 있는지도 몰랐는데. 하여간 그날엔 수련회를 갔어요. 부모님은 없었고 그 모임 선생님이랑 애들이 있었어요. 야외수영장이 있는 수련원에 갔는데 비가 점점 많이 왔고 짐 풀었을 즈음엔 거의 태풍이었어요. 그래서 계획표에 있던 건 아무것도 못했어요."

"그럼 시간을 어떻게 보냈어."

"방 안에서 너무 답답하니까 친구랑 둘이서 우산을 쓰고 나가자고 했어요. 제가 좋아하는 친구였는데. 되게 착하고 또 말도 잘 들어 주고 잘 맞아서요. 그런데 옷 젖고 감기 걸린다고 쌤들이 못 나가게 하는 거예요. 진짜로 태풍 올 때같이 비가 가로로 내렸거든요."

선형이 나와 닮았다는 서진의 말을 그때서 이해할 수 있었다. 너, 방금 내가 떠올린 방법을 썼구나.

"그래서 수영복을 입은 다음 선생님들이 로비에서 가로막을 까봐 막 미친 사람처럼 뛰어서 통과했어요."

"수영복 말고 다른 건 안 입고?"

"그럼요. 다른 건 젖는다고 뭐라 하니까."

아이들이 노는데 옷이 젖는 게 당연한 것 아니었을까.

"그래서 바로 수영장으로 뛰어갔어요. 비가 너무 많이 와서 수영장 물이 매끈하지 않고요, 뭐라고 해야 하나, 핀을 가득 박아놓은 것처럼 뾰족뾰족했어요. 거기로 뛰어드니까 온몸이 찌릿했어요. 빗방울이 얼굴로 마구 떨어지니까 아팠는데 좋았어요. 막 그거 있잖아요, 안마 받으면 아픈데 시원한 거. 그런 기분이었어요."

나는 마구 웃었다. 그 나이의 아이가 안마의 시원함을 이야기한다는 게 깜찍해서.

"빗소리가 너무 커서 소리를 빽빽 질러도 다 묻혔어요. 형, 거기서 생각해 보니 그런 거예요. 언제 마음 놓고 목청을 최대로 키워서 소리를 질러 봤지? 떠올리려 했는데 기억이 안 났어요. 그럴 수 있는 곳이 없잖아요. 집에서도 못 하고 학교에서도 못 하고. 운동장에서 축구할 때 하고 싶어도 나댄다고 욕먹을까봐 못 하고. 소리치는 법을 잊어버린 사람이 됐던 거예요."

그러고 보니 나 역시 목청을 멋대로 틔운 게 언제였는지 가늠할 수가 없었다.

"너무 추워서 견딜 수 없을 때까지 놀았어요. 그리고 돌아와서 진짜 심한 감기에 걸렸고요. 엄마는 선생님한테 무슨 일이 있었는지 들은 후에 거기 더는 못 가게 탈퇴시켰어요. 애들 관리 하나 안 되는 곳이라고."

"친구도 같이 있었잖아."

"걔는 아마 계속 다녔을 거예요. 거기서밖에 못 본 친구라서 다시 만날 수 있는 일이 없었고요. 번호는 교환해서 가끔 문자도 주고받았는데 금방 뜸해졌어요. 왜냐면 제가 너무 속상해서 막 욕을 엄청 했거든요. 엄마 욕, 아빠 욕, 그냥 욕. 그렇게 막 욕을 써서 보내니까 처음 몇 번은 답장 보내다가, 나중엔 그러더라고요. 욕하는 거 싫으니까 차단한다고."

"왜 그렇게 욕을 했어."

"다른 사람들은 다 그러니까, 그게 맞는 건 줄 알고. 멋있는 건 줄 알고, 그렇게 안 하면 이상한 애가 되는 건 줄 알고요." 선형이 뒤로 벌러덩 드러누웠다. "그 친구가 너무 보고 싶어서요. 지금도 보고 싶어요. 당연히 안 죽었을 테니까 볼 수 없겠지만. 그래서 그때처럼 비라도 왔으면 좋겠어요. 그럼 막 소리 지르면서 이름을 외칠 거예요. 아무도 못 들을 테니까요."

서진

장준성의 방 구조는 내게 익숙했던 구조의 방들과는 거울에 비춘 듯 반대로 설계되어 있었다. 사실 뒤집어 놓으면 똑같을 텐데도, 나는 자꾸 헷갈렸다. 내 방에 들어가면 왼쪽으로 꺾어야 침대인데. 건웅의 방에는 오른쪽에 협탁이 있는데. 선형의 방은 아침에 가장 환한데. 뭐 그런 것들을 떠올릴 수밖에 없었다.

"이젠 내가 무섭지 않나 봐?"

장준성이 웃옷을 벗더니 의자에 걸어 놓았다. 의자에 옷을 걸어놓는 버릇을 내가 참 싫어했다. 대여섯 벌 외투가 한꺼번에 걸려 있으면 의자에 앉을 때도 불편했고 무엇보다, 의자가 기우뚱기우뚱 하며 뒤로 넘어가기 십상이었으니까. 아마 내가 언젠가, 외투를 의자가 아닌 옷장에 걸어 놓으면 안 되냐고 물은 적이 있었을 것이다. 그리고 아마 그날 코뼈가 부러졌던 것

같다. 너에겐 손이 없냐 발이 없냐 하면서. 왜 손발이 아니라 코
뼈를 부러뜨린 건진 나도 모르겠지만. 코뼈는 이상하게, 부러
져도 크게 아프지 않다. 그냥 코피가 멈추지 않고 줄줄 흐르면
서 얼굴 한가운데가 한없이 부어오를 뿐. 그래서, 하루가 지나
서야 병원에 갔었다. 괜찮아질 줄 알았다.

"이미 죽었으니까 그런가 봐요."

"무슨 삽질을 하고 다니길래 여기서 이렇게 유명하냐?"

"네?"

"사람들이랑 전혀 뭐 안 하고 숨어 지낸다며."

"사람들이 참 남에게 관심이 많네요."

"이건웅이랑 다닌다며. 근데 나한텐 갑자기 왜 와서 치근덕
대?"

사람이 싫어 죽은 지금에도 사람들이 두렵다. 어떻게 그토록
남에 대한 입방아만을 찧어 대며 살까.

"네가 무슨 꿍꿍이가 있어서 이러는진 모르겠지만 나도 너
에 대해 웬만큼은 안다. 야. 명색이 남편인데."

선형의 이름이 나오지 않은 걸 다행이라 생각해야 했다.

"오빠."

"뭐?"

"제가 무슨 말을 해도 믿지 않으실 거죠."

"당연한 얘길."

"제가 여기 와서 어떤 것들을 깨달았는지 말해도요."

"내가 널 어떻게 믿냐?"

"죽고 나서 깨달았을 수도 있잖아요. 사람이 변할 수 있는 가능성을 믿지 못하면 세상의 그 어느 것을 받아들일 수 있겠어요?"

"말은 여전히 참 잘 하네."

"돈도 아픔도 죽음도 없는 세계라면." 그렇다면. "오빠랑 저는 아무것도 신경쓰지 않고, 서로만 바라보는 사이가 될 수도 있잖아요."

여기까진 거짓이었고.

"오빠."

여기서부턴 진실이겠지.

"정말로요, 제가 진짜로 힘들 때 도움을 준 건 오빠밖에 없었다고요. 저 세계에선 제가 몰랐어요, 어려서든 멍청해서든, 하여튼 몰랐어요. 오빠, 이제 와서 제가 갚고 싶다고 하면 하면 우스운 얘긴가요?"

"뭘 갚아."

"저의 구원자가 되어 줬던 것을요." 마치 서로 아주 사랑했던 연인처럼. "아무도 없는 곳에서 손을 내밀어 줬던 걸요. 어쩌면 지금의 제가 할 수 있는 일일 수도 있잖아요."

침을 꿀꺽 삼켰다.

"오빠, 저만큼 오빠의 옛날 일들에 대해 아는 사람이 여기 있어요? 얼마나 참고 견뎌야 했는지에 대해서 말이에요. 오빠의 몸만 이용하지 않는 사람이 여기 얼마나 있어요? 저만큼 알아요?"

"네가 내내 무시했잖아."

"죽은 저는, 예전이랑 다를 거예요."

부러 장준성에게 등을 돌려 애꿎은 벽을 보고 쓰다듬었다. 나는 저 사람을 잘 안다, 라고 되뇌었다. 잘 안다. 어떻게 목이 마른지, 무엇으로 축여 줘야 하는지를 안다. 이제 나는 아무것도 가지지 않은 인간이라 해 줄 수 있다. 해 줘야 한다. 그래야만 내가 간절히 원하는 걸 이룰 수 있다.

강한 손아귀가 뒤에서 머리를 잡아챘다. 목이 꺾였다. 다행이라는 생각을 퍼뜩 했다. 뒤로 당겼으니 목덜미를 보게 될 일은 없었다. 컥, 하는 소리와 함께 목구멍이 좁아졌지만 말을 뱉으려 애를 썼다.

"이건웅은 귀하게만 자란 애라서요, 그래서요, 저를 이해 못해요. 오빠도 알잖아요. 우리 같은 사람은, 우리 같은 사람끼리만 알아볼 수 있는 걸 말이에요."

이별의 가능성이 서서히 일상을 침범하는 와중에도 우리는 모른 척하고 소꿉놀이하는 부부처럼 노닐었다.

지금에 와서야 잘못된 처사였음을 안다. 우리가 만약 대화했다면, 서로의 마음에 품고 있는 열등감과 두려움, 시기심과 질투를 꺼내 보였다면 우린 아마 조금은 더 각자의 곁에 머무를 수 있었을 것이다. 그러나 눈을 마주보고 그런 이야기를 하는 게 가능하려면 얼마나 현명하고 또 단단해야 할지. 우리는 그럴 수 없었고, 아마 시계를 돌린다 하더라고 똑같은 실수를 저지를 것 역시 알고 있다.

눈이 퉁퉁 부어 출근한 내게 장준성은 무슨 일이냐고 물었다. 아니에요, 아무 일도, 라고 말했더니 그렇게 얼굴이 달라졌는데 아무 일도 아니라고 말하면 믿겠냐고 되물었다. 이건웅이랑 싸웠어? 그 말에 번쩍 고개를 들었다. 아셨어요?

"모르는 게 더 이상하지. 너희는 숨긴다고 숨긴 것 같은데, 웬만한 한길 애들은 다 알 거다."

그러더니 이렇게 덧붙이는 것이었다.

"그래서 신기하다고 생각했지. 그 온실 속의 화초 같은 놈이 서진이 너랑 어울릴 수 있나. 속이 많이 탈 텐데. 솔직히 말할까? 안 어울리는 쌍이라고 생각했어."

이상하게, 화가 나지 않았다.

"내가 걔 부모도 다 상담해 봐서 알고, 걔는 삼수할 때 담임해 봐서 알고. 지극히 계산적이고 아주 약아빠진 집안인데, 서진이는 그런 타입 아니잖아. 맞서고 깨지고 또 맞서는 타입이고."

가난하다는 걸 저렇게 돌려 말하는 사람.

"상처가 많은 타입이고. 남한텐 절대 안 보여주려 하지만."

그렇지만.

"그런데 그 화초 같은 애가 상처난 걸 보고 이해해 줄 수 있을까? 견뎌 줄 수 있을까? 그게 좀 의문인 조합이었지. 위로는 애당초 바라지도 않았고."

볼펜을 꺼내서 마구 딸깍거렸다.

"그래서 결론은, 서진이 네 걱정을 하게 되는 조합이었다, 이거야. 내가 별 얘길 다 하네. 그냥 너를 아끼는 오빠의 오지랖이었다고 생각해. 기분 나빴으면 미안해, 잊어."

기분이 나쁘지 않았고, 잊을 수가 없었다. 어떤 느낌이었냐면, 누구에게도 말하지 않고 상상만 해오던 죄를 누군가 대신 저질러줬을 때의 카타르시스. 너는 잘못되지 않았다고, 나도 그렇게 생각하고 행동했다고 누군가 내 편이 되어 줬을 때의 신뢰와 안도감. 지금껏 느껴오던 불안감을 남의 입을 통해 확인받는 순간의 모순된 편안함.

"그럼 제가요."

"응?"

"그럼 제가 어떻게 하면 좋겠다고 생각하셨어요?"

"말하면 듣나?"

"조언이 필요한 것 같아요."

"근데 난 정확한 상황도 모르잖아."

그날 모든 수업이 끝나고, 장준성의 차를 탔다. 자기가 잘 안다는 맥줏집을 향해 장준성은 차를 몰았다. 막차 시간이 돼? 막차 시간 생각하면 술을 어떻게 마시나요, 택시 타면 되죠. 그럼 맥주는 내가 살게. 핸들을 꺾는 모습을 보면서 왜 종착지도 모르고 깔깔거리며 타던 빨간색 광역 버스들이 생각나는지 모를 일이었다.

그날 맥주를 마시면서 호진에 대한 이야길 다 털어놓았고 펑펑 울었고 소주로 주종을 바꿨고 장준성은 계속 내 어깨를 두드렸다. 건웅에게서 전화가 몇 번씩 왔지만 받지 않았다. 나중에는 참지 못해서 메시지만 보냈다. 나 머리랑 목이 너무 아파서 자다 깨다 하는 중이야. 그래서 못 받았어 미안해. 약 먹었냐고 다시 답장이 왔지만, 아예 눌러보지 않았다.

건웅

호진은 남동생이 술 냄새를 풍기며 발버둥치고 검은 양복을 풀어헤치며 우는 것을 눈 하나 깜짝하지 않고 지켜보았다. 지랄하고 자빠졌네, 하는 말을 내뱉기도 했다. 남동생이랑은 전혀 교류가 없었죠? 내가 묻자 고개를 끄덕였다. 뭣하러 봐요. 남보다 못한 사이지 뭐.

"어휴, 정신없어. 언니가 자기 식장 이 꼬라지 될 줄 알았으면 쪽팔려서라도 못 죽었을 텐데."

"어디 나가실래요?"

"아뇨, 됐어요. 전 여기서 두 눈 부릅뜨고 발인까지 지키다 갈 거니까. 전 좀 변태 기질이 있어서 남이 제 욕하는 걸 좋아하걸랑요."

알고는 있었지만 정말 다른 자매였다.

"이건웅 씨."

"네."

솔직한 면에서도.

"살면서, 죽은 전 여자친구 장례식에 오게 될 거라고 상상했던 적이 있어요?"

이런 질문에는 어떤 대답을 해야 하지?

"저한테 미운 게 많으시죠?"

"그럴 리가요. 고맙단 거죠. 이건웅 씨가 제 편 들어 준 거 저는 다 들어서 알고 있거든요." 호진은 아기를 들어 올리곤 등을 두들겨 트림을 시키고, 첫째가 가지고 노는 소주병 뚜껑을 빼앗아 치워 버렸다. 한순간도 쉬지 않았다. "화해할 때 언니가 얘기했으니까요. 자기 남자친구가 그런 말을 하더라고. 되게 웃겼던 거 있죠. 자기는 아직도 나를 이해 못 하는데 자기 남자친구가 그런 말을 하니까 믿어 보겠대요. 나 원 참, 언니는 너무한 거 아닌가. 내가 살아도 몇 년을 자기랑 더 살았는데, 연애를 해봤자 얼마나 했다고 맘을 홀딱 거기다 주는 거야."

그런 이야길 했었구나, 서진이.

"아이 낳으시고 얼마 안 있다가 헤어졌는데."

내 의지와는 다르게 이런 말이 튀어나왔다.

"그러니까요. 그 얘기 듣고 놀랐어요. 미친년아, 제가 그랬죠. 이 미친년아, 너는 왜 아무도 생각 않는 걸 혼자 생각하고 단정짓고 상처받고 미워하고 그러냐고. 언니는 항상 그랬잖아요. 아시죠? 혼자서 오만 가지 상황 다 상상해 보고 제일 나쁜 경우만 택해서 자기 미래라고 생각하는 거."

등 뒤에도 눈이 달렸는지, 따가운 시선이 고스란히 느껴져 고개를 돌려 보았다. 우리 쪽을 향하고 있던 얼굴 몇 개가 아무 일도 없었다는 듯 급하게 휘릭 제자리로 향했다.

"호진 씨, 사람들이 쳐다보는데 괜찮아요?"

"웃기네, 무슨 이야기 하는지는 존나게 궁금하긴 한가 보다. 죽은 자의 여동생에 죽은 자의 전 남친이라. 사람이 죽어도 저 썩은 동태 눈깔들로 사람 뒤꽁무니 쫓고 냄새 맡고 없는 일 만들어 내는 건 여전들 하겠죠?" 첫째가 둘째 옆에 드러누웠다. 애들이 어쩜 저렇게 얌전할까. "신경쓰지 마요. 어차피 우린 오늘 이후로 다시 볼 사람들 아니고, 마음 다칠 수 있는 건 언니뿐인데 언니는 이미 죽었으니까. 혹시 걱정되면 원래 테이블로 돌아가시면 되고."

"아뇨, 저도 괜찮아요." 또 한 잔을 마셨다. 여기 와서 얼마나 술을 마셨더라. 분명 처음엔 절대 취하지 않을 거란 생각에 한 잔씩 세면서 마셨는데, 호진의 모습을 보는 순간 가늘어지던 정신줄을 아예 놓아 버린 것이 분명했다. 아까 호진을 두고 잠시 일어나서 한 병을 더 가져왔던가? 아마 그랬나 보다. 테이블 옆에 이미 빈 병이 하나 있었으니까.

"참 달게도 드시네. 마시고 싶어 죽겠네요." 호진이 식혜 캔을 땄다. 나도 뭔가를 물어야 했는데. 무엇을 물을까.

"애들이 예쁘네요. 되게 얌전하고."

"오기 전에 일부러 엄청 놀아 줬거든요. 와서 징징대지 말고 그냥 뻗으라고. 안 그럼 장난 아니었을 걸요. 저 닮아서."

그랬구나. 그 두 아이의 얼굴에서 본능적으로 서진을 닮은 구석을 찾으려고 노력하는 나 자신을 발견하곤 정신 차려, 하면서 두 손바닥으로 뺨을 툭툭 쳤다. 서진이 살아 있었다면 이모라고 부르며 달려왔을 아이들이지만, 마찬가지로 서진이 살아 있었다면, 절대로 서진을 만날 수가 없었을 아이들이기도 했다.

"남편은 안 왔대요?"

"아직요."

왜냐하면.

"아직도 누가 돈 뜯어갈 줄 아나, 그 씹새끼가 매순간 사람을 거지로 취급하고."

서진이 호진에게 생활비를 보내 주다가 장준성에게 들킨 순간, 나 역시 그 자리에 있었기 때문이다. 서진의 결혼식에서였다. 나는 한 잔을 더 따랐다. 조준이 잘못 되어서 술이 잔 밖으로 흘렀다. "이봐요. 아저씨, 취하셨어." 호진이 핀잔을 놓았다. 새근새근 자는 아이들에게서 눈을 떼기가 힘들었다. 아, 서진과 닮은 구석이 있다. 분명 있다. 무엇이 있냐면, 머리카락이 풍성한 거랑, 아이인데도 통통하지 않고 뼈대가 얇은 거랑, 또 무엇이 있더라, 아이 둘의 콧대와 콧망울이 모두 호진을 닮아서, 그래서 서진의 것과도 똑같았고.

그제야 둘째가 입은 옷을 알아볼 수 있었다.

"저 옷."

"아이고, 이제야 기억나셨어요? 하도 아는 척을 안 하시길래 원체 티 안 내고 선행하는 성격이신가 했네요."

첫째가 태어났다는 소리를 듣고 서진과 함께 백화점에 가서 골랐던 옷이었다. 제대할 즈음이었고, 아마 우리의 마지막 소꿉놀이였을 것이다. 현실이 되지 못할 걸 양쪽 모두 알면서도, 애써 미래를 그렸던 역할놀이.

*

어디서도 서진을 찾을 수 없는 다섯 번의 낮과 밤이 흘렀고 선형에게도 이유를 마땅히 설명할 수가 없었다. 누나가 우리 모를 때 매듭을 풀게 됐나 봐, 선형아. 매듭 풀면 바로 그냥 홀찍 사라지나 봐, 없었던 것처럼. 그래서 인사도 못 하고 갔나 봐. 너무 섭섭해하지 마, 만약 정말로 그렇다면, 그러면 누나한 텐 좋은 일일 테니까⋯⋯.

"그럴 리가 없다고요, 형. 아무 말도 안 하고 혼자 그랬을 리가 없어."

"누나도 일부러 그런 건 아닐 거야. 자기도 모르게 어쩌다 풀었을 거야."

"아니에요." 고집이 센 아이였다. "분명 뭔가 잘못됐어. 형은 왜 그렇게 태평해요, 걱정 안 돼요? 내 앞에서만 안 그런 척 하는 거면 연기 그만하고 나랑 어떻게 할지 얘기 좀 해 봐요. 네?"

눈치 빠른 아이기도 하고.

걱정이 되지 않을 리가 없었다. 하루쯤은 그럴 수 있을 거라 여겼다. 둘째 날에는 다리가 저절로 움직였다. 밖을 마구 쏘다 니며 사람들의 파도에 거꾸로 처박혀 헤엄쳤다. 허우적거리며, 목표를 모른 채 그저 숨을 쉬기 위해 안간힘을 쓰는, 그러나 사실은 몸 띄우는 방법조차 모르는 맥주병처럼 그렇게, 아무 방도를 모른 채. 사람들을 붙잡고 물었다. 모두 물거품이었다. 하긴, 서진이 누군가와 교류를 했어야 누구라도 서진을 알지. 이제야 알았다. 우리는 스스로의 존재를 지우는 위험을 향해 달음질하고 있었다는 걸.

물욕이 마구 생겨났다. 필요해. 핸드폰도 필요하고 확성기도 필요해. 서진의 사진도 필요하고 전단지라도 만들어 돌릴 종이 한 뭉치가 필요해. 서진이 어떻게 생겼는지, 무슨 옷을 입었는지, 어떤 말씨를 쓰는지 사람들이 알고 싶어 하게끔 만들 미끼도 필요해. 사람이 필요해. 함께 사람을 찾을, 나를 위해 함께 이곳저곳을 뒤져 줄 사람들이 필요해.

그 어디에서도 찾을 수 없는 것들만, 나는 필요로 했다.

삼촌의 집에는 하루에 다섯 번씩 드나들었다. 삼촌은 백방으로 수소문을 했지만 딱히 나보다 나을 결과를 얻지 못했다. 언젠가는 동물원에 갇힌 코끼리처럼 그 안을 끝없이 비틀비틀 돌았다.

코끼리. 서진이 했던 말이 있었다. 코끼리를 잡으면 길들이기 위해서 다리에 밧줄을 매고 말뚝에 묶어둔대. 그 상태로 몇날 며칠 원을 그리며 빙빙 돌게 시킨대. 멈추거나 주저앉으면 매를 들어 때려 다시 돌게 한대. 그러니까 코끼리들이 어떻게 했다는 줄 알아? 자기 코를 밟았대. 자기 코를 밟아서 자살을 했대. 자꾸 스스로 죽어버리니까 사람들은 밧줄의 높이를 더 낮췄어. 코 두께만큼도 발을 들 수 없게. 그래야 죽지 않을 테니까. 그래서 그때부터 코끼리들은 성큼성큼 돌지도 못하고, 발을 질질 끌면서 움직이게 됐다지.

나는 제대 후 갔던 가족여행에서, 그 코끼리의 등에 실려 밀림을 돌아다녔다.

소리를 빽빽 지르면서 욕을 했다. 살아 있던 시절 동갑내기들 앞에서, 가족 앞에서, 동기들과 선배들 앞에서, 선생님 앞에서 할 수 없던 욕들을 했다. 그만 해, 앉아, 일단 앉으라고! 삼촌이 윽박질러도 대거리했다. 이상했다. 드라마 작가가 썼다면 분위기에 맞지 않는 대사라고 비웃음을 살 만큼 우스운 말들만 툭툭 튀어나왔는데 하나도 웃기지 않았다.

"내가 개예요? 왜 앉으라고 지랄이야. 왜, 손도 내밀라고 하죠? 핥으라고 하죠? 공 던지고 주워오라고 하죠, 어? 내가 네 개냐고."

진짜 못났다 라고 속으로 생각했다. 한 번도 필요한 곳에서 이렇게 화를 낸 적이 없었지. 화를 내야 하는 대상에겐 하지 못했고 꾹꾹 참다가, 내게 소중한 사람들, 나를 살게 돕는 사람들에게만 표현을 했지. 엉뚱하고 서투른 분노, 깊은 골과 지저분한 늪을 만들어 내는 더러운 울화를. 예컨대 지금처럼, 삼촌 같은 사람에게.

그리고 그 예전의 서진에게.

삼촌은 신발을 신었다. "선형이한테 가서 놀아주고 있을 테니까." 평온한 표정으로. "좀 진정되면 부르러 와라. 그때 다시 이야기하자." 그러더니 몸을 돌려 문을 나섰다.

서진을 어디서 찾는 게 가장 빠를지 사실 우리 둘 다 어렴풋하게 알고 있어서, 빠른 행동을 회피했던 걸지도 모른다. 바로 뛰쳐나가는 주인공은 영화에만 존재하고, 대부분의 사람은, 나를 포함해서, 선명히 보이는 해답을 자꾸만 모르는 척하는 것일지도.

그런데도 사랑한다 말할 수 있어? 누가 묻는다면.

그렇다고, 사랑이 그렇게 딱히 대단한 것은 아니라고, 서진이 대신 대답해 줄 수도 있었을 것이다.

옆에 있었더라면.

서진

처음 이곳에 왔던 날 들었던 조건을 분명히 기억했다. '일정 농도 이상'의 '긍정적인' 신체 접촉. 누가 재단하고 판가름할지 알 수 없는 잣대지만 지금은 그걸 믿었다. 믿어야만 해낼 수 있는 일이었고, '긍정적'이 아니라는 것은 누구보다 각자가 잘 알 것이었다. 몇 날 며칠째 좁은 공간에서 서로의 얼굴을 바라보고 있는 두 사람. 그 언젠가는 한없이 불편한 예복을 입고 고개 숙여 맞절을 했던 두 사람. 새로 둥지를 틀 집을 알아봤던 두 사람이. 그 집에 아직 아무런 세간도 들어오기 전에, 아직 입주 청소도 하지 않은 바닥에 하의만 벗고 누웠던 적도 있었다. 장준성이 나를 걸터앉고 헐떡일 때 나는 잠시 베란다 쪽을 바라보며, 아직 블라인드도 설치되지 않았구나, 그러고 보니 주문도 하지 않았는데 얼른 준성에게 이야기해야겠다고 생각했다. 아마 저 건너편 동에서 누군가 고개를 창밖으로 내민다면 우리가 무슨 짓을 하고 있는지 다 볼 수 있을 테니까. 블라우스에는 깔깔한 알갱이와 거무스름한 먼지 같은 게 가득 묻었고 바지를 다시 입은 지 한참 뒤에야 기억했다. 햇빛이 들어오는 집에 살게 된다면 커튼 같은 건 절대 설치하지 않을 거라고 말했던 그 예전의 일을. 형광등 불빛 밑에서의 사람 몸은 자연광 아래에서보다 더 주름지고 울긋불긋하고 못생겨 보였구나. 한 번도 건웅의 벗은 몸을 자연광 아래에서 본 적은 없었는데, 하고 되짚어 보다 머리를 털었다. 블라인드를 사자, 라고 다시 혼잣말을 하며.

모두의 집에 있는 똑같은 암막 커튼이 이 집의 창문에도 달려 있었고 장준성은 그걸 내린 채 딸깍딸깍 소리를 내며 형광등의 스위치를 껐다 켰다 반복했다. 아무 이유도 없이.

"미칠 것 같단 말이야. 이 세계는."

"왜요."

"사람 돌게 하는 빛밖에 없어." 딸깍. "해, 아니면 형광등. 끝." 딸깍. "눈이 아파. 아파 뒤질 것 같다고." 딸깍. "보기 싫은 것들이, 너무 잘 보이니까."

장준성은 우리가 같이 살던 집 곳곳에 미약한 주황빛을 내는 램프 여러 개를 설치해 두었다. 그리고 중앙등은 아예 켤 수 없도록 전구를 빼 두었다. 모든 방에 은은한 간접 조명만 차 있었

다. 그 밑에서는 음악에 빠지는 것도, 와인을 혀로 굴리며 맛에
취하는 것도, 그리고 사람을 죽도록 패는 것도 훨씬 쉬웠다. 모
든 자극의 강도가 조명의 그것과 마찬가지로 은은해지기 때문
일지도 몰랐다.

"눈 아프면 꺼도 돼요."

목덜미가 잘 보이도록 머리를 단정히 깎고 죽은 덕에 장준성
의 매듭은 퍽 잘 눈에 들어왔다. 한 번도 풀리지 않고 그대로였
다. 모든 걸 긍정적이지 않은 접촉으로 만들어 준 것은 본인이
었기에, 풀렸다고 오해하도록 내버려 두었다. 그러게 누가, 누
가 여기서도 사람을 패래.

"너야 죽어도 이 괴로움을 모르지. 통나무처럼 무더 터져서,
억세기만 하고."

"알잖아요, 살기 위한 일이었다는 걸요. 오빠까지 몰라주면
누가 알아요."

장준성에게선 아무 대답도 돌아오지 않았다.

"우리가 서로 몰라주면 누가 알아요."

대신 두 팔이 겨드랑이 안쪽으로 파고들어 왔다. 여기 들어
온 후 몇 밤이 지났을까? 세지 않았기에 퍼뜩 궁금해졌다. 건웅
과 선형은 나를 걱정할까? 찾아 나설까?

"무슨 생각해."

나는 여기서 내내 슬프고 괴롭고 화가 났던 기억들만 떠올렸다. 그게 쉽기도 했고, 또 커다랗게 마음 한쪽에 자리 잡고 있는 불안감 때문이기도 했다. 나 스스로 볼 수 없는 뒷목의 변화에 대한 불안함. 그래서 여기서는, 쉴 새 없이 촘촘한 밀도로 최선을 다해 불행하기로 했다. 그래야만 했다.

"산책갈래요?"

"웬 산책."

"나무도 보고 사람도 구경하고 좀 그래요. 여긴 아무것도 없어서. 음악도 없고 술도 없고. 오빠한테 너무 괴로운 공간이잖아. 피폐하고 삭막하고. 우리가 스스로를 죽였다고 이런 벌을 받고 있나 싶은데, 어때요, 우리 바깥 공기라도 쐬러 나가요. 아는 사람도 많잖아요."

"나를 이해해 주는 사람은 없더라."

"나는 지금 노력하는 중인데." 장준성의 눈을 똑바로 바라보았다. "죽기까지 했는데 못 할 게 뭐 있겠어요. 알잖아요, 오빠. 오빠가 그랬잖아요. 어떤 사람들은, 우리가 견뎌 내야만 했던 것들을 죽어도 이해해 주진 못한다고."

그러니까.

"바람 좀 쐬지 않을래요. 우리 옛날에, 드라이브 가던 느낌은 안 나도, 뭐 대충 그런 것처럼 걸을 수는 없을까요."

평생 그 어느 누구도 자신의 갈망을, 생채기를, 고상한 유별남을 이해해 주지 못한다고 확신하고, 그 사실에서 끝없는 만족감을 느끼며 살던 남자. 환심을 사는 법은 사실 간단했다. 당신을 이해할 능력은 없지만 이해하고 싶어서, 이해하기 위해 안간힘을 쓰는 가련하고 모자란 연인의 모습으로 비춰지는 방법. 그리고 동시에, 다른 이들과 당신은 다르다는 거짓말. 그래서 내가 당신을 죽도록 증오하면서도 결국엔 사랑한다는 거짓말을 계속 주지시키는 것.

멋모를 땐 너무 어려웠다. 그렇지만 지금은 아마도, 나 조금 성장했다고 여겼고, 그러니 가능해졌다. 죽은 목숨이라, 그만큼을 더욱 배웠기 때문에.

사실 다 있어 보이기 위해 하는 얘기고, 절박했다. 어디서라도 나를 믿을 수 있도록 만들어야 했다. 나는 당신을 전적으로 사랑하는 어머니고 전적으로 따르는 종이라는 허상을 믿도록. 시간은 빠르게 흐르고 마음은 그만큼이나 다급했다.

*

을인 학생들이 쉬지 않으므로 병인 조교 역시 쉬는 날이 없었다. 육 일을 출근했으며, 집에 머물 수 있는 단 하루의 날에는 담당 강사가 싸 준 문제집들을 바리바리 싸 들고 돌아와 이리저리 짜깁기하며 문제를 합하고, 변형하고, 더 어렵고 더럽게 만들어야 했다. 그러고는 세 번을 검토하고 다시 계산하며 문제에 오류나 잘못된 조건이 없는지 확인하고, 학생 앞에서 그 문제를 풀 때 어떤 꼼수들을, 즉 어떻게 '이 사람에게 수업을 계속 듣지 않으면 수능을 망칠 것 같은' 인상을 줄 수 있는지를 고안해 여백에 적어 두었다.

장준성은 말했다. 나는 협력해서 일하는 과정에서 나올 수 있는 위대한 것들을 믿거든. 그러니까 자기 수업을 한다고 생각하고 성실하게, 이 한 문제와 대사 한 줄이 향후의 내 커리어를 좌지우지할 수 있는 밑거름이라 생각하고 촘촘하게. 부탁해.

그렇게 집에서 일을 하고 나면 또 한 명의 조교가 역시 자기 집에서 작업한 결과물을 검토해야 했다. 크로스 체크. 학급에 한두 명씩 꼭 있는, 자기 날카로움을 과시하고 싶어 안달이 난 학생들에게 면박을 당하는 일이 없도록 하기 위해서였다. 샘, 저 문제 이상한데요. 그런 말이 나오는 순간이 우리의 실낱 같은 생명줄이 잘릴 날이 될 터였으니까.

나와 페어를 이뤄 장준성을 맡았던 조교는 나보다 세 살이 어렸고, 대학을 휴학한 상태였다. 투명한 비웃음을 띠고 내 얼굴을 대하는 표정에서 느낄 수 있었다. 자신은 나 같은 처지에 놓이지 않을 거라는 확신을 그 아이는 가지고 있었다. 언니는 퇴근하고 집에서 공부 안 하세요? 그럼 뭐 준비하시는 거 없어요? 아…… 언니는 그럼 그냥 여기서 계속 일하시게요? 아뇨 뭐, 이것도 경력이니까. 언니는 또 워낙 꼼꼼하고 그래서 준성 샘이 믿잖아요. 언니 진짜 잘 어울려요, 이 일에. 잘 하고. 저는 아닌 것 같은데. 저, 언니만 믿고 일하잖아요.

그 모든 문장들에 다른 뜻이 담겨 있었다. 이따위 장소는 그저 자신이 용돈벌이를 하는 곳일 뿐, 곧 스쳐지나갈 거라는 뜻. 너는 거기 계속 처박혀서 발전 한 번 없이 실패한 인생으로 썩어라, 라는 뜻. 여기 말고는 갈 데 없어 보이니 모든 책임을 지고 실수 없도록 잘 해라, 라는 뜻.

휴일을 앞두고 퇴근할 때였다. 맥주 한 잔 마실래? 건웅의 메시지에 그러겠노라고 답을 했고, 집 근처로 갈까? 하는 말엔 아니라고 대답했다. 그러지 말고 학원 근처서 먹고 들어가. 내 방보단 학원이 너네 집이랑 훨씬 가깝잖아. 그러자 자고 가면 되지, 하는 답장이 왔고 나는 이렇게 썼다. 내일 너희 엄마 생신인 거 저번에 네가 얘기했거든. 아침에 미역국이라도 끓여드려. 그리고, 나 일할 거 바리바리 싸 들고 가고 있어서 방에 자리도 없을 것 같아. 자다가 책탑이 무너져서 압사될 수도 있을 걸.

교무실의 창문을 모두 닫고, 냉난방기와 조명을 끄곤 무거운 백팩을 등에 메고 그만큼이나 무거운 에코백 하나는 오른쪽 어깨에 짊어졌다. 옆에는 장준성과 조교 아이가 함께였다. 준성 샘, 언니는 진짜 저거 업고 다니는 것만으로도 운동 따로 안 해도 될 걸요. 조교 아이가 승강기 안에서 조잘대더니 손가락으로 내 팔을 꾹꾹 찔렀다. 어머 이거 봐, 완전 단단해. 준성 쌤, 쌤도 한 번 찔러 보세요. 진짜 여자 팔뚝이 아니라니까요.

"들어 줄까?"

아마 그 애가 원했던 반응은 아니었으리라.

"괜찮아요. 맨날 들고 다녀서 익숙해요."

"아니면 차로 데려다 줄까? 너무 무거운데."

"아, 아니에요. 이 앞에서 약속이 있어서요."

승강기 문이 열렸다. "이 시간에 약속이 있어요, 언니? 대박이다. 집에는 언제 가려고요? 언니 집 멀잖아요. 저 위쪽이잖아요. 외대 옆에. 좀 있으면 막찬데, 택시 타고 가려고요? 여기서 거기까지 엄청 나올 텐데."

대답을 않고, 승강기에서 나왔다. 로비는 승강기에서 나와 모퉁이를 돌아야 있었다. 두 사람을 등지고 성큼성큼 걷는데, 로비의 유리문에 익숙한 얼굴이 붙어 있었다. 왜 저기서 저러고 있어. 눈살을 찌푸렸더니 장난을 치는 줄 알고 건웅은 저도 눈살을 찌푸리며 이상한 표정을 짓다가, 아차 싶은지 다시 얼굴을 폈다. 아마 저 뒤에서 따라오는 두 사람의 모습이 눈에 들어왔으리라.

뒤에서 조교 아이가 달음질쳐 내 팔을 잡았다.

"어머 언니, 데이트하는구나. 대박."

"뭐…… 그래요."

"괜히 걱정했네. 그쵸, 쌤."

장단을 맞추는 장준성의 웃음소리가 들렸다. 이미 시간이 늦어 회전문은 멈춰 있었다. 그 옆의 유리문을 밀었다. 열리지 않았다.

"그거 당겨야 하잖아. 여길 몇 년이나 다녔는데 아직도 몰라."

장준성이 오른손을 뻗어 문을 당기며 왼손으로는 내 어깨를 쥐었다. 그러고는 문을 절반만 열었다.

"건웅아, 오랜만이다."

그러더니 덧붙였다.

"내가 일을 좀 많이 줬으니까 일찍 들여보내. 안 그러면 내일밤 새야 한다, 얘."

어깨를 쥔 왼손이 떨어지지 않아서, 나는 몸을 살짝 틀었다. 그래도 떨어지지 않아서, 아, 무거워…… 라고 작게 말하며 오른쪽 어깨에 있던 에코백을 내려 왼쪽 어깨에 올리려 들었다.

"알았지, 건웅아? 서진이 일하고 돈 버느라 매일매일이 부족하지 않냐. 네가 더 잘 알겠지만."

건웅

"서진이를 봤다는 사람이 생겼어."

이젠 선형과 둘이서 살다시피 하는 내게 찾아와 삼촌은 손톱으로 손등을 지그시 눌렀다. 형 잠깐 나갔다 올게, 하고 뒤척이는 선형에게 말하곤 삼촌의 뒤를 따랐다.

"맞아. 장준성이랑 같이 있어."

"어떻게 봤대요?"

"산책하듯이 나와서 천천히 걸어 다니더래, 둘이서. 장준성이 워낙에 여기서 이 사람 저 사람 잘 알고 돌아다니던 사람이었는데 갑자기 며칠을 안 보였다지. 그러다가 옆에 누군가를 달고 나타나서, 그 누군가가 기억에 남았대. 내가 웃으며 머리 이야기했더니 맞다고 하더라. 일단 어느 쪽에, 언제쯤 있었는지는 대충 적어놨어. 해 뜨고 적당히 시간 지나면 일단 우리도 그쪽에 가 있어 보자고."

"어딜 가는 게 아니라, 산책이었단 거죠."

"응, 같은 곳을 빙빙 돌아 결국엔 제자리로 오는."

"다친 데는 없고요."

"그런 얘긴 못 들었어."

두 손에 얼굴을 묻었다. 서진은 다치지도 않았고 사라지지도 않았다. 그제야 질문이 바보 같았음을 깨달았다.

"이 세계에서 다치는 게 가능하긴 해요?"

삼촌에게선 대답이 없었다.

"삼촌도 잘 모르는구나."

"아니." 머리를 긁적이던 손으로 다시 배를 긁적였다. "가능해, 본 것 같긴 해. 아주 오래 전에. 너무 오래 전이어서 기억도 안 나던 때."

"여기서 그럴 일이 있어요? 뭐 사고가 날 기회 자체가 전혀 없는데……." 그러다, 퍼뜩. "그럼 사람끼리 싸움인가. 그러면 그렇겐 될 수 있겠구나."

"그랬지. 그랬어."

그 자리에서 숨어 반나절밖에 기다리지 않았는데 서진을 금세 볼 수 있었다.

그 애는 다치지도 않고 기분이 괜찮은 것처럼 보였고.

옆에 머물러 있는 사람의 손을 잡고 걸었다.

삼촌이 힐끔힐끔 나를 바라보는 게 느껴져서 표정을 일그러뜨리지 않으려 무진 애를 썼다.

가끔은 손을 잡고 걷는 두 사람이 동시에 웃음을 터뜨리기도 했다.

나는 알았다. 서진이 진심으로 웃는 게 아니라는 걸. 이게 다 모종의 방향성을 의도해 계산한 서진의 연극이라는 걸. 안다고 생각했다.

그렇지만 저 두 사람이 진짜로 부부처럼 보인다, 결혼한 지 얼마 안 된, 이제 막 소꿉놀이를 시작한 부부처럼 보인다, 라는 괴로움이 일렁였다. 마른 폭풍이 머릿속에서 휘몰아치는 바람에 이마가 띵했다.

"서진이에게 분명 도움이 필요할 텐데." 옆에서 삼촌이 말하는 소리가 몇만 광년 떨어진 별에서 들려오는 전기 신호처럼 희미했다. "지금에야 본인이 의도했던 대로 잘 하고 있는 것 같다만…… 자기가 원하는 대로 누군가를 제어할 만한 물리력이 재한테 있는지는 잘 모르겠구나……."

"저 비실이가 어떻게 성인 남자를 당하겠어요. 절대 안 되지."

"그니까, 우리가 도와야 뭔가 될 것 같은데……."

둘은 천천히 속도를 늦추는 중이었다. 숨은 우리에게서 다시 등을 돌려 천천히 건물 입구로 향했다. 서진의 집은 아니니, 장준성의 집이겠지. 그때 나는 서진이 얼굴을 찌푸리곤 아주 짧은 순간 이상하게 걷는 것을, 그리고 소매를 올려 팔뚝을 벅벅 긁는 것을 보았다. 절뚝이는 오른발과 딱지가 앉기 시작한 팔뚝의 상처.

이 세계의 사람은 다칠 수 있었다. 숨이 가빴다. 저 안에 들어가면 오늘은 또 어떤 종류의 짐승이 그 애를 할퀴고 물어뜯고 깔고 누울지 몰라서.

"삼촌 말이 맞네요." 둘의 모습이 사라지자마자 그 둘이 들어간 건물 앞까지 전속력으로 뛰었다. "네? 삼촌. 다칠 수 있어요. 여기서도 사람이. 맞네요. 삼촌 말이 맞네."

삼촌은 대답하지 않고 다만 이야기했다. 이제 어떻게 할지 계획을 좀 짜 보자고. 막무가내로 이렇게 밀고 들어갈 수는 없지 않느냐고. 어깨에 얹히는 손이 지시하는 방향을 향해 등을 돌렸다. 그리고는, 아까 그 애가 걷던 속도만큼 똑같이, 반대의 방향을 향해 걸었다.

아니, 그러다 멈추었다.

삼촌, 아니에요.

예전에도 이런 실수를 저지른 적이 분명 있었다. 어떻게 해야 할지 생각을 해 보고 대안을 찾자며 발을 빼는 것. 그건 신중이란 거짓을 둘러쓴 도피였다. 용기가 부족하고 확신이 없어서, 이런 식의 변명을 늘어놓는 것이다. 사람 대 사람이니까 이성적으로 대해야 한다고, 감정을 앞세워 돌이키지 못할 실수를 하지 말자고, 분명히 뭔가, 사정이 있거나, 아니면 뾰족한 수가 떠오르겠지 하고. 다 개뼈다귀 같은 소리였다. 다시는 그러지 않겠다고 생각했으면서 또, 또 그 함정에 빠질 뻔했다.

다시, 서진이 들어간 건물 쪽으로 고개를 향했다. 다리가 절로 움직였다.

*

호진은 거리에서 진통을 시작했고 허벅지에 줄줄 흐르는 물줄기를 느끼며 구급차를 불렀다. 서진에게 전화를 걸진 않았다. 서진에게 전화한 것은 병원 측이었고 그때 서진은 장준성과 교무실에 있었다. 서진은 장준성의 차에 실려 호진에게 갔다. 택시가 잡히지 않아서 다시 교무실에 뛰어올라가 장준성에게 사정했다고 서진은 나중에 말했다. 나는 믿지 않았다. 강남 한복판에서 택시가 왜 안 잡혀? 제발 믿을 수 있는 변명을 해 줄래? 거짓말을 하려면 최소한의 성의는 보여 줘야 하지 않을까? 왜 내가 이런 이야길 통보밖에 못 받는 위치에 있는지 이해시켜 줘야 하지 않겠어? 너는 동생한테 임신했다고 그렇게 폭언을 퍼부었지. 나는 축복하고 편들어 줬어. 그랬던 내가 그 자리에 있지 못했던 게 나는 이해가 안 돼. 늦게라도 나를 부르지 않았다는 게. 네 동생에겐 누가 더 필요한 존재였을까? 너였을까, 아님 나였을까?

서진은 내게 씨발새끼라고 했고 나는 욕을 듣고 나서야 진짜로 하고 싶은 말을, 그리고 절대 해서는 안 되었을 말을 뱉을 수 있었다.

장준성에게 네 불행을 보여 주고 뭔가를 얻어먹는 거, 네가 진짜 잘 하는 거잖아. 내가 모를 줄 알아? 모두가 그렇게 생각하는데, 내가 그렇게 바보일 것 같아?

아기의 옷을 고르는 내내 우리는 서로 행복한 척을 했다. 부부라고 지레짐작하고 호들갑을 떠는 직원을 대할 땐 서진의 목소리가 잠시 버석해졌다. 아뇨, 선물할 거예요, 포장해 주세요. 그래서 나는 서진에게 한 뼘 더 가서 붙었다. 하나 더 살까? 저 우주복도 되게 예뻤는데. 아님 양말이라도. 응? 그러자 서진이 대답은 않고 성큼성큼 다시 매장 한가운데로 돌아갔다. 디피되어 있는 우주복을 손으로 가리켰다. 이것도 주세요. 그리고 양말도 볼게요.

내 얼굴에 대곤 대답하지 않고.

나는 내내 전전긍긍했다. 생각만 계속 휘몰아쳤다. 진지하게 사과를 해야 해. 그리고 내가 왜 그렇게까지 네 가슴에 대못을 박을 이야길 해야 했는지 설명해야 해. 지금 너와 나의 상황이 그런 식으로 우리를 몰아갈 수밖에 없었지만, 그렇게 몰린 것은 나의 나약함 때문이라고 인정해야 해. 그러면서 동시에 내가 원하는 것까지 이야기할 수 있어야 해. 착 붙지 않고 붕 뜬 우리 모습에 대해, 손을 꼭 잡으려 하지만 자꾸만 허공에 헛손질하는 순간들에 대해 이야기해야 해. 다시 돌아갈 수 있을 거야. 서로에게 위안만이 되며, 솔직한 마음만을 활짝 내보이던 시절로 돌아갈 수 있어.

그렇지만 자꾸 주저하게 되었다. 숨을 고르자. 어떤 말을 할지 정하자. 대본을 쓰자. 그래야만 실수하지 않을 수 있을 테니까. 그래야만, 내가 얼마나 우리 둘을 위해 숨죽여 노력해 왔는지를 주장할 수 있을 테니까.

그런 식으로 생각했기에 시간은 점점 헝클어지고 엉키며 꼬여 갔다. 서진의 신경이 내게 집중되어 있지 않다는 걸 직감하는 순간들이, 저들끼리 번식하는 듯 멋대로 늘었다.

한길에서 정기 공연 연락이 온 것이 그즈음이었다. 졸업한 선배에게만 연락을 돌리는 줄 알았는데, 동아리에 거의 걸음하지 않는 삼, 사학년에게도 전화가 돌았다. 내게 전화를 건 일학년 여자애가 덜덜 떨리는 목소리로 말을 더듬는 게 선명히 들려서 나는 그만, 갈게요, 라고 대답했다. 전화를 끊고선 조금 후회했는데, 뭐 어차피 졸업도 얼마 남지 않은 이상 하루 저녁쯤은 옛날 추억을 되새기며 박수를 짤깍짤깍 치는 역할을 맡아도 되겠지 생각했다. 서진은 근무 시간이라 당연히 올 수 없었을 터였기 때문에 묻지도 알려 주지도 않았다. 어차피…… 어차피 나를 만날 수 있는 시간도 아니었으니까. 그냥 매일 하던 이야기만 주고받았다.

밥 먹었어? 응 먹었어. 너는? 이제 먹으려고. 어 수업 진짜 졸려. 항상 그렇지 뭐. 팀플 짜증나. 신입생들 왜 저러냐. 근데 너도 신입생 땐 그랬을 걸.

뭐 이런 얘기들. 손으로 두드려 보면 깡깡 소리가 날 정도로 공허한 헛소리들. 그리고 금요일 저녁 한길의 정기 공연이 열리는 문화관 앞에서, 검은 차 한 대를 보았다. 장준성의 차였고, 조수석엔 서진이 앉아 있었다.

"어떻게 왔어?"

화장실 앞에서 내내 기다렸다. 걔가 영화나 공연 따윌 보기 직전에 언제나 화장실에 들르는 것을 나는 알고 있었으니까.

"오늘 단축 수업이었어."

"근데 왜 나는 몰라?"

서진은 여전히 젖은 손을 자기 옷에 문질러 닦았다. 내가 그토록 목매던 몇 년 전의 그 겨울날처럼.

"나한테 물어본 적 있어?"

서진

장준성이 슬슬 성마른 모습을 보일 때까지 나는, 기다렸다. 언제나 그렇다. 환상은 금방 생겨나고 아주 빨리 부식되니까. 사랑에 있어선 특히 더 그러하다. 그래서 사랑도 사람도 안 믿는다. 콩깍지가 벗겨지는 건 순식간이다. 잘 포착해야 했다. 내 존재의 불필요와 부자연스러움을 인식하게 되는 바로 그 순간의 파도를 타야 했다. 너무 이르면 의심을 받고, 너무 늦으면 기회조차 없을 테다. 시각도 청각도 촉각도, 예민하게 곤두세워야 했다. 언제 아귀가 맞지 않아 틈이 벌어질지 모른다. 언제 삐거덕대는 소리가 들릴지 모른다. 언제 저 이에게서, 얄팍한 자아도취의 즐거움이 바닥난 건조한 눈빛과 말들이 날아올지 모른다.

곧 장준성은 둘 중 한 가지 방향으로 나갈 것이었다. 남들처럼 옷을 벗을 것을 강요하던가, 혹은 저를 멈추게 하는 나를 쫓아내고 새로운 사람을 찾던가. 전자를 벗어나기 위해선……. 나는 목덜미를 문질렀다. 한 가지 방법밖에 없었다. 이 상황을 과도할 정도로 비틀어 버릴, 어떻게 바뀔지 전혀 예상할 수 없는 모양새로 굴러가 버리게 만들 방법밖엔……. 그래도 나는 절대로, 절대로 지옥에 스스로 다시 발을 딛고 싶진 않았다. 그땐 멍청했고 지금은 아니니까. 그땐 결핍되어 채워야 할 것도, 생각을 놓은 채 견뎌 내야 할 것도 너무 많았으니까. 지금 이 세계에선 그게 없다. 그래서 나는 자유롭다고 느꼈다.

산책에서 돌아온 장준성은 침대에 벌러덩 배를 깔고 엎드렸다. 아직도 목이 시커멓네요. 나는 부러 똑똑히 발음했다. 이래서야 매듭 몇 개가 풀려도 알아볼 수도 없겠다.

"양서진."

"네."

"너는 옛날부터 하등 좋을 일이 없을 말을 멋대로 뱉는 단점이 있었어."

장준성이 몸을 일으켰다. 이번엔 손에 무엇을 들까. 아니면 아무것도 없이 맨손으로 달려들까. 오감을 선연히 느끼며 지배욕을 충족하고 싶다면 후자가 나을 터인데.

선수를 쳐야 했다.

"미안해요……. 저는 그냥, 그냥 걱정이 되어서……."

"뭐가."

"혹시 우리 이미 서로에게 불필요한 관계가 되지 않았나 하고요."

무슨 소리야. 장준성이 고개를 좌우로 꼬며 물었다.

"한 사람에 매듭 두 개…… 혹시 우린 이미 풀리지 않았을까 하고요…… 그런데도 내가 오빠를 붙잡고 있는 거라면 그건 오롯이 내 욕심이니까요."

이렇게 연기를 잘 한다, 내가. 아마 한 번 죽은 짬 덕분이겠지. 오른손을 들어 뒷머리를 쓸어 올렸다.

"봐 주세요."

등을 돌렸다.

"저 몇 개 남았어요? 봐 주세요."

이 전에는 그토록 목을 보이지 않았던 이유가 있었지.

등에 세 번째 눈이 달린 듯 장준성의 표정이 굳고 숨이 헝클어지는 것을 나는 안 보고도 느낄 수 있었다.

"저 원래 네 개밖에 안 남았었는데."

둘 더하기 둘은 넷, 맞겠지.

"여기 오기 전까지요. 지금은 몇 개예요? 보여요?"

바짝 다가선 남자의 코에서 나오는 바람 때문에 목덜미가 근지러웠다.

"거짓말도 유분수지."

심장이 쿵 소리를 내며 떨어졌다. 이미 내 매듭을 본 적이 있던 걸까. 설마. 배를 맞으면서도 고개를 앞으로 숙이지 않기 위해 안간힘을 썼는데.

"서진아. 씨발년아. 계산이 안 맞잖아."

무슨 계산이?

"무슨 생각이야. 개같은 걸레 년아."

응?

"잡년아. 나랑 세 개 풀었다고 구라를 칠 생각은 아니지?"

뭐라고?

"여기 하나 있네." 장준성의 손가락이 뒷목의 왼쪽에 닿더니 서서히 오른쪽으로 이동했다. 중간 즈음에서 꾹, 하고 지장을 찍듯 힘을 주고는 다시 오른쪽으로 매끄럽게 움직였다. "하나 있다고, 이 개년아. 사 빼기 일은 삼. 내가 잘못 계산한 건 아니지. 근데 어쩔까? 나랑은 두 개밖에 못 푸는 걸 내가 아는데."

아.

"등잔 밑이 어둡다고, 어디서 어떻게 남이랑 물고 빨고 했냐고."

나는 침을 꿀꺽 삼켰다. 딱지가 앉은 팔뚝이 근지러웠다. 그

렇구나. 머리에 뭔가 부딪히고, 빙글빙글 도는 듯한 방향 감각
과 타는 듯한 통각을 동시에 받아들이며, 까무룩 정신을 놓는
와중에도, 나는 생각했다. 그렇구나. 하나밖에 남지 않았구나,
이제.

무슨 접촉 때문에 하나가 더 풀렸을까?

거기서 퓨즈가 나갔다. 암흑뿐인 구덩이의 중심을 향해 낙하
했다.

*

장준성의 서사를 여기서 구구절절 이야기하고 싶지는 않다.
참 많은 사람들이 스스로를 정당화하기 위해 사용하는 과거의
일들. 그리고, 자신이 '언젠가 될 법한' 바운더리 안에 있는, 보
호해 줘야 할 대상을 정당화시키기 위해 사용하는 썩어빠진 말
들. 그러고 싶지 않다. 나는 그런 사람이 되지 않을 테니까, 그
를 이해하거나, 이 이야기를 알게 될 누군가에게 이해시킬 필
요가 전혀 없다.

상순성은 노래를 들으며 훌쩍였다. 형 또 울어요? 옆에 앉아
있던 남자애들이 웃었다. 형은 맨날 이 노래만 들으면 울어. 뭐
가 그렇게 서러워요. 장준성이 조용히 하라며 웃는 중에, 나는

고개를 잠시 돌렸다. 건웅이 앉아 있던 자리. 이미 비워져 있었다. 어디야? 곡의 막간에 서둘러 핸드폰을 꺼내 메시지를 보냈다. 곡은 끝났지만 객석 쪽의 조명은 밝아지지 않았기 때문에, 핸드폰의 액정이 번쩍 빛났다. 장준성이 고개를 내 쪽을 향해 쓱 뺐다. 서둘러 메인 화면으로 돌아가는 키를 눌렀지만 곧 그게 더 이상하단 사실을 깨달았다. 왜 숨겨야 하지?

"건웅이 갔대?"

장준성이 선수를 쳤다.

"아마, 그런가 봐요."

"뭐야, 걘. 왔으면 공연을 보고 가야지."

"급한 일이 있나 보죠."

"사귀면서 그런 것도 몰라?"

"뭐, 가까운 사이여도 이야기하지 못할 일이 있을 수 있으니……"

"그런 일이 뭐가 있을까?" 장준성은 얼굴을 찌푸렸다. "가족이나 친구 일 같은 거면 좀 그럴 수도 있나."

그제야 내 손에 들어온 팸플릿이 잔뜩 구겨진 것이 눈에 들어왔다.

"서진이 너도 다른 사람 얘긴 거의 안 하잖아. 가족 얘기도 그렇고."

"네."

그게 사실 되게 특별했지, 하고 장준성은 고개를 끄덕였다. "젊은 여자애들은 아는 것도 없고 이루어 낸 것도 없어서 할 얘기가 가족이나 친구 얘기밖에 없거든, 보통. 그래서 하루 이틀 이야기하다 보면 이미 맥 빠지고 지치지. 궁금하지도 않은 수다를 들어야 하는 게 얼마나 괴로운 일인지 걔들은 절대 몰라. 남 얘긴 안 들으니까 모르겠지……. 그래서 너는 있지, 되게 희한하고, 또 아주 괜찮은 애라고. 어느 정도냐면, 내가 더 먼저 묻고 싶을 정도로 그렇게……."

"곡 시작해요." 말을 끊었더니 장준성은 우뚝 멈추었다가, 웃음을 터뜨렸다.

"그래, 미안해. 내가 괜한 얘길 했네. 남 욕 해서 미안해. 그런 거 싫어할 텐데."

나는 잠시 핸드폰 잠금 화면을 다시 켜 보았다. 아무 메시지도 없었다. 그날이 끝날 때까지. 뒤풀이 자리에서 동아리 어느 새내기의 생일주를 말 때까지. 정자의 수를 감소시킨다는 낭설이 돌던 제로콜라와, 국물용 멸치와, 거기 구색을 맞추는 청정원 된장과, 이미 잔뜩 녹아 버린 쉬폰 케이크의 크림과, 물론 소주와 맥주, 그 밖에도 수많은 것들이 섞인 삼천 씨씨짜리 파인트를 들고 벌컥벌컥 마셔줄 때까지. 와 대박, 오늘 처음 보는 선배인데 저 누나가 진짜 쩐다는 말을 듣고, 핸드폰을 수십 번 확인하고, 아무것도 오지 않은 것을 확인할 때까지. 소주잔을 들고 돌아다니며 아무나 붙잡아 화해해, 누나랑 화해해, 화해의 짠을 하자, 하고 진상을 부릴 때까지. 그리고 머리가 핑 돌아 비어있는 테이블에 혼자 비척비척 엎드릴 때까지. 그 와중에 내일 방에서 일해야 할 게 무엇무엇 있는지 헤아렸고, 장준성은 쉬겠지, 라고 생각했고, 건웅은 연락을 했을까, 하고 핸드폰을 주머니에서 꺼내다가 바닥에 떨어뜨렸다. 아아. 핸드폰이 떨어지며 뒷면의 뚜껑이 분리되고 배터리가 튕겨져 나갔는데, 바닥을 아무리 기어도 배터리가 보이지 않았다. 눈을 문지르며 자세히 보았더니 액정에도 금이 쩍 가 있었다. 아아, 짜증난다. 배터리가 없어져 가벼워진 핸드폰을 주머니에 넣다가, 이번엔 거기 있던 지갑이 어디론가 사라졌다는 사실을 알았다. 아아. 더는 힘이 없어서 다시 엎드렸다. 갑자기 눈이 뜨거워졌다. 엎드려 있어서 피가 눈 쪽으로 몰려 뜨겁나 싶어, 벌떡 일어났는데도 소용이 없었다. 그래서 다시 테이블에 이마를 댔다. 토하고 싶다고 생각했는데 토는 안 나오고 눈에서 뭐가 줄줄 나왔다.

"너 괜찮아?"

장준성이 옆에 앉더니 혀를 찼다.

"아뇨. 지갑이 어딨는지 모르겠어요."

"왜 이렇게 마셨니?"

"내일 일은 할 테니까 걱정 마세요."

"내가 무슨, 일만 시키는 악덕 업주인 줄 아니. 너 근데 우니?"

"아뇨."

어깨를 둥글게 감싸는 팔이 느껴졌다.

"해장이나 하러 갈래. 여기선 그만 마시고. 너 하고 싶은 말 오늘은 내가 다 들어줄게."

하고 싶은 말이 없다는 걸 나 자신이 잘 알았어야 하는데. 옆에 앉은 사람이 내 말을 들을 리가 없다는 것도, 실은 이미 알고 있었는데. 아마 그때의 감정은 멍청한 복수심이었을지도 모른다. 그게 모든 걸 망쳐 버렸으니 결국 나는 누구의 탓도 할 수가 없었다.

건웅

당연히 우리 건물과 똑같은 구조일 줄 알았는데 층마다 우리 건물보다 호수가 세 개씩 더 많았다. 그래서 복도가 더 길었고, 그래서 더 많이 뛰어야 했다. 가슴이 아프고 피 냄새가 목구멍을 통해 비리게 올라올 때까지 층계를 올라야 했던 것 치고 장준성의 집을 찾는 일 자체는 어렵지 않았는데 이유는 단순했다. 가장 시끄러운 곳이었으니까. 십 층 오 호였다. 일 층에서부터 소리는 들려왔는데 몇 층일지 정확히 가늠을 할 순 없으니 계단으로 계속 올랐다. 혹여 놓칠까 봐서. 내가 십 층에 도달했을 때, 삼촌은 아마 한 오 층쯤을 따라 오르고 있었을 것이다. 아무래도 삼촌에겐 꾸준한 운동이 필요했다. 죽은 사람에겐 미안한 말이지만.

잊지 못할 거라고 생각한 적도 없지만 결국엔 너무나 잘 알게 된 목소리. 강의실에서 온갖 음담패설을 늘어놓으며 환심을 사고, 교무실에서 나의 부모에게 당신 자식의 미래는 좆 되기 일보 직전이라고 협박하고, 또 아마 조수석에 앉은 선형의 사지를 묶어 놓았을, 그리고 또 아마, 서진을 꼬드기고 또 서진을 살지 못하게 했을 그 목소리가 복도에 메아리치는 동안 아무도 현관문 밖으로 몸을 빼내어 무슨 일이 일어나는지 알아내려 하지 않았다. 아까 밖에서, 수많은 거실들이 밝혀진 광경을 이미 보았는데. 발코니 창이 열린 모습과 그 앞에서 움직이는 사람들 각자를 보았는데. 쥐새끼 하나 없이 복도는 텅 비어 있었다.

너무 우습지. 문을 두드리려 주먹을 들으며 생각했다. 서진이 그 지하방에서 쫓겨난 이유를 생각하면. 사 층 하나를 통째로 쓰며 살던 주인이 지하까지 엉금엉금 기어 내려와서는, 젊은 아가씨가 남자를 자꾸 들여서…… 남자를 들여서 문란하게 굴고, 시끄럽게 웃고 떠들었다고, 그리고 젊은 아가씨가 자꾸 건물 앞에서 담배를 피워서 오가는 사람들 보기 안 좋다고…… 냄새랑 연기가 올라온다고, 한참을 설교했다고 했다. 그러곤 떵떵 외쳤다고. 아가씨 때문에 피해본 게 크니 월세를 오십으로 올려 낼 수 있겠냐…… 아니면 나가라. 옆방에서 사랑을 나누는 소리에 위안을 받던 서진에게 그렇게 말했다고.

그런데 지금은 그 어느 누구도 단 한 조각의 관심을 주지 않는다.

들어 올린 오른팔을 누군가 뒤에서 잡았다. 삼촌이었다.

"왜요."

그 와중에도 나는 겁쟁이처럼 속삭였다.

"지금 네가 두드리면 다 망해."

"좆 까요."

"서진이가 좋아할 것 같아? 걔가 세운 모든 계획을 말아먹을 거야?"

"귀 없어요? 돌았어요? 안에서 소리 지르는 거 안 들려요?"

"귀 있고, 다 듣고 있고, 걱정되어 죽겠어." 삼촌이 말했다. "그런데 안 죽어, 건웅아. 서진이 안 죽어. 그리고, 네가 두드리는 게 아니라 내가 해야 돼. 내가." 억센 팔로 몸을 밀어 버렸다. "얼굴 아는 너 말고. 내가. 위층이든 아래층이든 좀 안 보이게 숨어 있어라. 안 보이게." 그러더니 몇 초 있다가 발로 현관문을 거세게 찼다. 하나, 둘, 세 번. 삼촌이 욕을 하는 걸 처음 들었는데, 너무 크고 또 너무 폭력적으로 상스러워서 모양 빠지게 움찔 놀라 버렸다. 저런 욕은 남학교에서도 들은 적이 없었는데. 내용이야 별 게 없었다. 시끄럽다 개새끼야, 좀 조용히 살자, 핵심은 대충 그런 식이었다.

장준성은 나오지 않았다. 소음만 우뚝 멎었다. 현관문에는 옛날 아파트처럼 안에서 밖을 내다볼 수 있는 아주 작은 렌즈가 달려 있었는데, 어쩌면 거기 오른쪽 눈을 대고 삼촌의 얼굴을 지켜보고 있을지도 몰랐다.

겁쟁이 새끼라고, 이번엔 좀 더 낮아진 목소리로 삼촌이 문에 대고 속삭였다. 아마 누군가 반대편에 바짝 붙어있다는 걸 눈치챈 모양이었다. 삼촌은 집요하게 속을 긁는 말들을 했다. 남자도 아닌 새끼라고, 비겁하다고, 쫄았냐고. 그러더니 위층 난간에 몸을 반쯤 걸친 나를 보고는 입을 벙긋거렸다. 돌아가, 있어, 나는, 좀 더, 죽치고, 있다, 갈게.

후들후들 떨리는 손으로 승강기의 버튼을 누르며 나는 또 비참해지는 걸 느꼈다. 아무것도 못했구나. 하지만 삼촌의 말이 맞았다. 내가 여기 등장하는 순간 서진의 계획도 끝이라는 말. 서진이 과연 흐트러진 계획을 없던 걸로 하고 날 용서할 수 있을까? 절대.

승강기가 일 층까지 내려가는 그 짧은 시간 동안 차라리 줄이 끊어졌으면 했다. 승강기 줄이 끊어지면 아래로 추락해 모든 게 박살나기 전까지 무중력 상태로 떠 있을 수 있다는 걸 살아있던 시절 어디선가 읽은 적이 있었는데 죽어서도 발이 현실세계의 땅에 단단히 묶여 있을 줄은 몰랐지.

소원이 무색하게 금방 일 층에 다다랐다. 밖으로 나와서, 오호의 발코니에선 보이지 않을 곳에 철푸덕 앉아 버렸다. 삼촌이 나올 때까지 기다릴 작정이었다. 언제가 됐든.

어떻게 이렇게 억울할 수가 있지. 우린 여기 와서도 멋대로 나다니지 못하고 내내 숨어 지내야만 했을까? 아마 그랬으면 장준성을 보지도 못했을 거고 그러면 이런 일도 생기지 않았을 거고 선형과 함께 내내 깔깔 웃으며 행복하게 지냈을 수도 있었을 텐데. 삼촌은 서진과 있는 모습을 한 번도 보이지 않았기 때문에 서진을 구해내는 것이 가능하고, 나는 안 되는 건가. 나는 저쪽 세상에서부터 이미 틀려먹은 건가. 바닥에 댄 손바닥에 꺼끌꺼끌한 잔디가 쓸려서, 마구 뜯어내려다. 그러면 안 된다고 생각하며 참고는, 그런 짓도 못 저지르는 인간이란 사실이 또 싫어서 몸부림칠 수밖에 없었다.

삼촌은 한참이 지나서야 로비로 터덜터덜 걸어 나왔다. 장준성 얼굴 봤어요? 묻자 고개를 저었다. 죽어도 밖으론 안 나오더라고, 그랬다. 겁쟁이 새끼. 삼촌은 침을 뱉었다. 내가 제일 싫어하는 새끼들이야. 비겁한 새끼들. 저보다 세 보이면 뒷다리에 꼬리 끼우고 숨는 놈들 말이야.

"그럼 이제 어떻게 하죠?"

삼촌이 고개를 들어 건물의 층수를 세었다.

"건웅아."

"네."

"우린." 혼자 얼굴을 잔뜩 찌푸리는 것이었다. "우린 죽을 일이, 절대 없지." 그러고는 내게 손을 내밀었다. "일어나."

삼촌의 손을 잡아 본 것은 처음이었는데 그 감촉에, 나도 모르게 억, 하는 소리가 나왔다. 거친 현무암을 이용해 사람의 손 모양으로 깎아 놓은 조각상 같은 것을 만진 것은 아닐까.

"손이 왜 이래요, 삼촌."

"살아 있을 때도 그랬어, 인마. 직업병이야."

"삼촌이 살아 있던 시절의 이야길 하는 건 처음이네요."

"네가 안 물어봤잖아. 서진이는 이미 오래 전에 들었는데."

"서진이는 물어봤어요?"

"그럼. 서진이랑 나는……" 삼촌은 나를 일으켜서 어깨를 감싸쥐고 건물을 빙 돌아 뒤꽁무니로 안내했다. "허덕이고 남 똥구멍 핥으며 살아야만 했던 사람들은 서로를 잘 알아보지. 걔는 날 처음 본 날부터 손이랑 얼굴색을 제일 먼저 봤다고 했어. 그걸 가지고 내가 왜 죽은 줄 알아보더라고. 혼자 조용히 묻더라. 삼촌, 이젠 안 아파요? 하고. 난 아파서. 아픈데 나아질 일도 돈도 없어서 죽었거든."

사람들이 싫다면서, 사실 가장 커다랗게 눈을 뜨고 살피던 사람. 돌이켜 보면 언제나. 처음부터. 괜찮다고 묻던 그 질문실 에서부터.

"자, 이제 내 계획을 말해도 될까. 아까 복도에서 욕하다 퍼뜩 떠오른 건데."

＊

군대에 가는 게 그렇게 무서웠는데, 처음 내 차로 드라이브 간 날 헤어지자는 통보를 받았다고 한을 풀어 놓을 대상도, 속 시원하게 서진을 욕해 주는 사람들도 군에서 만난 이들 뿐이었다. 힘을 겨룰 것 없이 모든 게 정해진 채 형성된 관계였으니 가능했다.

그런 애랑 있으면 인생이 쌍으로 피폐해져, 잘 헤어졌어. 모두는 입을 모아 말했다. 야, 가정 교육 그거 무시 못 해. 여유로운 마음으로 자란 애를 만나. 진짜 속이 편하다니까. 안정이 되고 위로를 받는다고. 끼리끼리가 왜 사이언스겠느냐고.

차라리 엄청난 사건이 있었더라면. 그러나 나의 것 말고도 대부분의 이별이 그렇게 가파를 리 없을 것이다. 종량제 봉투 같은 것에 쌓고, 숨기고 또 쌓고, 더 숨기고, 그러다 더는 뒤춤에 숨길 수 없을 정도로 부피와 무게가 커졌을 때, 그걸 묶지도 않은 채, 그대로 상대의 상판대기를 향해 집어던지는 거지.

가평 어딘가에 유명한 해장국집이 있었다. 이만 원짜리 해장국을 하루에 삼백 그릇밖에 안 판다고 했다. 진짜 먹어 보고 싶지 않아? 해장국이 뭐 얼마나 대단하길래? 서로 궁금해 하면서도 지하철과 버스로는 가기 여간 힘든 곳이 아니었기 때문에 군침만 삼키고 있었던. 거기 가게 된 이유는 간단히, 그저, 엄마인지 아빠인지가 차를 바꾸면서 내가 옛 차를 몰 수 있게 되었기 때문이었다. 가서 해장국 먹고, 그 근처에 수목원인지 뭔지도 하나 생겼는데 엄청 예쁘다더라, 거기도 돌고, 오자. 내 말에 서진은 그러마고 했다. 그러고는 그날 하루를 통으로 빼기 위해 며칠의 잠을 줄였다.

열 시에 출발했는데, 도로가 엄청나게 막혔다. 토요일이었고, 나도, 서진도 사람들이 이토록 많이 놀러 가는지 전혀 몰랐다. 주중에 미리 내비게이션을 찍어 보았을 땐 한 시간이 걸릴까 말까였는데. 그래서 오픈 손님으로 쏙 들어가 해장국을 먹고 수목원을 여유롭게 돌아보자는 게 계획이었는데. 도로는 지옥이었고 우리는 세 시간이 지났어도 여전히 절반 즈음에서 꾸물대고 있었다. 서진은 답답한 듯 창을 내렸다가, 배기가스가 잔뜩 들어오는 바람에 내가 기침을 하자 유리창 올림 버튼을 눌렀다.

"못 먹으면 어떡하지."

"근처에 다른 먹을 게 있겠지."

"그걸 먹을 게 아니면 굳이 내가 차를 끌고 온 이유도 없는데."

"드라이브 시켜 줬다고 생각해, 나도 처음 타 보는 거니까." 서진이 말했다.

"하긴 이제 차 타고 많이 놀러다닐 수 있겠다. 그러자."

"서울에서 뭐 하러 차를 타고 다녀. 시간 아까워. 기름 아깝고."

"편하잖아." 나는 서진의 얼굴을 끌어당겨 볼에 입을 맞추었는데 나중에 생각해 보니 서진이 미세하게 고개를 반대로 돌렸던 것도 같았다.

"다른 사람 눈치 볼 거 없고. 기름값 쓸 만하지 뭐."

해장국집에는 두 시를 조금 넘겨 도착했다. 아마 점심 한창때엔 길게 줄을 섰을 자갈 마당에는 차창에서 반사된 햇빛만 번쩍였다. 우리 주문을 받은 종업원이 주방을 향해 탕 두 개요! 라고 외치더니 다시 목청을 틔웠다. 몇 개 남았어요!

"두 개요!"

진짜 아슬아슬했다, 그치. 우리는 서로를 보면서 웃었고 눈 깜짝할 새 음식이 나왔다. 서진이 국을 한 입 떠먹었더니 맛있다, 라고 했다. 나는 들깨를 좀 넣어야겠어.

나중에, 술에 취하면 나는 습관처럼 그 해장국집 욕을 했다. 세상 어느 해장국집이 후춧가루를 그런 식으로 커다란 들깨가루 통에 담아놓느냐고. 솔솔 뿌리는 게 아니라 티스푼으로 푹 푹 떠서 넣어 먹는 후추가 어디 있느냐고.

서진이 들깨가루인 줄 알았던 건 후추였다. 서진이 요란하게 재채기를 하고 나서야 나도 그게 후추인 걸 알았다. 몇 스푼이나 넣었어? 물었더니 네 스푼이었다는 답이 돌아왔다.

"야, 그걸 어떻게 먹어. 하나 더 시키자."

"됐어, 괜찮아."

"육수라도 더 달라고 하던가. 나까지 재채기가 난다, 어휴."

"그냥 먹어도 돼."

그때 밖에서 자갈 구르는 소리가 나더니 차 한 대가 들어왔다. 나는 황급히 말했다.

"야, 빨리 시켜. 두 개 남았다고 했잖아. 밖에 손님 왔어."

"괜찮다니까. 저 사람들 먹으라고 해."

"어휴, 답답해." 나는 손을 뻗어 테이블에 있는 벨을 눌렀다. 딩동, 하는 소리와 함께 테이블 번호가 번쩍 떴는데 인기척이 없어서 또 누르고, 한 번 더 눌렀다.

"마감하려고 하시나. 왜 안 오지."

"그만 누르지."

나는 일어나서 아예 주방으로 갔다. "사장님."

"예."

"저희 탕 한 그릇 더 주세요."

"두 분이신데?"

"예. 한 그릇 더 먹으려고."

"예에."

"오실 건 없고 퍼주시면 제가 들고 갈게요."

"아이고, 고마워라."

그걸 들고 오는 길에 현관을 들어오며 아줌마, 탕 남았어요? 하고 묻는 중년 두 명과 마주쳤다. 죄송합니다. 속으로 말했다. 이제 한 그릇 남았는데 어쩌죠.

"필요 없다니까. 비싼 데 왜 헛돈을 써."

기껏 가지고 돌아갔더니 서진이 하는 말이 그거였다. 서운하게.

"이럴 때 쓰라고 돈이 있는 거야."

"저 아저씨들은." 서진이 물었다. "저 아저씨들은 못 먹을 거 아냐."

"그거야 아저씨들이 늦게 와서 그렇고. 야, 너 되게 서운하게 군다. 오늘 무슨 일 있어? 왜 그래?"

서진이 이마를 짚었다. 아냐, 됐어. 그러더니 새로 도착한 해장국 그릇 속에 있는 고기를 새 숟가락으로 퍼서 내 뚝배기에 넣어 주었다. "난 국물만 섞으면 되니까, 이건 너 먹어."

그걸 먹고 다시 꾸물꾸물 기어 도착한 수목원은 인터넷 블로그에서 봤던 것보다 훨씬 조악한 장식물로 가득했다. 민망할 정도로. 나는 그래서 일부러 더 호들갑을 떨었다. 야, 거기 서 봐. 야 이거 사진 진짜 잘 나와. 얼른. 그렇게 한참 힘을 쏟고 났더니 남는 것은 감정의 찌꺼기뿐이었다. 내가 이렇게 노력하는데 쟤는 왜 저렇게 우중충해.

"건웅아."

서울로 돌아와 우리 집 근처에 차를 대 놓곤 생맥주 한 잔 더 마실래? 라고 말하며 문을 열려는 나를 서진이 불렀다.

"건웅아, 있잖아."

"어 왜."

걔는 조금 주저하더니 고개를 저었다.

"아니, 차도 있으니까 오늘은 이만 들어가자."

2부   수없이 변화하는
각자의 좌표를
가지지만

1

사람들은 사토가 편하다고 했다. 다른 사람 앞에 앉으면 이 것저것 물어보는 게 귀찮아 죽겠는데 이상하게 사토 앞에서는 무슨 일이든 술술 불어 버리고 싶은 마음이 든다나. 원장은 사토더러 그랬다. 부패한 가톨릭 신부가 되어 돈 받고 고해성사를 들어도 히트 칠 놈이라고. 그래서 사토에겐 단골이 많았다. 하루종일 앉을 새가 없었다. 비결이 뭐예요? 사람들이 물으면 사토는 웃지도 않고 대답했다. 듣는 거죠. 내가 말하는 게 아니라.

"에이, 그거 말고 더 특별한 방법은 없어요?"

그럼 핀잔을 놓았다. 들을 줄 아는 사람이 얼마나 될 것 같아요? 이 땅 인구의 일 퍼센트나 될까 말까일 걸?

원장 말고는 누구도 사토의 진짜 이름을 몰랐다. 사토는 그냥 사토였고 사토라는 이름이 제일 어울렸다. 사토는 드레드헤어를 할 때도 있었고 도저히 그 누구도 엄두를 내지 못할 연두

색 같은 걸로 머리를 염색해 버릴 때도 있었다. 사토가 죽은 계절은 겨울이었고 그래서 두텁고 긴 터틀넥 스웨터를 입고 있었지만, 여름에 목숨을 끊었더라면 온몸에 가득한 문신을 영원히 자랑하며 사후세계를 누비고 다닐 뻔했다. 사토 쌤 타투 하나 더 안 하세요? 사람들이 물으면 사토는 웃었다. 저 이제 할 데 없어요. 더 하려면 그냥 검게 칠해야지. 그걸 우리 쪽 사람들은 그렇게 불러요. 김이라고. 완도 김.

"근데 왜 목에는 안 해요?"

"왠지 무섭더라고요." 사토는 멋쩍게 웃으며 손으로 목을 문지르곤 했다. 다른 사람들과 달리 사토는 절대 장갑을 끼지 않고 언제나 맨손으로 일했다. "웃기죠? 생긴 거랑 안 어울리게 겁이 많아요."

사토는 터틀넥 스웨터의 목 부분을 최대한 접어 안쪽으로 집어넣었다. 라운드넥처럼 보이도록. 그러고는 그 깨끗한 목에 줄을 단단히 걸고 의자를 걷어찼다. 현장을 발견한 사람은 삼일 간의 무단결근을 따지러 온 원장이었고, 사토가 쪽진 것처럼 바짝 묶고 다니던 머리를 함부로 헝클어뜨린 것에, 적어도 네 가지 색이 혼합되어 있던 머리색을 검게 물들여 버린 것에, 그리고 무엇보다, 회식에서도 사이다만 마시던 사토의 집 다용도실에 빈 소주병이 세 궤짝이나 있는 것에 기함했다. 저렇게 술을 마시는데 손 한 번 안 떨고 지금껏 일을 했단 말인가.

사토는 유서에 간단히 적었다. 간이 안 좋아서 어차피 얼마 못 살 거였어요, 그러니 그냥 단번에 훅 가겠습니다.

원장 말고는 누구도 사토의 진짜 이름을 몰랐다. 원장 역시, 사토가 무슨 생각으로 어떻게 살던 사람이었는지는 몰랐다. 기억하는 것은 사토가 가끔 귀띔해 주던 단골들의 이야기뿐. 그걸 가지고 원장은 어떻게든 이야기를 붙여 보려 했지만 손님들은 짜고친 듯 원장을 불편해 하다가 하나둘씩 단골 미용실을 옮겼다. 거의 일 년 넘게 원장은, 사토 찾는 전화를 받아야 했다. 그만두셨어요, 라는 말이 입에 달라붙었다. 가장 동요했던 사람은 배가 둥둥 부른, 아주 어려 보이는 임신부였다. 아프신 거죠? 임신부는 대뜸 물었다. 어디 입원이라도 하신 거죠? 병원 알려 주실 수 있어요?

사토는 슈퍼에서 가장 싼 새치염색용 약을 사서 홀로 머리를 검게 물들이며 생각했다. 만약 화려한 그림이 가득 그려진 피부도 벗겨 낼 수 있다면, 다 벗겨 낸 후 허옇게 죽겠다고.

*

272

"형, 어디 가 있었어요……. 말도 안 하고 오지도 않고."

선형은 달려와서 건웅의 손을 잡았다. 누나처럼 형도 말없이 떠나 버린 줄 알았어요.

"아냐. 삼촌이랑 이야기 좀 할 게 있었어."

"어디 아파요? 표정이 이상해요 형. 누나 때문에 그래요?"

"아냐, 선형아. 저녁이라 그렇게 보이는 거야. 해가 줄어들어서."

직업병은 어쩔 수 없는 것인지 사토는 여기 와서도 남들의 이야길 담는, 다들 쓰기만 하고 아무도 읽지 않는 책을 보관하는 서가 같은 사람이 되고 말았다. 죽고 나니까 재미없는 일이 훨씬 덜 해서 그런지 사토를 찾는 사람은 더 늘었다. 가끔 이 세계의 분리수거함 역할을 하는 데 지치면 사토는 조용히 한숨을 쉬곤 했다. 이럴 줄 알았으면 웃통 까고 죽을 걸 그랬다고. 용이나 호랑이, 피를 철철 흘리는 뿔 달린 악마들이 가득 그려진 웃통 때문에 방문객이 좀 줄었을 수도 있을 텐데.

그래도 이들에게 이렇게까지 얽혀들 줄은 꿈에도 몰랐는데, 특별한 이유야, 물론 있었다.

양서진이란 이름을 들었을 땐 설마 했다. 하나도 안 닮은 것 같은데 묘하게 그 손님을 떠올리게 하는 구석이 서진에겐 있었다. 이목구비를 찬찬히 뜯어 분석했더니 아, 어디가 비슷한지 대충 알 것 같았다. 아무리 기다려도 서진이 자기 이야길 거의 하지 않기에 건웅이 잠시 자리를 비운 틈을 타 처음으로 먼저 손을 내밀었다. 이야기의 분리수거함인 제게 쓰레기를 주세요, 하는 부탁이었다. 혹시 양호진이라는 사람을 아냐는 물음으로 시작된.

"어떻게 아세요?"

"저 일하던 시절에 오던 단골 손님이랑 이름도 얼굴도 닮아서요."

그날 말을 놓았다. 머리가 장모종 고양이의 털처럼 숭숭 빠지던 호진의 정수리를 서진도 사토도 기억했기 때문이었다. 서로가 공유하는 기억은 둑을 연결하는 징검다리 같았다. 큰 비가 오지 않는 한 잠길 일이 없는 믿음직한 징검다리. 그리고 이 세계에선 비 따위 올 리가 없을 테고. 서진은 사토 앞에서 자꾸만 울려고 들었다. 걔가 누군가에게 이야길 털어놓고 의지했다는 것이 이렇게 안심될 수 없다고 말했다. 사토는 이제 저 역시 죽은 목숨이라 호진을 다시 볼 수 없단 이야긴 하지 않았다. 괜한 말이었으니.

그러니, 사토에게 이 일에 관여하는 것은 오지랖이 아니라 호진에게 빚을 갚는 행위였다. 사토는 서진의 목에 남았던 매듭 둘의 모양을 속으로 다시 그려 보았다. 아직 떠났다는 이야기긴 못 들었으니, 남은 것은 적어도 하나. 어깨와 등이 아프다고 매일 징징거리던 자기 투정을 호진이 들어줬던 게, 자기와는 다른 가늘고 매끈한 손가락으로 꾹꾹 목덜미며 정수리를 만져 줬던 게 이런 식으로 연결될 줄은 몰랐다. 제아무리 단골이라도 그렇지, 손님에게 투정을 부리고 안마를 받는 미용사가 세상에 어디 있었겠나. 사토뿐이었을 것이다.

사토가 의자를 걷어차기 전 마지막으로 한 일은 호진의 집으로 모빌을 배송시킨 것이었다.

"형. 자꾸 저만 혼자 두고 나가지 말아요. 삼촌도."

"늙은이들끼리 이야기하고 싶은 게 있어서 그래."

"아뇨, 됐어요." 선형의 눈이 흠뻑 젖어 무거운 게 보였다. "누나처럼 없어져 버릴까 봐 무섭단 말이에요. 그럴 거면 애당초 친한 척을 하든가. 그리고, 누나라면 절대 그렇게 말하지 않았을 거예요. 자기들끼리 할 말이 있다, 그렇게 말 안 했을 거라고요. 이유를 설명해 줬을 거예요. 알아들을 수 있게. 너는 어린애니까 아무것도 이해 못 한다, 이런 식으로 끝내진 않았을 거예요. 그리고 무엇보다." 셋은 동시에 침을 꿀꺽 삼켰다. "삼촌도 형도 겁나 이상해. 누나 걱정을 안 해요. 처음엔 그래서 너무 화가 나고 삼촌이랑 형이 피도 눈물도 없는 사람인가 싶어서 무서웠는데, 아니에요. 뭔가 나한테 숨기는 게 있잖아요."

"나중에 이야기해 줄게."

"나중, 나중. 다들 항상 그래요. 크면 다 이야기해 준다고. 크면 알게 될 거라고. 근데 형, 삼촌, 그거 자꾸 까먹죠? 저는 죽어서, 이제 절대 안 커요. 나이도 안 늘고 아저씨들처럼 막 성큼성큼 걸어다니고 걸걸한 목소리로 말하고 그럴 일도 절대 없어요. 맨날 애새끼 소리나 듣고, 그럴 거라고요. 자기 일 아니어서 둘은 그걸 자꾸 까먹어도 말이에요, 저는 절대 안 까먹어요. 내 일이니까. 내 일은 나한테만 중요한 거고."

선형은 속사포처럼 내뱉으며 쿵쿵 발을 구르더니, 무엇이 잘못되었는지 컥컥 소리를 내며 끝없이 기침을 뱉었다. 그러다가 힉, 힉 소리를 내며 딸꾹질을 시작했다. 조그맣고 하얀 몸이 계속 위아래로 들썩였다. 힉, 힉. 씨발, 힉, 이게, 힉, 뭐야 씨발, 힉.

"선형아. 숨 참아, 숨."

힉. 씨발. 힉.

"그니까 아저씨들한테 누가 그렇게 욕 하래."

진짜, 힉, 졸라 짜증, 힉. 나. 힉.

"정선형, 말하지 말고 일단 숨을 참으라니까. 그래야 멈추지."

힉.

276

서진은 선형에게 아무 귀띔도 하지 말라고 했고 건웅도 동의했지만, 실은, 사토의 경우 조금 생각이 달랐다. 저는 열네 살때 이미 세상을 알았고 살아갈 방법을 모색했다. 빗과 가위를 잡았고 나이든 이발사를 대신해 진상 손님들을 처리했다. 열네 살이면 절대 약한 나이가 아니었다. 어른 한 사람 분량의 몫은 할 수 있는. 아니, 어쩌면 더 많은 일을 잘해낼 수도 있는. 어쩼거나, 사람은 태어나면서부터 노화가 진행된다고 하지 않나. 그렇다면 선형이 저들 셋 중에서 가장 피부도 팽팽하고, 기운도 쌩쌩하고, 그리고 또 머리도 재빠르게 돌아갈 터였다. 사토는 선형을 끌어당겼다. 건웅이 급하게, "서진이가 말하지 말라고……"라 뱉었지만 그게 실수였다.

"뭘, 힉, 말하지, 마요?"

"아니, 아니."

"힉, 누나,가 뭘, 힉, 말하지 말라고 해요, 힉."

그니까, 선형아. 사토가 선형의 어깨에 팔을 둘렀다. 삼촌이이야기해 줄게. 삼촌을 좀 도와 줄래? 건웅이 형 말은 듣지 말고.

"힉, 형 말, 이제 안 들어, 힉."

건웅에겐 죽도록 억울한 일이었다.

그래서 결국 사토가 하자는 대로 했다.

2

사토는 호진에게 배운 마사지법을 잘 써먹었다. 죽기 전에도 그랬는데, 죽고 나서도 마찬가지였다. 이 세계를 벗어나려 발버둥치는 게 귀찮다고 스스로의 마음을 정하고 나서 가장 먼저 했던 게 그거였다. 열 손가락으로 해 주는 마사지가 목 뒤의 매듭에 영향을 미치는지 확인하는 것. 아니란 걸 알게 되었을 때 얼마나 다행스러운 생각이 들었는지. 여긴 빗도 가위도, 손의 피부를 다 벗길 만큼 독한 염색약도 없다. 고데기 사진을 들고 와서 이대로 펌을 해 달라 떼를 쓰는 손님도 없고 간을 헐게 만드는 술도 없다. 그래서 사토는 이곳에 남기로 했다. 그 모든 것에 대한 미움과 미련을 열 손가락에 담아, 다른 사람들의 정수리에, 목과 어깨에, 너른 등에 전했다. 사람의 마음과 과거사를 알아내는 탐정이기 이전에 사토는 몸을 훑는 안마사였고, 몸의 굴곡으로 고민과 미련이 뭉친 곳들을 미루어 짐작해 냈다.

장준성의 건물 앞에서 건웅이 난리부르스를 출 때 사토는 혼자 조용히 층수를 헤아렸다. 그러고는 고개를 끄덕였다. 맞다. 그 여자가 사는 층과 가까웠다. 떠났단 소문은 없었으니 아직 그곳에 살 터였다. 기회를 봐서 건웅에게 말하려고 했는데 어쩌다 보니 선형에게 먼저 알려 주게 되었지만, 그건 자꾸만 조급하게 구는 건웅의 탓으로 돌릴 참이었다. 하여간, 한국인들이란. 성질이 급해서 탈이었다.

　타국에서 목숨을 끊겠다는 결심이 어떻게 하면 생겨나는지 상상하면 그저 아득할 뿐이었다. 사토에게 여자가 찾아와, 기억 저편에 묻힌 아버지의 언어로 말을 걸었을 때부터 자꾸 그걸 상상하게 되었다. 사토는 못 알아듣는 척을 했지만 태어날 때부터 연기엔 통 재능이 없었다. 여자는 고개를 조아렸다. 부탁드립니다. 죄송합니다. 몸이 너무 아픕니다. 죄송합니다. 여자가 내던진 삶의 무게가 뒤통수에 그대로 얹힌 듯, 여자는 얼굴을 들지 못했다. 뭐예요, 무슨 잘못 했어요? 사토는 그게 답답하고 좀더 당당했으면 해서 부러 퉁명스레 굴었다.
　왜 미련하게 죽고 나서도 옛 고통에 시달려요, 왜. 그러면 여자는 말했다.
　"아들을 버리고 죽어서 벌을 받는 거예요."

"아들이 몇 살이었는데요."

"중학생이요."

"남편 없었어요?"

"있었어요."

"저기요, 아줌마."

"네?"

"사람이 죽었으면, 사람 죽게 만든 산 사람들이 죄책감을 가져야지. 왜 아줌마가 가져요."

그렇게, 매일 같은 시간 여자의 집에 방문해 여기저길 눌러 줬던 날들이 있었다. 이런 결론 매듭이 풀리지 않는구나, 라는 서로의 깨달음이 사실이 아니게 되던 그 순간까지 이어진. 누가 먼저 평소와는 다른 생각을 품었는지는 알 길이 없었다. 사토는 겁을 먹었고 여자는 내내 사죄를 했다. 제발 죄송하단 이야긴 그만 해요, 빡치니까. 그날 문을 나서며 왜 그런 식으로 이야기를 했을까. 신에 발도 제대로 넣지 못하고 꺾어 신은 채 절뚝대며 일 층까지 내려 왔을 때에야 사토는 큰 후회를 했다. 여자의 사정을 더 헤아려 주지 못한 것이 슬펐다. 이젠 직업병이 완치된 거겠지. 일부러 그런 식으로 웃어넘기려 했다. 그때는, 그렇게 자신을 필요로 하는 텅 빈 누군가를 쉽게 저버린 저를 혐오하지 않기 위해서 그랬다. 자신이 착하지 않다는 것을 절

280

대 인정하고 싶지 않아서. 그러나 이제는, 사과해야 할 때가 온 것 같았고, 만약 누군가가, 너는 내내 아무 말도 안 하다가 필요해지고 나서야 잘못을 빌러 가는 거야? 라고 비꼰다면, 말할 수 있을 것 같았다.

응. 맞아.

필요해져서.

나는 안 착한 사람이니까, 믿지 못할 사람이니까, 그런 게 있어야만.

*

어린 선형도 짐을 나눠들고 자기 몫을 찾아 해결해야 해. 사토는 건웅과 서진의 쑥덕공론을 보는 내내 그렇게 생각했다. 어린애를 어린애라고 배제하는 게 절대로 옳은 일이 아니라는 걸 저 어린애들은 몰랐다. 그렇지만 사토 네가 뭔데, 싶어서 가만히 둔 것도 사실이었다. 지금이야 더는 그럴 수 없게 되었지만. 전말을 들은 선형이 건웅에게 화를 낸 것도 잘 알고 있었다. 딩연하지. 그 꼴을 보고 고개를 설레설레 저었다. 그 커플은 나보다 나이도 훨씬 어리면서, 선형의 나이대를 지나온 지 얼마 되지도 않았으면서, 왜 그토록 빡빡하고 바보같이 굴까. 옆에서 보면, 연락도 없는 자식들의 생로병사를 모조리 다 자기 업보라 생각하고 등에 짊어진 칠십 대 꼬부랑 노인네들 같았다.

사토는 일부러 팔짱 끼고 건웅이 쩔쩔매는 꼴을 지켜보다 선형의 목이 쉬어간다 싶을 때쯤 슬그머니 끼어들었다. 이제, 이제 그만 해라. 그렇게 화내 봤자 뭐하니. 그 에너지랑 시간을 가지고 행동을 해야지, 행동을.

"누나 보면 진짜 제가… 제가 진짜 가만히 안 두고……."

"응, 선형아, 죽여도 되니까, 일단 빼 내기라도 하자, 응."

"아, 씨……."

"네가 할 일이 많아."

"삼촌 말만 들을 거예요."

건웅의 잔뜩 상처 받은 눈빛을 모두가 모른 척 했다.

사토가 한때는 그토록 자주 나다녔던 건물. 하지만 그 뒤편을 본 적은 한 번도 없었다. 삭막하리만큼 깔끔한 전면과는 전혀 달랐다. 혼돈과 지저분함, 그 자체였다. 수많은 쓰레기가 산을 이루고 있었고 어지럽게 얽힌 배관이 지하에서부터 시작하여 꼭대기까지 쉬지 않고 이어졌다. 잠시 머리가 막막할 정도였다. 여기서 저렇게 많은 쓰레기가 나올 일이 있나. 여기의 빛과 온도 역시 어디선가 끌어와 써야 하는 거였나. 그런 방식이 아니고서는 누구도 세계를 설계하고 만들어 낼 수 없는 걸까. 사토는 배관의 굵기를 가늠했다. 저의 발로 그 위에 올라 버티기에는 많이 얇았다. 뒤꿈치를 한껏 들어 배관을 딛는 발의 크기를 줄여야 가능할 정도였는데, 뒤꿈치를 든 채 후덜덜 떨리는 종아리로 십 층 높이에서 걸음을 옮기기란 불가능했다.

그러나 아직 키도 다 크지 못한 어린 아이의 작은 발로는 충분히 가능할 것이었다. 사토는 선형을 믿었다. 선형이 해낼 수 있는 것들을. 그리고 사토 자신의 열 손가락으로, 두 손바닥으로, 가끔은 두 팔꿈치까지 사용하여 온전한 신뢰를 전할 수 있다는 사실을 믿었다. 바로 그런 신념만이 사토의 종교였다.

선형을 데리고 밖으로 나가는 사토의 뒤를 건웅이 졸졸 쫓았다. 뭐야, 왜 따라와요. 선형이 화난 목소리로 퉁명스레 묻자 고개를 흔들었다. 선형은 사토의 손을 잡다가 움찔거렸다. 사람들의 머리카락에 바르는 온갖 독한 약 때문에 목장갑보다 거칠게 변한 손. 사토는 손을 잡는 대신 선형의 머리를 쓰다듬으려 했는데 다시 선형이 사토의 손을 단단히 잡았다. 악력이 꽤 당히 세다고 사토는 생각했다. 내가, 아이를 제대로 보았다고. 무엇이든 잘 움켜쥐고 견뎌 낼 수 있을 거라고.

3
=

여자의 집은 장준성의 것보다 두 층 위에 있었다. 세로 방향으로는 두 층, 가로로는……. 다시 세어 보았더니 세 채의 집을 게처럼 옆으로 기어 지나쳐야 했다. 공중에 매달릴 당사자가 아닌 사토로서는 그저 그게 선형의 발걸음으로 그다지 먼 길은 아니기를 바랄 뿐이었다.

선형은 그 집의 문을 두드렸고, 여자는 현관문의 렌즈를 통해 선형을 보곤 곧 문을 천천히 열었다.

"잊어버렸어요?"

여자가 물은 첫마디가 그것이었다. 무엇을? 꽁꽁 숨어서 듣던 사토와 건웅의 고개가 갸우뚱 움직일만한 대사였는데, 선형이 뭐라 대답하기 전에 여자가 다시 물었다.

"잊어버렸어요? 길?"

길을 잃어버린 누군가가 십이 층까지 올라와 문을 두드릴 일이 없다는 것은 삼척동자도 알 터였기 때문에 건웅은 그 질문을 듣는 순간 마음이 아득해졌다. 자신은 누가 봐도 길을 잃은 사람처럼 보일 거란 생각을 해서. 어쩜 그렇게 다들 저마다의 방향을 잘 찾아 걷는지, 혹시 자신만 빼고 모두들 태어날 때부터 전두엽 어디쯤에 나침반을 가지고 태어난 게 아닐까 궁금했던 적이 건웅에겐 분명 많았으니까. 왜, 길을 찾는 방법도 가르쳐주지 않고 책임감 없이 멋대로 일단 세상에 내놓기나 한 걸까, 하고 원망했던 적도.

선형은 활짝 웃었다. 오랜만에 보는 긴 보조개 두 개가 볼에 패이도록. 꺄르륵거리는 웃음 소리가 나서 건웅은 순간 철렁했다. 쟤가 모든 걸 망치는구나.

아니었다.

"보고 싶어서 왔어요." 선형은 한국어로 말하지 않았다. *"제가 아는 삼촌이 있는데 여기 사는 분이 너무 걱정되고 보고 싶다고 해서. 그래서 제가 먼저 보려고 왔어요. 형은 자신이 없어서 못 오고, 대신 제가 왔어요."*

건웅은 고개를 돌려 사토의 얼굴을 보았는데 상대가 멋쩍게 고개를 푹 숙이는 바람에 정수리만 눈에 들어왔다. 그러니까 저게, 선형이 말하는 언어가…… 여자는 문을 더 많이 열었다.

"혼자 왔어요?"

"네."

"몇 살이에요?"

"중학교 일학년이요."

"중학교."

"네, 중학교."

여자의 얼굴이 구석구석 천천히 무너지고 구겨지는 모양이
어떤 느낌이었는지 한참이 지나도 건웅은 정확히 표현할 수 있
었다. 그건 수용성 물감이 묻은 붓을 물통에 처음 넣었을 때와
같았다. 색은 한 방향으로만 퍼지지 않는다. 아주 가는 색의 실
들이 천천히 길이를 늘이고, 성큼성큼 움직이지 않고, 나머지
부분은 여전히 온통 투명하다. 그러나 잠시 스케치를 좀 다듬
다 돌아오면 뻔뻔하게도 물통 전체가 오로지 그 색만을 띠고.
여자의 얼굴에 번지는 감정들이 그랬다. 사토의 얼굴을 한 번
뜯어본 후 다시 시선을 그쪽에 두었더니, 그 얼굴의 어딜 뜯어
봐도 온통, 다시는 무색의 바탕으로 돌이킬 수 없는 그리움뿐
이었다. 제아무리 물을 많이 부어도 끝없이 희석만 될 뿐 절대
사라지게 만들 수는 없는. 여자는 문을 활짝 열었다.

"다리 아프겠다, 들어와서 앉아요."

매일 목이 아프다고 앓는 소리를 하던, 바로 그 목소리로. 선
형은 그 집의 현관에 발을 들여놓기 직전 뒤를 잠시 돌아보았

다. 아마도 두 어른이 숨어 있을 법한 방향을 향해 손을 흔들었다. 건웅은 사토가 옆에서 오른손을 흔드는 것을 느낄 수 있었다. 선형에겐 보이지 않을 텐데도. 왼손은 자기 옷자락을 꼭 붙들고 있어서 타투가 없는 마디마디가 새하얗게 빛났다. 건웅은 사토의 손가락을 하나하나 떼어 냈다. 그리고 제 손등 위에 얹었다.

"선형이가 잘할 것 같아요."

"네가 아니라 내가 먼저 믿었어."

"꼭 그렇게 이기려 들어야 해요?"

"반성하라고."

그러고는, 행동 개시였다.

사토는 다시 일 층으로 향했다. 선형이 이렇게 일찍 일을 해결할 리는 없었지만 마음이 급해 뛰듯이 건물을 빙 둘러 돌아 뒤편에 섰다. 쓰레기가 가득하고 배관이 어지럽게 얽힌 그곳에. 사람들은 죽어서도 쓰레기를 남기지 못하고는 살 수 없는 것이다, 라고 사토는 생각했다. 그 쓰레기가 어디서 왔을까? 오랫동안 풀지 못한 의문이었다. 자신의 하루를 아무리 되새겨 생각해 봐도 뭔가를 버릴 일이 없었는데. 무언가를 시켜먹는 것도 아니고, 쓰다가 바닥나면 버릴 플라스틱 용기 같은 것도 없는 세상인데. 플라스틱 용기, 라고 말하다가 사토는 떠올렸다. 스펀지에 대고 두어 번 펌핑하면 주르륵 흘러내리는 하얀색 바디워시의 질감과 향을. 물을 묻혀 슥슥 몸에 문질렀을 때 피어나는 거품들을. 사토는 십 층에 눈을 두고 웅크려 앉으며, 아주 잠시 눈을 감았다. 샤워를 한 것이 언제였더라. 마지막으로 뜨거운 물에 몸을 씻은 후 얼마나 오랜 세월이 지났을까? 죽기 전의 마지막 샤워는 목을 매달기 직전이었다. 목을 매달고 나면 몸 안의 모든 배설물이 밖으로 새어 나온단 이야길 어디선가 주워들어서 무서웠다. 깨끗하게 죽고 싶었다. 그래서 멀쩡한 제 발로 약국까지 가서 관장약을 샀다. 열두 시간 동안 무얼 먹지 않은 채 속도 비웠다. 관장을 한 후 몸을 꼼꼼히 닦았다. 그때가 마지막 샤워였다. 바디워시 향이 무엇인지는 애써도 기억나지 않았다. 필요할 때마다 그 당시 마트에서 가장 할인을 많이 하는 걸 샀기 때문에 향은 내내 달랐다. 싸구려 바디워시들은 향이 강했기 때문에, 미용실의 단골 아줌마들은 사토에게 여자 냄새가 나서 마음이 편하다고들 농담을 했다. 사토는 사실 그 아줌마들을 보고 싶을 때가 종종 있다.

건웅은 장준성의 집으로 들어가는 문에 등을 기대고 섰다. 지난번처럼 삼촌이 그 앞에 있어야 더 좋지 않을까요? 건웅이 그렇게 묻자 삼촌은 어이가 없다고 대꾸했다. 너는 서진이한테 멋있어 보이고 싶은 마음이 코딱지만큼도 없는 거니? 나는 개가 처음 볼 얼굴이 반드시 너여야만 한다고 생각해. 건웅은 고마우면서도 미안했다. 만약 저가 거기 서게 된다면, 사실 셋 중 자신에게 가장 할 일이 없었으니까.

차가운 벽에 등을 대고 붙어서, 서진이 이별을 다시 말했을 때를 헤아렸다. 해장국집의 그날, 유야무야 넘어간 상황에 확실한 도장을 찍었던 날을. 우리가 어떻게 헤어졌는지 기억이 나지 않는다고 서진에게 말했지만 거짓이었고, 그날은 오래도록 남아서 꿈에서도, 다른 사람과 함께인 데이트 장면에서도 불쑥불쑥 뇌리를 치대며 올라왔다. 그런 일이 다시 생기지 않으려면 어떻게 해야 하지. 아무리 머리를 굴려 보아도 머릿속이 미세먼지 낀 듯 부옇기만 했다. 아마도 건웅의 탓이 별로 없었기 때문이었지만 건웅은 자꾸만 제게서 원인을 찾으려고 했다. 그날의 기억이 너무나 끔찍했으니까.

건웅은 그날 서진의 얼굴을 보자마자 서진이 무슨 말을 할지 직감했고, 어둡게 몰려오는 폭풍 같은 공포심에 휩싸였다. 서진이 예매한 영화 티켓을 찾고, 무슨 팝콘을 먹고 싶은지 묻고, 자리를 찾아 먼저 앉는 동안 건웅은 벌떼처럼 웅웅대며 귓바퀴에서 울리는 이명을 들었다. 듣지 않으려면 도망가야 했는데 도망가겠다고 말하는 순간 서진이 입을 열 것 같았다. 이도 저도 할 수가 없어서 울음을 참으며 영화관에 앉아 영화를 보는 척했다. 나와서는, 카페 갈래? 하는 서진의 물음에 고개를 저었다. 최대한 대화를 나눌 수 없는 곳으로 가고 싶었다. 그래야 그 이야길 피할 수 있을 것 같았다. 그래서 일부러, 사람들이 서로를 밀면서 다니는 명동으로 서진을 끌고 다녔다. 두어 마디를 나누고 싶어도 고래고래 소리를 질러야만 하는 그런 곳으로. 평소의 서진이었다면 절대 가지 않았을 곳으로.

서진은 내내 건웅이 하자는 대로 했다. 그러고는 그날 밤 아홉 시 십오 분에, 아직도 사람이 가득한 명동 롯데백화점 앞에서, 건웅이 그토록 피하던 말을 아주 크게 뱉었다. 마치 오래 들끓은 가래를 모아 뱉는 듯한 표정으로 말했다. 그 표정을 건웅은 절대 잊을 수가 없었다. 혼자 있노라면 자기도 모르게 그 표정을 닮은 가면을 썼다. 그때 서진이 쳤던 대사를 따라 되뇌며 혼자 욕을 욕을 퍼부을 때도, 있었던 것 같았다. 그날로부터 열네 달 후 한강에 뛰어들 서진에게.

4

엄마, 하고 여자의 언어로 말하는 순간 둑이 무너지듯 그의 얼굴이 서서히 허물어질 거라고 선형은 생각했는데 터진 것은 제 울음이었다.

"여기 들어오는데 엄마가 생각났어요."

"왜."

"엄마는 그렇게 힘들게 나를 낳았으면서, 왜 그토록 쉽게 나를 다른 사람들의 손길에 맡기려 했을까. 왜 그게 나를 위한 길이라고 생각했지. 걔네들이 어떻게 안다고."

여자는 한국어와 저의 나라 말을 섞어 썼다. 그토록 어지럽게 섞여 흐르는 언어들 속에서 선형은 그물을 들고 서서 감정을 건져 냈다. 물살에 휩쓸려 떠내려가지 않기 위해 필사적으로 꼬리를 흔드는 그리움을 살려 냈다. 물수제비처럼 그 윗면을 스쳐 지나가며 파동을 남기는 사랑의 움직임을 보았다. 선형은 제 엄마를 생각했다. 저의 엄마를, 아이가 자꾸 유산되어서 매일 같이 새벽 기도를 다녔다는, 저를 임신했을 때 아무것도 못 먹었다는, 만삭이 되었는데 몸무게가 삼 킬로그램도 늘지 않았다는 저의 엄마를. 왜 엄마의 생각을 하지 못했을까. 장준성의 차를 빠져나오려 할 때 처음으로 엄마 생각을 했다. 엄마가 나 없이 살아남을 수 있을까. 그때 갑자기 아득해져 오른손으로 문을 열려 들었었다. 그랬지.

거스를 수 없는 물리의 법칙이 싫어 그림이 가득한 환상의 세계로 자꾸만 침잠하는 저를 엄마는 걱정했는데, 그 앞에 떡 버티고 서서 말하게 될 수 있다면 얼마나 좋을까 싶었다. 엄마, 나는 지금 누군가를 구하고 있어. 나는 그 그림 이야기의 주인공이 되어보고 있어.

나는 처음으로, 나를 멋대로 소속시킨 어떤 세계에서 내 의지대로 기능하고 있어.

삼촌이 제안했을 땐 귀를 의심했다. "일본어 너무 잘하는데, 한번 써먹고 싶지 않아?"

말해 뭐해요.

"나한테 이런 장난을 치지." 여자는 그렇게 말하면서도 선형

이 잡은 손을 뿌리치지 않았다. "누가 시켰는지 몰라도, 왜 이런 걸 하죠?"

"사토가 시켰어요."

"가만두지 않을 거예요."

"나는 내내 엄마가 보고 싶어. 우리 엄마는 어떻게 살고 있을까요."

"그렇게 말할 거면, 왜 이런 죄를 지었어요. 옆에 있어야지."

"이모도 똑같으면서. 옆에 있었어야지. 그니까 우린 서로를 탓하면 안 돼."

그리고는 물었다.

"여기서 사니까 어때요, 이모?"

"지루해요."

"나는 어린애니까 말 편하게 해도 돼요."

"실례할게."

"매듭은 왜 이렇게 많이 남았어요?"

"여기엔 무서운 언어밖에 없어서."

"왜 언어가 무서워요?"

"서로를 책임질 필요가 없는 언어니까."

"그렇게 생각해요?"

"빠르게 가까워지고 더 빠르게 멀어져야 해. 양해를 구하고 조심스레 다가가고 손가락 하나를 걸어 볼 일이 없어. 무조건 부둥켜안고 시작을 해. 내 나라에선 그게 힘들어. 내가 배운 삶의 방식은 그런 게 아니야."

"이모, 바보네."

"그런 말은 쓰는 거 아니야."

"나는 하루 온종일 조심하는 사람들을 알아요."

선형은 기뻤다. 자신이 무언가, 제 몫을 수행하고 있다고 확신했다. 저를 발견해 준 사람들에게 커 버리지 못한 몸과 마음으로도 보답할 수 있었다. "그리고 그 사람들이 지금 안 좋은 상황에 있어요. 이모를 필요로 해요. 이모가 도와준다면 그 모두는 장애물을 넘어서, 더 좋은 상황으로 갈 수 있게 될 거예요."

선형은 제 엄마가 지금쯤 소파에 누워 잠을 자고 있을 거라고 생각했다. 두 손을 엉덩이에 깔고, 비염 때문에 숨이 막혀 컥컥 소리를 내면서.

"비명을 지르는 여자가 이 복도에 있잖아요. 알죠. 그 소리를 듣지 못했다고는 말할 수 없을 거예요. 나랑 이모랑 같이 힘을 모아서 그 여자를 구할 거예요." 보조개를 드러내며 웃었다. "이모는 해 줄 거예요. 사토 삼촌이 그럴 거라고 했으니까. 또 뭐라고 했더라. 잘 지내냐고도 물었고. 이젠 목이 안 아파서 오지 않는 건지, 만약 그렇다면 정말 축하한대요. 보고 싶지만,

축하한대요."

"어떻게 이렇게 우리말을 잘 해?"

"아름다운 것들을 바라보는 게 좋았으니까."

선형은 어른의 말들을 생각했다. 근데 그 언어는 너무 잘 하는 애들도 많고 해서. 경쟁력이 있을까 모르겠다. 요샌 정원도 줄이는 추세고. 헛된 곳에 시간 낭비하지 마. 더 좋은 외국어가 있는데. 아이들의 말들도 생각했다. 너 쟤 모르냐? 오타쿠 새끼. 토 나온다. 좆만 해가지고. 아버지의 말도 생각했다. 어디서 저런 새끼가 나온 거야? 그리고 건웅과 서진이 끄적거렸던 패들을 떠올렸다. 팔락거리던 종이. 서진이 그린 비광의 사람 위에 자신이 무슨 대사를 적었는지도 기억했다. 서진을 실제로 보면 한국어로 번역해 말해 줄 참이었다. 그런 부적이 선형에게 필요했다.

"사토 삼촌이 어떻게 지내냐고 물어보지 않을 거예요?"

"잘 지내는 걸 알고 있어. 사람들을 도와주면서."

"그럼 나와 삼촌을 도와줄 맘은 없어요?"

여자는 깍지를 낀 손을 무릎에 올려놓고, 물었다.

"이모에겐 겁이 아주 많아. 그래서 한 번도 나가 보지 못했어. 비겁하게. 그래도 이모가 도와줬으면 좋겠어? 네가 나와 가족놀이를 하려 드는 아이가 아니라 진짜 내 아이라고 생각해

봐. 그래도 엄마가 도왔으면 해?"

서진이 선형의 계획을 들었다면 아마 말도 안 된다고 했었 겠지. 선형은 알았다. 그 누나는 세상 모든 괴로움을 혼자 짊어 진 것처럼, 세상 모든 사람들의 치부와 어그러진 면을 혼자만 목격한 사람처럼 구는 때가 많았으니까. 아무 연결 고리도 없 다가 여기서 만난 저에게는 이상하리만큼 마음을 조각조각 떼 어 주었지만, 서진이 어른과 이야기하는 걸 귀담아 들어 보면 언제나 비웃음과 불신만이 가득했다. 그래서 선형은 꼭 자랑할 수 있을 정도로 이뤄낼 작정이었다. 누나, 누나를 그곳에서 꺼 내 올 수 있도록 가장 큰 도움을 준 사람이 누군지 알아요? 나? 아니에요. 삼촌? 아니죠. 건웅이 형? 형이 누나를 진짜 좋아하 긴 하지만 아니에요. 누구냐면요, 누나를 하나도 모르는 사람. 이름도 얼굴도 모르는 사람. 사토 삼촌에 따르면, 겁이 엄청 많 고 그게 단단히 머릿속 용량을 꽉 차지하고 있어 그 위에 슬픔 과 그리움을 부으면 콸콸 넘칠 수밖에 없는 사람. 그래서 목과 어깨가 아프고 눈물이 많은 어떤 이모. 그 이모가 가장 큰 도움 을 주었어요.

그렇게 말할 수 있는 결말을 내고 싶었다. 괴로움밖엔 없던 삼 차원 세계의 온갖 법칙에 칭칭 얽매인 인질이 더는 아니니 까, 저가 사랑하던 이야기들의 마지막에선 언제나 환히 웃는 등장인물 무리의 한 사람이 되고 싶었다. 여긴 그럴 수 있는 세계라고 선형은 생각했다. 선형은 여자의 손을 잡고 몸을 일으키게 했다. 건물의 뒤편을 향한 창문을 열었다.

*

사토는 창이 열리는 것을 아래에서 보았다. 새끼, 해냈구나. 생각이 저절로 목소리를 타고 튕겨 나왔다. 둘 다 쪼그리고 앉아 있는 건지 어쩐 건지, 사토가 볼 수 있는 것은 창틀 부근에서 부는 바람에 휘날리는 누군가의 머리카락뿐이었다. 선형의 것보다는 조금 길었고, 그래서 괜찮았다. 여자가 잘 있다는 걸 확실히 알게 되었으니.

작은 손이 창틀을 짚는 것이 보였다. 그리고 곧 그 손의 주인공이 몸을 쓱 밀어 올려, 창틀에 엉거주춤 걸터앉았다.

다만 올라와 앉은 사람이 여자인 것은, 사토가 선형과 이야기했던 전개가 아니었다.

*

건웅은 바보가 된 기분으로 복도에 서 있었다. 언제까지 여기 있어야 할지, 그리고 만약 자신이 볼 수 없는 저 바깥에서 어떠한 좋지 않은 일이 일어나게 된다면 자신은 무얼 할 수 있을지, 일어난 일들을 알 수나 있을지……. 확실한 게 하나도 없었다. 밖의 사정이 좋지 않다면 자신이 이 문을 두드려야 할 수도 있겠지. 그렇게 두드리고 난 후엔 무얼 해야 할까. 건웅은 저가 이 모든 무대의 뒤에 선 백업 댄서라는 생각을 문득 했다. 아무도 주목하지 않지만, 틀리면 티가 나는.

그렇지만 백업 댄서 맞는 걸. 서진에게서 자신이 몇 번째 순위쯤일까, 이 와중에도 헤아려 보고는 멍청한 표정을 지었다. 틀린 가정이 단 하나도 없었다.

5

사토는 더 이상 쭈그려 앉아 있을 수가 없어 벌떡 일어섰다.
아주 멀리서도 여자의 팔다리가 사시나무처럼 떨리는 것이 다
보였다. 여자는 절대 시야를 밖에 두지 못하고 뻣뻣하게 얼어
서는 팔을 위로 뻗어 더듬거렸다. 이윽고 파이프 하나가 왼손
에 잡히자 천천히 엉덩이를 돌려 창밖을 향했다. 오른손으로도
그 파이프를 마저 잡은 후, 심호흡을 두어 번 하더니, 아래를 쳐
다보며 발을 놓을 곳을 확인했다. 창틀에서 엉덩이를 떼는 것
엔 그보다 훨씬 짧은 시간이 걸렸다. 한 발짝을 떼어 놓는 것에
는, 더 짧은 시간.

선형이 똑같은 자리에서 얼굴을 드러냈다. 여자보단 훨씬 가
벼운 동작으로 창틀을 타넘어 외벽에 붙었다. 앞에 있는 여자
에게 무언가 중얼대며 지시인지 격려인지를 하는 것이 저 아래
에 있는 사토의 눈에도 보였다. 눈에는 보였는데, 그 시각 정보

299

가 사토의 뇌까지 전달되는 속도는 더뎠다. 사토는 선형이 아니라 여자의 몸이 먼저 창틀을 타 넘는 그 순간부터, 생각하는 사람이 아니라 방금 톱질에 몸이 썰려 나가 어리둥절한 나무토막과 다를 바가 없었다. 왜? 라는 의문도 들지 않았다. 왜 나를 썰고 있지, 라는 생각을 나무토막이 할 가능성은 낮으니까.

여자에게 소리를 지르고 싶었는데 목소리도 안 나왔다. 그리고, 자기 외침에 화들짝 놀란 여자가 그만 손을 놓고 훅 떨어지는 장면이 자꾸만 상상됐다. 그래서 컥, 컥 소리밖엔 못 냈다. 사토는 그렇게 한 목소리밖엔 못 내는데, 여자는 자꾸 입모양을 바꿔 가며 뭐라 말하는 것 같았다. 그러면 뒤에 있는 선형의 입도 다시 오물조물 움직였다.

사토는 몰랐지만 위에 있는 두 사람끼리의 대화는 대략 이런 것들이었다.

"이모, 두 발자국 앞에 얕은 홈이 파여 있어요. 발이 끼이지 않도록 조심해."

"걱정하지 말고 네 앞 잘 봐. 나는 잘 가고 있을 테니까."

"이모, 무섭잖아."

"무서우려고 하는 거야. 무섭고 싶어서."

"말하지 말고, 집중해요."

"내가 하고 싶은 말인데. 그렇지만 혹시 말을 해 주지 않겠어? 네가 멀쩡하게 뒤에 있단 걸 나는 확인할 수가 없으니까."

"그럼 나 혼자 말할 테니까 이모는 집중해요. 말하는 데 신경 쓰지 말고."

선형은 목을 가다듬으며, 저도 가겠다고 박박 우기던 여자의 어깨를 바라보았다. 잔뜩 경직되어 위로 솟아 있었다. 여자가 선형더러 절대 혼자 갈 수 없다며 창문 아래에 주저앉아 버렸던 탓에 지금 이런 상황이 벌어졌다. 선형은 일부러 저가 뒤에 붙겠다고 했다. 여자의 앞길을 보아 주고 싶었다. 그런데 지금은 조금 후회가 되기도 했다. 나는 뒤를 돌아볼 수 있는데, 그래서 얼굴을 보며 고개를 끄덕여 줄 수 있었을 텐데.

선형은 말을 하는 대신, 작은 목소리로 노래를 불렀다. 아무도 들어주지 않던 것들. 모두가 배척하던 음률과 아무도 알아듣지 못하던 가사. 여자의 뒤에서 조곤조곤 불렀다. 여자가 알아듣고 웃는 소리가 났다. 허공에 발을 딛고 있는 두려움 때문에 웃음은 조금씩 줄어들다 멎으려 들었지만, 그럴 때마다 선형이 새로운 노래를 불렀다.

여자는 자기 등 뒤에 어린 시절의 새가 함께 걸터앉아 있다는 생각을 했다. 어렸을 땐 새에 대한 생각을 참 많이 했던 것 같은데. 그러고는 또, 생각했다. 수많은 새들 사이를 뒤뚱뒤뚱 뛰어다니며 제가 안고 있던 과자를 손에 쥐고 뿌리던 아이를 생각했다. 저 과거 안쪽에 꽁꽁 묶여 손을 댈 수 없는 기억을 불러왔다. 손발에 집중해야지. 여자는 혼잣말을 했다. 기억은 아래서 멋대로 계속 일렁였다. 그런데 처음으로 그 일렁이는 머릿속의 물결이, 그다지 괴롭지 않았다.

언젠가는 제 아이와 저 노래를 불러볼 수도 있었을 것이다. 많은 일들이 달랐을 저 너머의 우주에서는.

"아아, 조심하라고요."

조금 삐거덕거리자 선형이 뒤에서 지저귀는 소리를 냈다.

"아래를 보지 말고. 혹시 어떻게 가야 할지 모르겠으면 내가 말해 줄게요."

"괜찮아. 점점 무섭지 않아져."

"말하지 말고, 듣기만 하라니까요. 정신 흐트러지면 어떡하려고."

단호한 아이의 말투에 여자가 웃었다.

"우린 잘 해낼 거예요. 그런데 진짜 큰일이네. 난 아래 내려가면 사토 삼촌한테 뒤지게 혼날 텐데. 삼촌이 날 죽일 거예요. 이모를 앞장세웠다고."

"내가 멋대로 올라왔다고 하면 되지."

"삼촌 지금쯤 아래에서 내 욕을 엄청 하고 있을 건데."

*

사토는 살아서는 절대 욕설을 하지 않는 사람이었다. 평생 그걸 자부심으로 여겼다. 사토의 몸을 보고 움찔거리며 놀라는 이들을 몇 배 더 놀라게 만드는 것이 좋았다. 저렇게 입이 정결하고 생각이 다정한 사람이었다니, 하는 안도감과 기쁨을 주는 게. 다만 욕 없이는 절대로 감정을 온전히 표현 못 할 순간이 있다는 사실은 인지하고 있었다. 아주 좋거나, 아주 나쁠 때가 그랬다. 그러면 그 감정을 꾹꾹 눌러서 간직하고 있다가, 술을 마실 때 같이 적셔 내려 버렸다. 오줌으로, 똥으로 누었다. 그렇게 넘기고 잊고 버텼다. 내내 술을 마신 건 그래서였다, 하고 사토는 자신을 합리화했다.

예컨대 지금 같은 상황. 천천히 옆으로 게걸음을 하는 여자를 마냥 올려다보고 있을 수밖에 없는. 사토는 소리 한 번 지를 엄두도 낼 수가 없었다. 여자가 놀라 떨어질까 봐서. 그러니 마냥 여자 한 번, 선형 한 번, 그리고 또 여자 한 번 선형 한 번. 눈을 굴렸다.

옆으로 가는 건 둘에겐 아주 어렵지는 않아 보였다. 물론 고소공포증이 심한 사토였다면 진작에, 남이 평생 내뱉는 욕설의 총량을 허공에 흩뿌렸겠지만.

하지만 이제 아래로 내려갈 차례였다. 사토는 더 볼 수가 없어서 눈을 질끈 감고 싶었다. 그렇지만 눈꺼풀이 말을 듣지 않았다. 대신 약속한대로 선형에게 사인을 주었다. 벽에 착 붙어 시야가 아주 좁아질 아이를 위해 멀리서 수신호를 보냈다. 벽에 딱 붙은 선형은 삼 미터쯤 떨어진 곳의 배관이 어떻게 생겼는지는 볼 수 없었지만, 비스듬히 시야를 떨어뜨리면 닿는 즈음의 땅에 선 사토의 수신호는 볼 수 있었다. 그걸 받아서, 기억하고, 여자에게 전달했다.

*

집 안쪽에서 다시 큰 소리가 났다. 쿵쿵대는 소리가 점점 커졌고, 현관에 가까워졌다. 건웅의 심장이 벌떡벌떡 뛰었다. 누군가의 인기척이 문 너머로 느껴지는 것 같았다. 문고리를 돌리려나 싶어 손을 갖다 댔다. 누구도 도망치면 안 되었다. 아직까지는. 누구도 이 판을 멋대로 벗어나선 안 되었다. 그렇게 만들어 놓는 게 저의 유일한 의무이기도 했다. 맡은 역할이 몇 없어도, 내내 기다리기만 하더라도.

문고리가 돌아가려 들었다. 건웅은 그걸 잡고는, 바깥으로 열리게끔 되어 있는 현관문이 옴짝달싹하지 못하도록 온몸의 체중을 실어 밀었다. 문 뒤에서 누군가 당황하는 기미가 느껴져서 얼른 머리로 렌즈까지 막아 버렸다. 렌즈를 통해 밖을 보려했던 누군가는 아마 이제 까마득한 어둠만 마주하게 될 것이었다.

문을 세게 미는 힘이 느껴져서 저도 밀었다.

"뭐야, 씨발."

장준성의 목소리였다. 그때 갑자기 건웅은 퍼뜩 궁금해졌다. 왜 내가 저 안에 들어가면 안 되지? 지금 이 문은 장준성이 손을 대고 있으니 잠겨 있지도 않은데. 그냥 지금 당장 이 문을 열어젖힌 후 안에 들어가서 장준성을 잡아 족쳐 버리면 되지 않을까 싶었다.

내가 너무 급한 거야? 건웅의 머리가 타들어갔다. 지금 끼어들어갈 수 있는 판 밖에서, 왜 아무것도 모른 채 남들이 세웠던 계획을 따라 혼자 한낱 장기 말이 되어야 하는데?

건웅은 모두를 믿었다. 그러나 욕구에 너무도 쉽게 잠식당하는 것이 바로 믿음이었고, 게다가 건웅은 이 세계에 떨어진 후 제게 스며드는 모든 욕구를 모른 척 힘껏 막아오며 견뎌 왔다.

둑이 터졌다. 문을 열었다.

이마 한복판이 타들어 가는 듯 아파 왔다.

6

우리는 죽은 몸이라 절대 다시 죽지 않아, 라는 가정을 사토와 선형은 지나치게 믿었다. 떨어지지 않은 채 내내 기어 그 집의 창문을 넘어 들어갈 수 있을 거란 계획도, 자그마한 선형 혼자서 낯선 집을 가로질러 건웅이 들어오도록 문을 열어 줄 수 있을 거란 계획도. 행여나 그가 퇴로를 찾을까 봐 어떤 몸싸움이든 각오한 사토가 아래서 대기하고 있겠단 계획도. 그 믿음 덕에 가능한 일이었다. 혹시 누군가 떨어진다면 내가 몸으로 받아줄게, 죽진 않을 테니까. 사토는 그런 말까지도 우스개처럼 했다. 그러자 선형은 이렇게 대답했다.

"근데요 삼촌, 어차피 안 죽을 텐데 뭣하러 받아요. 그냥 내버려 둬요. 다쳐도 한 명이 다치는 게 낫지. 알아서 몸 잘 말고 낙법 쓸게요."

"너무 아프면 어떻게 하냐."

"그런 거 생각했으면 애당초 이런 걸 시작하지 말았어야죠."

"맞네."

"솔직히 전 좀 신나요. 액션 영화 주인공이 된 기분이라서. 절대 안 죽는 게 이렇게 좋은 줄 몰랐네요. 히어로 같아. 저 다 끝나고 나서 세리머니로 십 층 자유낙하 한 번 할까요?"

"선형아, 제발."

"농담이에요."

"너 끌어들인 거 서진이가 아는 순간 난 죽는 거지."

"못 죽는다고 하지 않았어요?"

아래층으로 기어 내려가는 것은 옆으로 가는 것보다 열 배는 더 힘겨웠다. 발밑을 쳐다보면 눈앞이 빙빙 돌아 금세 떨어질 것만 같았기 때문에 계속 정면만을 바라봤는데 그러다 보니 계속 발끝에 온 신경을 집중하곤 더듬더듬 발 놓을 곳을 촉각으로 찾으며 이동해야 했다. 따라 내려오는 선형 역시 말이 없었다. 차라리 위층으로 기어 올라가는 거였으면 훨씬 편했을 터였다.

"거의 다 왔어."

여자가 아주 작은 목소리로 스스로에게 말했다.

아이가 혼자 벽에 붙을 거란 말을 한 순간, 저들이 짜 놓은 판에 발을 들일 수밖에 없었다. 뭐야, 자기들이 정말로 슈퍼 히어로 영화 속의 주인공이라도 되는 줄 아나, 싶은 걱정이 들어서. 저 아이가 아주 잠깐의 시간 동안 새처럼 하늘을 나는 모습을 보고 싶지 않았다. 이후엔 중력과 추락, 고통뿐일 테니까. 이 계획의 비현실성과 허점이 너무나 명확히 보인다고 생각해서 여자는 여기 끼어들었다. 자신이 끼어든다 해서 나아지는지는 알 수 없지만 적어도 단 한 사람 정도를 보호하는 몫은 할 수 있을 거라고 생각했다. 해야 한다고 여겼다. 어쩌면 그 역시도 죽지 않을 거란 확신 때문이었는지 몰랐다.

장준성 집의 창틀에 드디어 여자의 왼손이 올라갔다.

*

삼십 분쯤 후에, 허공을 가르면서 여자는 궁금해졌다.

얼마나 아플까?

또 하나 더 궁금했다.

왜 후회되지 않는 걸까?

결말은 별로 궁금하지 않았다. 그런 걸 생각했다면 애당초 자기 집 앞의 선형에게 문을 열어 주지도 않았을 것이니까.

나는 아이가 보고 싶나?

빠르게 가까워지는 땅을 보며 스스로에게 물었지만 사실 그렇게 궁금하던 것은 아니었다. 자기 행동이 더 잘 말해 줄 수 있는 것에 대해선 굳이 따질 필요가 없었다.

*

여자가 먼저 창틀에 두 손을 올렸고, 창을 열었다. 눈을 질끈 감은 채 안간힘을 다해 반동을 줘서 엉덩이를 그 위로 붙였다. 됐어. 여자는 빠르게 집안을 살폈다. 아무도 없는 것 같아 보여 순간 가슴이 철렁했지만, 곧 현관 쪽에서 무언가 움직이는 기척이 일렁이는 걸 감지했다. 얼른 방 안으로 뛰어내리곤, 몸을 다시 창틀 쪽으로 돌려 손을 내밀었다. 선형의 손이 여자를 움켜쥐었다.

서진은 이불장 문틈을 통해 제 앞을 빠르게 뛰어 지나가는 두 사람을 보았다. 하나는 처음 보는 얼굴의 여자였다. 다른 하나는 저보다도 작은, 더 이상은 키가 클 일이 없는 아이, 선형이었다. 선형의 얼굴을 보자 머리 앞쪽에 피가 빠르게 몰렸다. 소리를 내려 애를 썼는데 이불을 찢어 입안을 온통 틀어막은 재갈 때문에 끙끙거리는 소리만 났다. 얼굴이 새빨개지도록 용을 쓰다가, 꽁꽁 묶인 두 손을 들어 문을 내리쳤다. 왜 젖 먹던 힘 까지 다해 내리치는데 벽 긁는 소리만 나는 것 같을까. 답답해 미칠 것 같았다. 묶인 양쪽 발을 어쩔 수 없이 동시에 굴러도, 푹신한 이불들이 그 소리를 무심하게 다 먹었다. 서진은 체중 을 한껏 실어 어깨로 문을 내리찍었다. 이런 날을 위해 그렇게 건웅이 내게 밥을 많이 먹으라고 했었나……. 이 와중에도 실 없는 생각, 건웅 생각이 났다. 잘 탈출한 후 건웅 본인에게 말하 면 백 퍼센트 놀림 받을 만한 생각. 그런 놀림을 받고 싶었다.

그래서 좀 더 세게 반동을 주어 다시 어깨로 문을 밀쳤다.

건웅은 현관 문턱에 허리께를 걸친 채 질척한 피웅덩이 위에 서 이리저리 뒹굴고 있었는데 그게 온통 제 피였다. 어디서 저 런 파이프가 났는지 몰랐는데 계속 맞다 보니 눈치를 챘다. 모 든 방에 똑같이 놓인 조립형 침대, 그 침대의 기둥이었다. 그럼 침대를 어떻게 한 거지, 하고 생각해 보려 할 때마다 다시 파이 프가 날아왔다. 현관문을 열자마자 머리 한복판을 맞아 그대로 엎어진 후에는 내내 매타작이었다. 열 손가락이 더는 맘대로 움직이지 않았다. 오른손의 약지와 소지는 도저히 두 눈 뜨고 볼 수 없을 이상한 방향으로 꺾여 있었다. 서진이 밥을 많이 먹 으라고 할 때 들을 걸 그랬다. 건웅은 쉴 새 없는 구타와 고통의

한가운데서 그렇게 생각했다. 그러면 좀 더 상대를 제압할 힘을 낼 수가 있었을까.

그때 갑자기, 구타가 멎었다. 건웅이 그 사실을 깨닫기까지는 시간이 조금 걸렸다. 모든 곳이 너무 아파서, 계속 맞고 있는 줄 알았다. 마침내 고개를 들었을 때 어떤 자그마한 사람 하나가, 앞으로 엎어진 장준성의 발치에 매달려 있는 광경이 눈에 들어왔다. 장준성의 몸 앞쪽이 온통 벌건 피였는데 자세히 보니 장준성의 것은 아니었다. 아마 건웅의 것. 우뚝 서 있다가 앞으로 엎어진 모양이었다. 가슴팍이 시뻘겋게 젖어 있었다. 장준성은 엎드린 채로 이리저리 파이프를 휘둘렀다. 여자는 팔뚝을 맞으면서도 남자의 두 발목을 그러안은 손을 놓지 않았다.

그리고 기다리던 얼굴이 눈에 들어왔다. 선형이었다. 그 작은 입을 벌리더니 누운 자의 어깨를 물어뜯었다. 장준성의 입에서 쌍욕이 터져 나왔다. 정신줄을 놓으면 안 돼. 건웅은 오른팔을 들어 쭉 편 후 다시 바닥에 놓았다. 기어서라도 저기 가려고 하는 움직임이었는데 손가락이 바닥에 닿자마자 비명이 터져 나왔다. 이 세계에서도 통각은 멀쩡히 살아 있었다. 사실 죽기 전의 세계였다면 이마 한복판을 맞자마자 정신을 잃는 것이 가능했을 텐데—그리고 건웅에겐 차라리 그게 자비로웠을 텐데— 선형이 잠을 이루지 못하는 것처럼 건웅 역시 온전한 정신으로 아픔을 견뎌야 했다.

장준성이 엎어진 몸을 미세하게 꿈틀대며 계속 뒤집으려 애썼다. 여자의 손아귀 힘이 잠깐 빠졌을 때 얼른 몸을 완전히 뒤집더니 손에 예의 그 파이프를 잡곤 상반신을 일으켰다. 바닥에 앉은 자세로, 파이프를 여자의 등에 그대로 내리쳤다. 여자의 입에서 비명이 나왔다. 선형이 여자 위로 몸을 겹치는 게 보였고 다시 파이프가 그 위로 낙하했다. 이토록 좆같이 무력한 기분은 처음이었지만 어쨌든 건웅은 계속 기었다. 그거밖엔 할 수 있는 일이 없었고, 뭐라도 하지 않으면 다신 저들의 얼굴을 마주할 수 없을 것 같았다. 건웅에겐 이제 저 사람들뿐이었다. 아무것도 더 찾을 게 없었다.

건웅은 그 와중에도 발끝을 더듬어 현관문의 노루발을 찾아냈다. 사토가 들어올 수 있게 열어 두어야 했다. 층계 쪽에서 요란한 발소리가 들렸다. 저 형은, 승강기도 있는데 뭣 하러 저렇게 영화 주인공 같은 길을 택하지. 건웅은 이를 드러내고 웃었다. 그러자 입안에 뭐가 들어와 더 찝찔해졌다.

장준성이 발을 거세게 찼다. 여자와 선형이 함께 떨어져 나갈 때까지. 귀에서 이명이 들리기 시작했다. 그 입에서 튀어나오는 말들이 무슨 뜻인지 들려오지 않을 정도로 큰 소리였다. 준성이 일어나더니 작은 몸을 들쳐 메었다. 여자인가, 선형인

가. 속눈썹이 핏물에 젖어 너무 무거웠다. 분간이 가지 않았다.

그때 반대편 구석에서 어떤 형체가 꿈틀거리며 아주 천천히 다가오는 것이 눈에 들어왔다. 이상하지. 그건 누군지 분간할 수 있었다. 아마 어딘가 하나 더 주인도 모르게 숨겨져 있던 눈이 반짝 뜨인 건지.

7

서진은 건웅을 보자마자 이상하게 웃음을 터뜨리고 싶어졌다. 둘 다 제대로 서 있지조차 못 하고 바닥을 기는 꼴까지 비슷해야 하다니. 그 웃음엔 자조도 섞여 있었다. 자포자기하고 갇혀 있던 옷장 속에서 여러 가지 요란한 소리를 들었을 때, 서진은 직감했다. 모두 나 때문에 이 진흙탕 싸움에 끼어들게 됐구나. 내 원한과 욕심과 무모한 행동 때문에 이 사달이 나게 된 거구나. 서진은 모두에게 사과를 하고 싶었다. 그러려면 어떻게든 상황이 정리되고, 모두의 안전이 보장되고, 서로의 얼굴을 평온하게 바라볼 수 있게 되도록 결말을 지어야 했다. 마음은 바빴고 몸은 둔했다. 끈을 풀든 자르든 해야 할 텐데.

장준성은 두 사람과 몸싸움을 하고 있었다. 양쪽 다 서진을 미치게 만들 만한 사람들이었다. 하나는 선형이었고 하나는 아예 얼굴도 모르는, 선형만큼 체구가 작은 여자였다. 건웅 쪽으로 다시 눈을 돌렸다. 제가 몇 번 힘쓰면 닿을 수 있을 것 같아서, 건웅 쪽으로 움직였다. 몇 번 몸부림을 쳐서 더 가까이 붙자 건웅의 손가락이 이상하게 휘어 있는 게 눈에 들어왔다. 순간 망연해졌다. 어떻게 저 손으로 결박을 풀어 달라고 한단 말인가.

"양서진."

건웅의 눈이 축축하고 벌겠다.

"손 줘 봐."

서진은 끈으로 묶인 양손을 바닥에 비비며 간신히 끌어올려 두 얼굴 사이에 두었다.

"이로 물어."

"뭐?"

"물으라고. 나도 이쪽에서 물을 테니까."

두 사람은 손 대신 두 입과 그 안쪽의 이를 썼다. 기어오느라 더워진 몸에 닿는 숨은 더 더웠다. 코가 스치고, 입술이 스치고, 이끼리 부딪히기도 했다. 목덜미의 매듭이고 뭐고 더는 신경을 쓸 수 없었다. 일단 끈을 푸는 게 먼저였다. 서진과 건웅이 벌인 일에 끼어들어 싸우고 있는 저쪽의 두 사람에게 가닿을 방법 말곤 어떤 것도 생각해선 안 됐다. 침으로 끈이 축축해졌다. 조금씩 헐거워지던 결박이 마침내 손을 뺄 수 있을 만큼 느슨해질 때까지 둘은 정신없이 머리를 흔들었다.

됐어, 하고 서진이 낮게 탄성을 지르며 두 손을 빼냈다. 그러고는 서둘러 발에 묶인 끈도 풀었다.

"오래 묶여 있었어? 걸을 수 있어?"

"그걸 어떻게 기다리냐······."

똑바로 서려다 두어 번을 실패하고 주저앉은 서진은 상체만 일으킨 채 두 팔을 다리 삼아 다시 기었다. 이번엔 건웅에게 등을 돌린 모습으로, 여자와 선형을 향해서. 건웅은 입에서 뚝뚝 떨어지는 침을 닦고 싶었지만 손을 까딱할 수 없었다. 또다시 무력해졌다는 자괴감이 들었다.

그때 누군가의 손이 어깨를 잡더니 몸을 돌려눕혔다. 온몸이 아파 비명을 질렀다. 눈앞에 있는 건 땀범벅이 된 사토였다.

"너 왜 이래."

건웅은 그 질문에 대답은 하지 않고 대신 말했다.

"저쪽 도와 줘요, 저쪽. 저쪽에 선형이랑 여자분."

"너는 괜찮냐고."

"아, 일단 저쪽이요. 제발, 삼촌. 나 말고 저쪽, 이 씨발 새끼야, 제발 좀 저쪽을 보라고!"

               *

장준성은 선형의 목을 조르며 그들이 열고 들어온 창을 통해 작은 몸을 다시 떨어뜨리려 했다. 여자는 거기 매달려 손에 잡히는 모든 것을 놓치지 않으려 힘껏 당겼다. 장준성의 바짓단, 선형의 티셔츠, 가늘고 하얗고 사시나무처럼 떨리는 팔 같은 것을 다.

"개 잡년아……."

파이프로 너무 맞아 일어나질 못하는 여자가 대신 바짓단 안으로 손을 넣어 발목을 할퀴었다. 그때마다 장준성은 발로 다시 여자를 찼다. 그는 구두를 신고 죽었다. 길이 덜 들어 딱딱하고 굽도 닳지 않은 에나멜 구두. 앞코가 견고해서 지금껏 수없이 발길질을 했는데도 모양이 흐트러지지 않았다.

"선형아. 다시 뒤지자."

선형이 몸을 뒤틀었다. 목이 눌려 있어서 아무 소리도 낼 수가 없었다.

"응? 쌤이랑 다시 뒤지잔 말이야."

신형의 눈동자가 커졌다. 대신 눈꺼풀은 아래로 계속 내려갔다.

"너 왜 여기서 잘 살아, 예쁨 받으면서."

여자는 입을 크게 벌려 장준성의 발목에 이를 박아 넣었다.
장준성은 웃었다.

"너는…… 언제나…… 하나도 감사할 줄 모르지."

아마 여자가 이를 박아 넣은 힘을 이용해 장준성 자신의 다리를 붙들고 몸을 일으킬 줄은 몰랐을 것이다.

"네가 가진…… 모든 것들을…… 하나도."

그 순간 여자가 괴성을 지르며 완전히 일어났다. 장준성을 뒤에서 안은 채 얼굴의 아무 구멍에나 손가락을 집어넣었다. 웃는 소리만 나던 입에서 처음으로 외마디 비명이 터져 나왔고, 손가락에서 힘이 순간적으로 풀리면서 선형은 자유로워졌다. 장준성이 여자의 머리채를 잡았다. 여자는 소리를 멈추지 않는 와중에도 선형을 뿌리쳤다. 저쪽으로, 더 아래로 안쪽으로, 창틀이 아니라 단단하고 안전한 바닥으로 내려가 있으라고. 부디 그쪽으로 피해 있으라고.

두 사람, 장준성과 여자는 창틀에 눕다시피 하며 몸싸움을 했다. 장준성에게 깔린 여자의 눈에 사토가 들어왔다. 익숙한 얼굴이 이쪽으로 달려오고 있었다. 저 얼굴. 목장갑을 낀 듯 거칠지만 어딜 매만져서 고통을 풀어 줘야 할지 정확하게 알던 손가락을 잡아보고 싶을 때도 있었고, 팔을 걷을 때마다 보이던 형형색색의 그림이 상징하는 게 무엇인지 물어볼까 마음먹었던 적도 많았다. 한 번도 실행에 옮기지 못했지만.

이 판의 어느 누구도 사람을 실제로 죽기 전까지 팰 수 있는 심성을 가지지 못했다. 그러면서 어떻게 악과 그에 상응하는 힘으로 똘똘 뭉친 성인 남자를 제압할 생각을 했단 말인가. 네 다섯이면 가능하다고? 절대 못 할 일이었다. 여자는 잘 알았다. 지난 삶, 지질했던 그 삶에서 충분히 보아 왔던 장면들이었다.

그땐 아무것도 하지 못했지만 지금은 달랐다. 나는 그 지옥을 통해 뭔가를 배웠으니까, 라고 여자는 생각했다. 그러지 못했다면 그 삶을 무엇 하러 감내하고 살았단 말인가.

사토가 팔을 죽 뻗으면 두 사람에게 닿을 수 있을 정도로 가까워졌을 때쯤 여자는 외쳤다.

사토 씨, 손으로 얼른 이 남자 다리 들어올려!

사토는 선형보다 훨씬 크고 무거웠으니 발에 몇 번을 채이면서도 장준성의 하반신을 들어올리는 게 가능했다.

여자는 다시 외쳤다.

밀어!

확신에 찬 명령에 휘말려 얼떨떨한 기색으로 밀고 나서야 사토는 저가 무슨 짓을 했는지 깨달았다.

두 사람이 허공을 갈랐다. 여자는 있는 힘껏 장준성의 몸을 최대한 밖으로 밀쳐 냈다. 삼촌이 그러는데 건물 뒤쪽에는 쓰레기 산이 있대요. 그래서 떨어질 것 같으면 최대한 그쪽으로 떨어지라고 하더라고요. 동지를 찾아 가는 거지, 하고 농담을 했지만 그건 아닐 테고, 아무래도 그쪽에 떨어지는 게 덜 다칠 거라 생각하나 봐요. 선형이 했던 말이 떠올라서였다. 단 한 톨의 가능성도, 저자가 행여나 제 멀쩡한 다리로 걸어 도망칠 일말의 가능성도 남겨 놓고 싶지 않았다. 가장 단단한 바닥에 가장 참혹하게 충돌하길 원했다. 이것 역시 여자가 나머지 사람들에게는 기대하지 않는, 견고하고 잔혹한 확신이었다.

주저하면 절대 안 될 곳에선 주저하지 않는 것. 여자는 그것 하나에만 자신이 있었다.

선형의 잰걸음, 이어서 사토의 휘청대는 발이 바닥을 기고 있는 자기네 둘을 지나치는 것을 서진과 건웅은 느꼈다. 승강기를 기다릴 수 없었는지 네 개의 발이 모두 다 요란한 소리를 내며 층계를 내려갔다. 무엇이 잘못되었나. 서진은 이제야 몸을 일으킬 수가 있었다. 건웅은 아직도 엎드린 채였다.

"내려가 봐."

건웅이 말했다. 서진은 같이 가자고 대답했다.

"어떻게 같이 가. 존나 아파."

야, 미안한데 참아라. 서진은 말하면서 두 팔로 건웅의 상체를 들어올렸다. 열 손가락을 어디에도 닿지 않게 하려고 애썼지만 건웅이 비명을 끙끙대며 참는 것은 알 수 있었다. 일부러 모르는 척했다. 그게 건웅의 자존심을 지켜 주는 일일 것이었다. 서진은 허리를 세워 앉은 건웅의 팔뚝을 다시 움켜쥐고 다리 쪽을 쳐다봤다.

"뭐 하다 이렇게 발목이 부었냐."

"몰라. 존나 짐밖에 안 되네……."

"일어날 수 있을 것 같은데. 체중 좀 나한테 실어 봐."

서진이 건웅을 업다시피 했다. 마른 다리가 후들후들 떨렸다.

"됐어. 걸을 수는 있어."

"내려가자. 손가락 조심하고."

"응."

건웅은 다리를 다쳐 절뚝였고, 서진은 아직도 결박의 후유증이 풀리지 않아 절뚝였다. 결국 둘다 층계를 포기하고 가만히 서서 승강기가 올라오길 기다렸다. 승강기가 이렇게 느리구나. 건웅은 속으로 욕을 백만 번쯤 했다. 층계를 뛰어올라오는 사토를 가리켜 영화 주인공처럼 군다고 여겼던 몇 분 전이 떠올랐다. 또 내가 잘못 생각했구나. 늪에 빠지려던 찰나 문이 열렸다.

둘은 승강기 안에서 아무 말이 없었다. 둘다 숨을 몰아쉬면서, 서로의 헉헉대는 소리를 듣고 있었을 뿐. 서진은 건웅의 허리를 감아 지탱해 주고 있던 오른팔 대신 자유로운 왼손을 들어 얼굴을 감쌌다. 이 모든 사달이 제 욕심 때문에 벌어진 일인 것 같아, 다시금 죽고 싶었다. 나는 내 불행에 모두가 집중해 주길 원했던 걸까?

8

여자는 무언가에 거세게 몸이 닿는 순간에, 그리고 서진은 지층에 승강기가 닿는 순간에. 동시에 둘은 난데없이 같은 생각을 떠올렸다.

무게와 질량. 무게는 중력가속도의 영향을 받고 그래서 중력가속도가 클수록 무거워지지만 질량은 모든 행성에서 동일한 값을 가진댔지, 그러니까.

각자에겐 서로 다른 세기의 중력을 가진, 각자의 마음이 머무는 행성이 있어. 아무도 모르고 오직 저만 발을 디뎌보았기 때문에 그 중력이 얼마 정도인지는 저만 느껴보았지만 동시에 아무도 서로의 행성에 방문해보지 못했기 때문에 타인의 중력을 알지 못해. 나는 누군가의 행성에서는 내내 둥둥 떠다니느라 누군가에게 달음질치지도 못할 테고, 또 다른 누군가의 행성에서는 온몸이 납작하게 짜부라 들어 행성의 주인이 결코 나를 알아보지도 못하게 될 거야.

그래서 우리는 자꾸 서로가 보이지만 닿지는 못할 거리에 서서, 겉모습만을 바라본 채, 각자의 존재가 감내해야 했던 짐의 무게를 가늠하지.

나는 내 짐이 가장 무겁다고 생각했지만 그것은 어쩌면 내 행성의 중력이 가장 센 까닭이었을 수도 있어. 나는 저 사람의 짐이 가볍다고 생각했지만 내 짐을 저 사람의 행성에 옮겨 놓으면 깃털 같은 무게감만 가지게 될 수도 있단 말이야.

우리는 평생 타인이 살아야 했던 그 삶의 질량을 몰라. 저 행성에 갈 수 있을 리가 없으니.

그래서, 자꾸만 내 것이 가장 무겁다고.

가혹하다고.

내 것을 떨쳐내기가 가장 힘들다고.

그렇게 자기 행성에서 혼자 고래고래 소리쳐 왔던 것은 아닐까.

그러나 이 세계의 중력은 지구와 동일해서, 떨어지는 속도가 느리지 않았으니 여자의 생각은 거기까지였다.

서진은 건웅을 부축하며 비틀비틀 걷다시피 뛰었다. 건웅이 말하는 대로 건물의 뒤편으로 돌아갔는데 그 길이 몇만 광년쯤 되는 거리처럼 느껴졌다. 이미 선형과 사토는 도착해 있었다.

십 층에서 건웅의 피가 고여 생긴 것보다 두 배는 클 피웅덩이가 바닥에 넓게 퍼져 있었고 그 가운데에 사람 하나가 누워 있었다. 둘이 아니고 하나가.

서진의 발 옆까지 텅 빈 플라스틱 병 하나가 데굴데굴 굴러왔다. 플라스틱 병이 굴러온 방향으로 얼굴을 돌리면, 또 누운 사람 하나를 볼 수 있었다.

9

여자는 자신이 엎드린 채로 떨어지지 않은 것에 감사한다고 말했다. 사토는 윽박질렀다. 당신은 이런 상황에서도 당신네 나라 사람의 스테레오 타입에 맞춰 행동해야겠어요? 그러자 여자는 미안하다고 했고 사토는 더 기가 막혀서 아무 말도하지 못했다. 그러자 선형이 대신 말했다. 하지만 삼촌, 삼촌도아버지 쪽은 그쪽 사람이라면서요. 그런데 삼촌은 그러지 않잖아요. 그러니까 이건 그냥 성격 차이일 뿐이고 삼촌, 남의 성격가지고 뭐라 하는 게 가장 질 낮은 어른이 하는 일인 것 알죠?

"이건 유카리의 타고난 성격이니까."

유카리. 사토와 함께 건물 뒤에 도착한 선형은 사토보다 먼저 쓰레기산을 올랐다. 우산살에 다리가 관통당한 채 입술을깨물고 앓는 소리를 내는 여자에게, 펑펑 울며 물었다.

이름이 뭐야, 이름이 뭐냐고요. 왜 서로 이름도 모르는 사람의 말을 믿고 이런 신세가 되는 거예요, 왜.

"유카리."

여자는 선형의 손을 잡고 대답했다.

"내 이름이야. 유카리."

유카리는 한 번도 이 세계에서 자기 이름을 말한 적이 없었다. 타국의 사람들이 타국어만을 말하는 이 세계에서. 유카리는 한국에서 발생한 종교를 믿었던 부모에 의해 이곳의 사람과 부부의 연을 맺게 되었고, 자기 말을 알아듣는 이도, 한국어 한 번 제대로 배울 일도 없던 벽촌에서 살았다. 유카리는 선형을 만날 때까지 한 번도 자기 말을 맘껏 쓰지 못했다. 제 아이에게 쓰는 것은 아예 금지되어 있었다.

미간을 찡그리고 눈물을 흘리며 선형이 우산살을 뽑으려 헛된 힘을 쓰는 동안 유카리는 내내 웃었다. 아팠는데, 뒈지게 아팠는데 이 상황이 웃겼다. 저 애가 귀여웠고, 뭔가 큰일을 해냈다는 생각이 들었고, 그리고 저들이 다시는 자신을 잊지 못할 거라는 확신이 들었으며, 이 모든 게 자기 의지에 따라 이루어진 일이라는 사실에 온몸이 뻐근했다.

사실 뻐근한 게 아니라 살이 뚫린 고통이었지만, 유카리는 자꾸 그렇게 착각을 했다.

피웅덩이에 누운 건 남자였다. 그 얼굴을 위에서 내려다보며 서진은 이상하다, 이상하다, 하고 혼자 되뇌었다. 증오했고, 만약 그가 무력해지는 날이 온다면 빈 캔을 발로 우그러뜨리듯 그렇게 사정없이 잔인하게 무력을 이용한 복수를 하고 싶어질 것이라고 상상했다. 그러나 실낱같이 눈을 뜨고 공포인지 고통인지에 질려 헐떡대는 얼굴을 마주한 서진은 이상하게, 아주 허무했다.

"미안하지만 이 세계에선 정신 놓고 기절하는 것도 안 되니까." 건웅이 허리를 굽혀 장준성의 얼굴에 똑바로 대고 말했다. "당신뿐 아니라 나도 그렇고 유카리도 그러니까. 그니까 조용히 참자고요, 공평하게."

"네가 당한 것처럼 손가락 부러뜨리고 싶은 생각이 들지 않아?"

건웅은 한참을 내려다보다가, 발끝을 들어 장준성의 몸 대신 서진의 운동화 앞코를 아주 살짝 밟았다.

"이상하게 그런 생각이 안 드네. 한땐 선생이라 불렀던 인간이라 그런가."

그러더니 유카리가 누워 있는 쪽으로 걸음을 옮겼다. 서진도 그 뒤를 따랐다.

모두가 알고 있었지만, 고통을 끝낼 수 있는 방법이 단 하나라는 사실을 처음으로 입밖에 낸 건 사토였다. 그 말을 들은 유카리는 모두가 말리는데도 비명을 안으로 삼키며 옆으로 돌아누웠다. 모두가 뒷목을 볼 수 있도록. 매듭은 딱 세 개 남아 있었다.

"모두가 작별 인사를." 사토가 말했다. "한 번씩만 하면 되겠어."

말이 끝나기가 무섭게 선형이 달려갔다. 달려가서, 유카리의 목을 그러안고 격격 소리를 내며 울었다. 나 때문에 이렇게 아프게 된 거야. 나 때문에. 유카리도 선형의 목을 안았다. 많은 말을 하는 것은 유카리의 성격이 아니었기 때문에 대신 더 세게 안았다. 기다릴게, 라고 짧게 대답했다. 이렇게 지독한 인연이 다음 세계에서 만나지 못할 리 없어. 다시 봐.

선형은 그 볼에 입을 맞추었다. 둘의 목에서 매듭이 하나씩 사라졌다.

선형의 귀에 대고 속삭이면서도 계속 고통에 얼굴을 찡그리는 얼굴을 보며 건웅은 괴로운 시간을 줄여 주는 게 최선이린 걸 깨달았다. 선형이 유카리를 안은 두 팔을 풀기 전에 다가가서, 땀으로 젖은 앞머리를 정리해 주었다.

"우리는 별다른 이야길 한 적이 없지만, 다음 삶에선 더 많은 이야길 나눌 수 있을 거예요. 이렇게 연을 맺었으니까."

선형이 유카리의 귀에 대고 무언가를 속삭였다. 그들만의 언어로 된 말이었다. 유카리는 웃더니 선형에게서 팔을 풀어 이번엔 건웅에게 내밀었다. 건웅은 어정쩡한 자세로 그 몸을 안았지만, 선형이 했던 것처럼 볼에 입을 맞추는 것은 잊지 않았다.

"이젠 삼촌이에요. 난…… 안 되는 거 알잖아요."

서진이 제 목을 어루만지면서 말했다.

사토는 아무 고민도 생각도 하지 않고 저들이 나누던 시간과 믿음을 담아 여자의 손등에 한 번, 그리고 이마에 한 번 입을 맞췄다.

*

모두가, 사토 역시도, 누군가의 매듭이 모두 사라졌을 때를 직접 본 것은 처음이었다.

고통에 신음하던 소리가 멎었다. 유카리는 아무 일도 없었다는 듯 우산살에 뚫린 다리 그대로 자리에서 천천히 일어났다. 그러고는 주위를 휘이 둘러보더니, 평소의 보폭대로 아주 자연스럽게, 걸음을 옮겼다. 선형이 뒤를 따르더니 유카리의 손을 잡았다. 유카리는 내려다보며 빙긋 웃었지만 걸음을 멈추진 않았다. 사토가 뒤를 따랐다.

"다녀와. 내가 지키고 있을 테니까."

건웅이 말했다.

"나는 인사했고 너는 못 했잖아. 그러니까 네가 다녀와. 와서 이야기해 줘. 무슨 일이 일어났는지."

서진은 세 사람의 모습이 모퉁이를 돌아 시야에서 사라지기 직전이 되어서야 뛸 수 있었다.

유카리는 제 방으로 돌아가 침대에 누웠다. 선형은 우산살을 가리키며 저걸 아직도 못 빼 줘서 어떻게 하냐고 엉엉 울었다. 막상 침대에 누운 자의 얼굴은 평온했다. 졸린 것처럼 두 눈에 노곤한 기색이 가득했다.

"이렇게 잠이 드는 거라고 했어."

사토가 말했다.

걷고 층계를 오르느라 아주 미세하게 거칠어졌던 숨소리가 고르고 삼잠해지며, 두 눈꺼풀이 아래를 향해 내려갔다. 서진은 그 눈꺼풀들에 입을 한 번씩 맞추었다. 유카리에게 매듭이 없으니 제 것도 풀리지 않을 터였다.

눈꺼풀이 완전히 닫혔을 때쯤, 유카리는 두 손으로 이불 끝을 잡은 후 스스로 제 얼굴까지 올려 덮어썼다. 몸의 어느 곳도 보이지 않게 완전히 숨겨서.

이불을 다시 들춰 보았을 때 거기엔 아무것도 없었다. 누구도 쓴 적 없는 것처럼 새하얗고 깨끗한 매트리스 커버만 덩그러니 남았다.

"유카리는 이제 잠을 잘 수 있을 거야."

선형은 아무도 알아듣지 못하도록 조용히 혼잣말을, 유카리의 언어로 했다.

"부러워. 그리고, 보고 싶을 테지."

*

모두가 건물 아래로 다시 내려왔을 때 건웅은 피웅덩이에 엉덩이를 붙이고 앉아 장준성의 머리를 자기 무릎 위에 괴어 주고 있었다. 얼굴을 푹 숙여 장준성과 눈을 맞춘 채였다. 부러진 손가락은 어정쩡하게 바닥에서 오 센티미터쯤 떨어진 허공에 둔 채로. 온몸의 뼈가 이상하게 꺾인 장준성은 용케도 목이 멀쩡한 듯 보였다. 다만 입에서 나오는 소리들은 다 신음뿐이었다.

이 자세를 해명해야겠다는 생각이 들었는지 건웅이 고개를 반쯤 올리고 주워섬겼다.

"그래도 선생님이었는데. 그리고 선배였는데."

목소리가 떨렸다.

"좋아한 적도 없고 처음부터 끝까지 내내 미워하긴 했지만, 왜 이 세계에서까지 우리는 이런 식으로 만났어야 했는지 헤아려보니 아득하게 슬퍼졌어."

사토가 성큼성큼 다가가 건웅의 손가락에 닿지 않도록 조심하며 손목을 움켜잡았다.

"그런 건 우리가 생각해야 하는 게 아냐. 원인을 제공한 사람이 고민해야 하는 거지. 우리는 각자의 위치에서 우리가 했어야 하는 일을 했을 뿐이고."

건웅을 일으키자 장준성의 머리가 다시 바닥으로 떨어졌다. 짧은 비명 소리가 났다.

"그런 걸 신경 쓰는 사람들은 내내 당하고 괴로워하면서 궁금해 해. 저 새끼는 왜 저럴까. 내 기준으로는 절대 상상조차 하지 못할 일들을 아무렇지 않게 저지르는 이유가 뭘까. 이유를 찾을 수 없으니 자꾸 자기한테 화살을 돌리고 원인을 찾으려 들지. 이유가 없다는 생각을 하지 못하니까 그래. 우리는, 왜, 같은 생각은 이제 더 안 해도 돼. 그런 생각은……."

그러고는 터틀넥에 손가락을 넣어 목을 긁적였다. "그런 생각은, 죽을 때까지 꿀리는 대로만 살던 사람들에게 맡겨 두자고. 우린 할 일을 하고."

이제 옮기면 되지? 사토가 물었다. 서진이 고개를 끄덕였다. 피를 머금고 이상한 방향을 꺾여 늘어진 몸이 무거웠기 때문에 네 사람이 사지를 나눠 들어야 했다. 이를 악물고, 입술을 깨물며 남자의 비명을 모르는 척하고 걸었다. 건물의 뒤편을 벗어나 거리에 이르러서는 수많은 사람들이 이 괴상한 무리를 목격했다. 그러나 아무도 말을 걸지 않았다. 아마 어쩌면, 멍청하게도 투신을 시도해 이 세계를 벗어날 방법을 시도해 본 자의 결말을 보고 있는 거라고, 그렇게 여길지도 몰랐다.

"어디에 넣을까?"

땀을 뻘뻘 흘리며 서진의 집까지 도착한 사람들이 바닥에 장준성의 몸을 내려놓곤 물었다. 서진은 잠시 고민하다 이렇게 대답했다.

"장롱에 좀 넣어 둘까요. 곱게 접어서."

서진의 말이 끝나기 무섭게 비가 오기 시작했다.

10

가장 먼저 떠난 사람은 놀랍게도 사토였다. 매듭이 모두 풀린 사람이 어떤 행동을 하며 어떻게 사라지는지에 대한 이야기는 숱하게 들었지만 지금껏 한 번도 실제로 본 적은 없던—모든 걸 다 아는 삼촌이 어떻게 그걸 모르지, 하고 건웅과 서진은 궁금해 했지만 사토가 언제쯤부터 아무와도 접촉을 나누지 않았는지 헤아려 보니 역시 까마득한 과거의 일이었다— 사토는, 유카리가 웃으며 이불을 머리끝까지 뒤집어쓰고 마지막 숨을 토하던 모습이 잊히지 않는다고 했다. 사토가 막상 접촉을 시작하자 작별은 눈 깜짝할 사이에 이루어졌는데, 그것은 당연히, 지금껏 수많은 사람에게 쌓아온 사토의 누력 때문이기도 했다. 모두 자기 사연을 가장 잘 들어줬던 남자를 찾아와서, 그의 미련과 미지의 새 길에 대한 두려움을 한 줌씩 거두어 갔다. 그래서 사토는 홀가분하게 떠났다. 서진은 역시 매듭을 다 푼 사토의 눈꺼풀에, 유카리 때 그랬던 것처럼 입을 맞추어 주었다.

다음은 선형이었다. 얼른 푹 자고 싶어 안달이 난 아이. 우리
가 그렇게 잘해 줬는데, 이렇게 열심히 떠나고 싶어 하니 형은
참 속상하고 섭섭하다. 그렇게 짐짓 삐친 척을 하는 건웅의 입
에 쪽 하는 소리가 나도록 입을 맞춘 게 선형이 마지막으로 매
듭을 푼 방법이었다. 서진은 마찬가지로 선형의 두 눈꺼풀에도
입을 갖다 댔다. 그리고 돌아봤더니 건웅의 두 뺨이 온통 젖은
채였다.

"보고 싶어서 어떡하지."

어떡하긴 뭘 어떡해. 서진은 건웅을 토닥여 주며 속으로만
말했다. 얼른 너도 떠나면 되지. 모든 것을 잊고. 괴로웠던 것
도 사라지지만 좋았던 모두도 희미하게 바래는, 새로운 무의
공간으로.

선형이 쓴 편지를 발견한 것은 선형이 사라진 다음날이었다.
화투 패를 여러 장 그려 넣고는 비광 패의 우산을 쓴 사람은 서
진을 닮게 그렸고, 똥광 패의 닭 대신엔 건웅의 얼굴을 박았다.
건웅의 정수리에 돋아난 닭벼슬을 보고 서진과 건웅은 잠시 고
민했다. 아이가 그림을 잘 그리거나 혹은 아예 못 그렸다면 참
귀여운 결과물이 나왔을 수도 있을 텐데 실력이 영 어정쩡해서
조금 기괴했다. 결국 건웅이 먼저 웃었다. 어이구, 이제 없으니

한 대 때릴 수도 없고 이걸 참. 어쩌면 좋냐.

선형은 편지에 그렇게 썼다. 여기서 일어났던 일을 다음 세계에선 기억할 수 있을까요? 형이랑 누나가 잘 되는 걸 꼭 보고 싶었는데 성질이 급해서 먼저 가서 미안해요. 형, 제게 한 번도 위협적이지 않아 줘서 고마워요. 누나, 누나의 일이 아닌 것에 나서 줘서 고마워요. 형이랑 누나가 이 편지를 보고서는 서로 마음을 좀 확인했음 좋겠네요. 제 십사 년 평생의 소원입니다. 선형 올림. 추신. 예전에 고스톱 패에 적었던 글자 있잖아요, 이렇게 영원히 함께 있어도 즐겁겠다는 뜻이었어요.

선형은 끝까지 나와 장준성의 관계를 다 알지 못하고 갔구나. 명치가 조여 숨이 잘 쉬어지지 않았다. 그래서 나를 내내 더 나은 사람으로 오해했어. 나는 내 필요로 움직인 건데, 내가 복수하고 싶어서, 그 사람이 장준성이라서……

"그걸 알았다면 너랑 나를 잇고 싶다는 생각을 했을까?"

서진이 망설이다 묻자 건웅은 대번에 대답했다.

"당연하지."

"어떻게? 전남편이 여기 있는데?"

"그게 무슨 상관이야." 건웅은 편지를 잘 접어 책상 서랍을 열곤 그 안에 두었다. "그런 게 무슨 상관이냐고. 게다가 선형이 열네 살이야. 적절한 고난과 역경이 스토리 안에 들어가 있지 않으면 성에 안 차는 열네 살이라고. 선형이한텐 이 모든 게 만화에서 나오는 모험이었을 거야."

"정말로 그렇게 생각해?"

"그렇게 여겼기를 간절히 바라는 거지."

서진은 제 집에 잘 들어가지를 않았다. 옷장 문이 열리지 않도록 아예 침대를 옷장 문에 붙여 놓았는데, 그러다 보니 거기서 잠을 잘 수가 없었다. 나는 강심장이라고, 시체를 옆에 두고도 밥을 먹을 수 있다고 떵떵대던 서진은 막상 숨이 붙은 장준성을 그 안에 넣고 나자 입술이 파랗게 질려 떨었다. 죄책감 때문이었다. 내가 사람에게 이런 짓을 할 수가 있구나, 하는.

그래서 결국은 주로 건웅의 집에서 지냈다. 서로에게 말은 안 했지만 둘의 마음은 자주 닮은 방향으로 갔다. 우리는 죽었기 때문에 가장 오랜 시간을 함께할 수 있구나. 서진은 건웅과 실없는 농담을 나누다가 눈이 부시도록 쨍한 햇빛이 창문을 통해 들어오는 것을 느끼며, 나는 지하가 아닌 곳으로 이사를 간다면 절대로 커튼을 달지 않을 거야, 라고 했던 그 옛날의 양서진을 마주했다. 그러면 손을 들어서 제 볼을 세게 문질러 보았다. 꿈은 아니었다. 어떻게든 이루었다. 그 소원을.

건웅은 서진과 자신이 긴 시간을 공들여 함께 밭을 가꾼 노부부 같다고 느꼈다. 마음을 주었던 모두를 더 행복한 곳으로 떠나보낸 후 마지막으로 남은 노부부. 손을 잡지 못해도, 기껏 해야 어설픈 농담에 깔깔 웃으며 서로의 어깨를 가볍게 때리는 것이 전부여도, 그래도 노부부니까. 이미 모든 터널을 거친 노부부니까 그런 행위만으로도 하루가 충만하다고 생각했다.

나도 여기 남아야지. 남아서 서진이랑 같이 살면서, 사토 삼촌 같은 사람이 되어야지. 초등학생처럼 막연한 말투로 이야기해야 어울릴 듯한 미래를 건웅이 꿈꾸기 시작한 것도 그즈음이었다. 서진에게 말하면 펄쩍 뛸 게 분명해서 가만히 있었지만.

"너는 사람들 안 만나?"

가끔 서진이 물으면,

"몰라. 오늘은 그냥 귀찮아서 집에 있고 싶네."

그렇게 대답하곤 서진이 죽고 못 사는 주제의 이야기들을 일부러 꺼내어, 더 많은 질문이 나오는 걸 막곤 했다.

＊

"이건웅아."

장준성을 가둬 놓은 날부터 딱 마흔여덟 가지 모양의 해가 뜨고 진 후 마흔아홉 번째의 날, 서진이 어슴푸레한 새벽빛 속에서 건웅을 불렀다.

"응?"

"너, 왜 죽었는지 아직도 나한테 말 안 해 줬어."

아주 미약한 빛에도 눈꺼풀이 떨리는 게 느껴졌다면 그것은 아마 서진의 착각이었겠지만, 귀에 들리는 한숨은 진짜였다.

"이제 좀 말해 줘도 되잖아."

서진이 재차 입을 열었다. 건웅은 손을 들어 얼굴을 쓸었다. 양손의 새끼손가락이 이상한 방향으로 휜 채 굳었는데, 막상 그 손의 주인은 요상한 하트 모양을 쉽게 만들 수 있다며 낄낄대고 웃었었다.

"진짜 알고 싶어서?"

"불공평하잖아."

"아직 말하지 않았다면 그럴 이유가 분명 있겠지."

"그런 말로 대강 퉁칠 거면 그냥 나가서 매듭 풀고 얼른 토껴 버리든가."

건웅이 기가 막히단 눈으로 서진을 바라보았지만 하필 상대가 눈싸움 하나로 세계를 제패할 법한 실력자였다.

"넌 그렇게 막말하는 버릇이 있어."

"네가 들인 건데."

"알아. 그래서 아무 충고도 못 하잖아."

"왜, 후회해?"

"아니. 그냥 그렇다고."

건웅은 자리에 벌러덩 드러누워 두 손을 뒤로 모으고 뒤통수를 괴었다.

"내가 죽은 건. 사실 뭐 엄청 대단한 사건이 있었던 건 아니라서."

3부   서로의 자취만큼은
      알아볼 수 있어

건웅

언제쯤 이 굴레에서 벗어날 수 있을까.

대학 시절 오래 사귄 애인이 스스로 목숨을 끊었다는 소식을 가족이 알게 된 것은 우연찮은 일이었다. 서진의 남동생이 일하던 작은 사무실이 아버지의 거래처였고, 말단 직원의 누나를 보내는 장례식장에 찾아온 사장이 호진과 내가 상을 사이에 두고 마주 앉아 있는 것을 목격했으며, 두어 번의 수소문만으로도 전말을 파악해 전달할 수 있었다는, 그런 아주 흔한 이야기.

혹은.

서진의 남동생이 직원으로 일하던 이른바 '업소'의 사장이 나의 아버지였고, 말단 직원의 누나를 보내는 장례식장에 찾아온 바지 사장이 애 둘 딸린 여자와 내가 소주잔을 기울이는 걸 목격해 짐짓 조심하는 투로, 그러나 실은 당당하게 헤드에게 전했다는, 그런 또 뻔한 이야기다.

세상 참 좁지.

아버지가 말하고 다니던 직업 바깥에서 무슨 사업들을 벌였는지, 우리 가족 중 누구도 알지 못했다고 나는 믿지만 자신이 없다. 뉴스를 보며 연신 부도덕한 정치인들과 썩어 빠진 세상을 욕하던 자와 업소를 운영하던 자를 동일인이라고 말한다면 누가 믿나? 엄마는 정말로 몰랐다고 이야기했지만 그 어떤 말도 더는 얹지 않고, 이게 다 가장으로서 아버지를 먹여살리기 위해 하는 일이야, 자식으로서 아버지의 마음을 이해해야지, 하고 말했다. 그러니 몰랐다는 말을 믿을 수가.

부엌의 커다란 양문형 냉장고에는 아버지가 출장을 갔을 때마다 사온 각 도시의 기념 마그넷이 붙어 있었다. 마그넷을 붙일 때마다 그 도시에선 무엇이 유명하고 어떤 것이 맛있는지에 대해서도 아버지는 신나게 떠들었다. 그렇네, 나도 한 번을 의심하지 않았었다. 자동차 대리점 지점장이라는 인간이 어딜 저렇게 출장 다닐 일이 있는지에 대해선 단 한 번도.

그런 여자를 무엇하러 사귀었느냐는 말이 식탁 위에 올랐다. 사람도 가려서 사귀어야 여러모로 인생살이에 좋다는 충고가 뒤를 따랐다. 남편은 아내를 혼냈다. 애가 그런 건강하지 못한 애인을 만나고 있었어도 알아채지 못했다고. 아내는 혼이 나면서도, 다행이라고 말했다. 그런 아이를 며느리로 들였으면 어

345

쩔 뻔했니. 이젠 아들 연애에도 신경 써야 하는 시대가 되었구나. 젊은 애들이 워낙에 유약해서 말이야, 나라 앞날이 걱정이지…….

은둔은 극적이지 않았다. 아주 서서히 다가왔다. 처음엔, 내가 모르는 누군가가 또다시 나를 목격하고 이 집구석에 이야길 전할지도 모른다는 생각이 두려워 집밖에 나가는 것이 꺼려졌다. 그 다음에는, 부부의 얼굴을 마주하고 납득할 수 없는 이야기에 고개를 주억거려야 하는 것이 싫어 식탁에 앉는 것이 무서워졌다.

식탁은 괴물이었다. 아가리를 벌리고 음식을 입에 집어넣는 나를 집어넣은 후 거세게 물어뜯었다. 물고 물리며 먹고 먹히는 광경. 너무 괴로워서 식탁에 앉을 수가 없었다. 식탁이 공포의 대상이 되자, 곧 다리에 점점 힘이 풀리며 엉덩이가 무거워졌다. 씻지 않고 수염이 덥수룩해지는 나를 방 밖에 내보내는 장면을 상상할 수 없었다. 거의 먹지 않았기에 살이 오르거나 하진 않았지만, 그래서 더 피골이 상접한 꼴이 되었다. 그렇게 이 년의 시간을 흘려 보냈다.

엄마의 손에 이끌려 상담사를 찾아간 일도 있었다. 그는 내 말을 잘 들어 주었지만 지금 내가 겪고 있는 고통은 별것이 아니라는 투로, 별것이 아니기 때문에 이겨내야 한다는 투로 자꾸만 속을 긁었다. 아침에 일어나면 씻으라나? 그러고 어떻게든 몸을 움직여 밖으로 나가 보라나? 그런 말은 나도 할 수 있었다. 기록에 남을까 모든 것을 현금으로 처리하는 엄마의 등을 바라보면서 나는 속으로 말했다. 원하신다면 그렇게 해드리죠. 씻고, 몸을 움직여 밖엘 나가 보고.

나는 어느 겨울날 아침 목욕탕에 가서 뜨끈한 김 속에 앉아 있었다. 피부가 온통 쪼글쪼글해질 때까지 다섯 시간을 버틴 후 개운해진 기분으로 나와서는 백화점에 가서 넥타이 하나를 골랐다. 결제 문자가 연신 핸드폰에 도착하자 엄마가 들뜬 내용의 메시지를 보냈다.

아들. 무슨 좋은 일 있어? 엄마가 얼른 일 끝내고 집에 가서 맛있는 거 해 줄게. 아님 시켜 먹을까? 뭐 먹고 싶어?

나는 대답은 않고 방긋방긋 웃는 이모티콘으로 답장했다. 그리고 빈 집에 돌아와선 넥타이로 목을 매었다. 마음껏 상상하시라고, 아니 사실은 귀찮아서, 유서 한 장 남기지 않은 불친절한 죽음이었다.

*

우린 서로의 생명을 살리자는 노랫말로 노래했지만, 그 노래처럼 살아가지도, 도움을 받거나 돕지도, 온전한 대상으로 대접받지도 못했어.

우린 너무 예민하고 너무 괴팍하고 너무 약해 빠져서, 사람들이 당연시하고 눈을 감은 채 지나치는 것들을 하나도 견디지 못했어.

우린 우릴 치고 지나가는 사람들의 뒤를 밟아서는 두 배로 되갚아 줄 엄두를 내지 못하는 사람들이라 여기에 왔는지도 몰라.

내 말을 들은 서진이 옆에 스르르 미끄러지듯 드러누웠다.

"건웅아. 네 말을 들으니까 이제 나는 우리가 왜 여기에 왔는지 알 것 같아."

"왜?"

"우리 같은 사람들을 만나서, 그 사람의 도움을 받아서, 옛날에 우릴 치고 지나갔던 누군가를 한 대 힘껏 때려 보라고."

그때 섬광처럼 머리를 두드리고 지나가는 깨달음이 있었다.

나는, 내가 아직 돌아가고 싶지 않다는 것을 알았다.

이 기억을 잃고 사라지고 싶지 않다는 사실 역시 알았다.

삼촌이 혼자 감당하던 이 세계의 사정을 이제 서진과 둘이서 같이 바라볼 수도 있을 거라는 미래의 가능성을 알았다. 내겐 다시 무언가를 시작할 용기도 없고, 이곳에서 만났던 사람들을 잊을 용기도 없지만.

용기 없는 자에겐 없는 나름대로 달궈 나갈 수 있는 자기만의 자리가 있을 테니까.

서진에게 말했다. 나는 아직 떠나고 싶지 않다고. 언젠가는 이곳을 떠나겠단 마음을 먹을 날이 오겠지만 아직은 아니라고. 제 버릇 못 버리고 일부러 장난스럽게, 너 때문인 것 아니니 착각하지 말라고도 을러댔다. 서진은 예처럼 무심하게 대답했다.

어, 다행이네.

맞아, 다행이지. 나는 삼촌 같은, 서진 같은, 유카리 같은, 선형 같은 사람이 되고 싶으니까 아직 이 모든 걸 잊을 마음을 먹을 수가 없었다. 처음부터 다시 시작해야 하면 어떡해. 그러니까 이 기억이 남아 떠다니는 이 공간에서 내 할 일들을 하고 싶었다.

서진 옆에서. 이건 서진이 절대, 절대 몰라야 하는 이유이긴 하지만. 알면 얼마나 우쭐하려나.

서진

"한 번이라도 매듭을 풀어 떠나고 싶다는 마음이 든 적이 있었어?"

건웅의 물음엔 고개를 저었다.

"그럼 언젠가 매듭을 풀고 싶다는 생각이 드는 날이 올 것 같아?"

"그건 잘 모르겠어. 하지만 그런 생각이 든다고 하더라도, 그 전에……."

"그 전에?"

"장롱 안에 있는 사람에 대한 미움이 다 가시면. 그 정도로 내가 크면. 이다음에 환생을 할지 아니면 그대로 아무것도 없을지 또 새로운 세계가 등장할진 모르지만, 거기로 보내 줄 마음이 들 정도로, 그 정도로 내가 자라면. 그때까진 내가 먼저 떠나진 않을 거야. 나는 가끔 가슴이 답답해. 이런 일을 저지른 게

아직도 믿기지 않고, 절대로 그 안을 열어 보고 싶지 않으면서
도 걱정되어 미치겠고, 나라는 존재가 무서워서 숨이 쉬어지지
않을 때가 있어."

"나도 그런데. 나만 그런 줄 알았네."

"너라도 없었음 진짜 힘들었을 텐데. 그래도 너랑 얘기하면
서 지낼 수 있으니까 그 생각을 항상 하지는 않게 돼."

"근데 난 그렇게 생각했어."

"뭐가."

"우린 처음으로 누군가에게 주먹을 휘둘러 본 거잖아."

"응."

"가끔은 그래도 된다는 걸, 이제 우리가 배운 거야."

＊

건웅과 나는 사람들을 구경하는 것을 좋아한다. 사람들이 가
까이 걸어오면 조용히 웃으며 손을 내젓는다. 이제 점점 수문
이 돌아서 우리에게 매듭을 풀자고 다가오는 사람들은 거의 없
다.

대신 우리는 삼촌이 그랬던 것처럼 이야기를 듣고 수집하고

나른다.

우리 무슨 로마 시대의 비둘기 같지 않아? 쪽지 나르고…….

건웅이 말하면 나는 헛소리 하지 말라고 자주 핀잔을 준다.
비둘기는 개뿔. 덩치가 뒷산만 하면서.

사람들이 바쁘게 오고 가도, 보고 싶은 얼굴들은 없다. 나는
자주 떠올린다.

선형도, 삼촌도, 처음으로 이 세계에서 입을 맞춰 보았던 유
카리도.

그러나 어떤 이는 그립지만 떠나 보내야 하고, 어떤 이와는
동일한 시공간을 공유하기조차 두렵기에 오히려 버티며 지켜
보아야만 한다는 것도 안다.

매일 기다린다. 장의 문을 열고 그 안에 있는 손을 잡아 밝은
빛이 넓게 들어찬 공간으로 다시 꺼내 줄 마음이 들 날을.

또 매일 상상한다. 어느 날 나도 모르게 문이 열리고 그가 걸
어 나와 다시금 공포에 떨며 지내는 날들이 올 수도 있다는 가
능성을.

그러나 오늘은 아닌 것 같으니까,

건웅의 옆에서 그림을 그리고, 농담을 주고받고,

눈으로만 서로를 어루만지며 지낸다.

이 정도만 해도 괜찮다고 아직은 여기고 있다.

작가의 말

내가 목도하거나 나 자신이 직접 겪어야 했던 일련의 일들이 실은 폭력이었다는 것을 몹시 뒤늦게 알고는 혼자 분노하는 상황들이, 이상하게 내 삶엔 많았다. 왜 그땐 그냥 넘어갔나. 왜 알아채지 못했을까. 왜 자세를 낮추고 웃는 표정을 지었나. 의문과 깨달음은 이르면 당일 밤에, 늦게는 10년 후쯤에 찾아왔다.

그런 순간들이 쌓이고 쌓여 인물과 이야기가 되었다. 수선한 결과지만.

그런 일들을 통과하게끔 만들어 소설의 모두에게(정확히는 나쁜 놈들은 빼고) 몹시 미안하다.

그러나 언제나 그들로 하여금 모종의 해결책을 찾도록 만드는 이 또한 놀랍게도 나다.

2022년 1월, 설재인

우리의 질량

초판 1쇄 인쇄일 2022년 1월 13일
초판 1쇄 발행일 2022년 1월 25일

지은이 설재인

발행인 박헌용, 윤호권
편집 구민준 **디자인** 박지은
발행처 ㈜시공사 **주소** 서울시 성동구 상원1길 22, 6-8층(우편번호 04779)
대표전화 02-3486-6877 **팩스(주문)** 02-585-1755
홈페이지 www.sigongsa.com / www.sigongjunior.com

ISBN 979-11-6579-881-9 03810

*시공사는 시공간을 넘는 무한한 콘텐츠 세상을 만듭니다.
*시공사는 더 나은 내일을 함께 만들 여러분의 소중한 의견을 기다립니다.
*잘못 만들어진 책은 구입하신 곳에서 바꾸어 드립니다.